金庸

射鵰英雄傳

第八卷

華山論劍

王重陽像：錄自「列仙全傳」。以下五圖均錄自此書。

馬鈺

馬鈺像

譚處端

譚處端像

丘處機像

郝大通像

王處一像

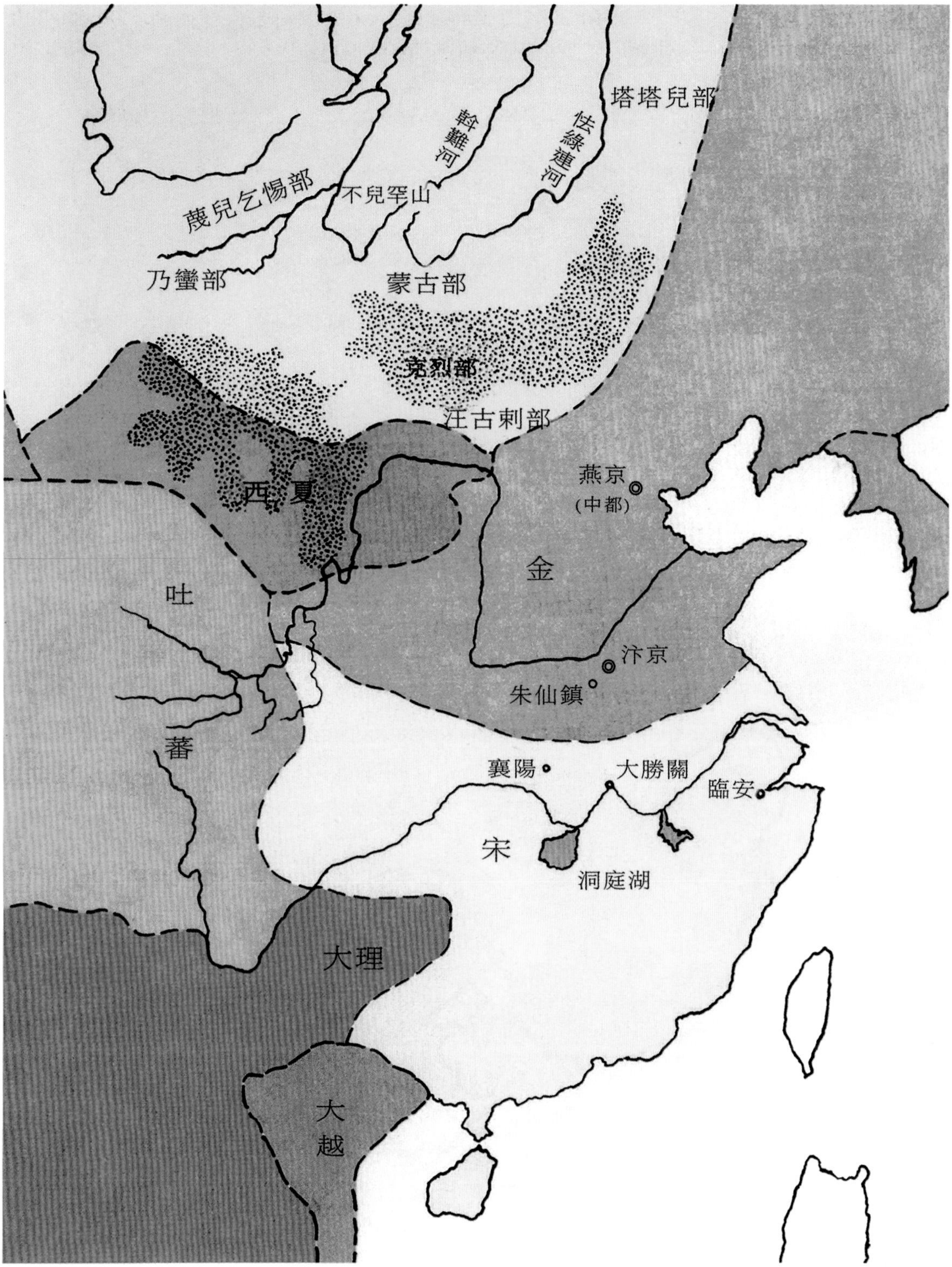

郭靖・黃蓉之時的宋、金、蒙古、大理、西夏

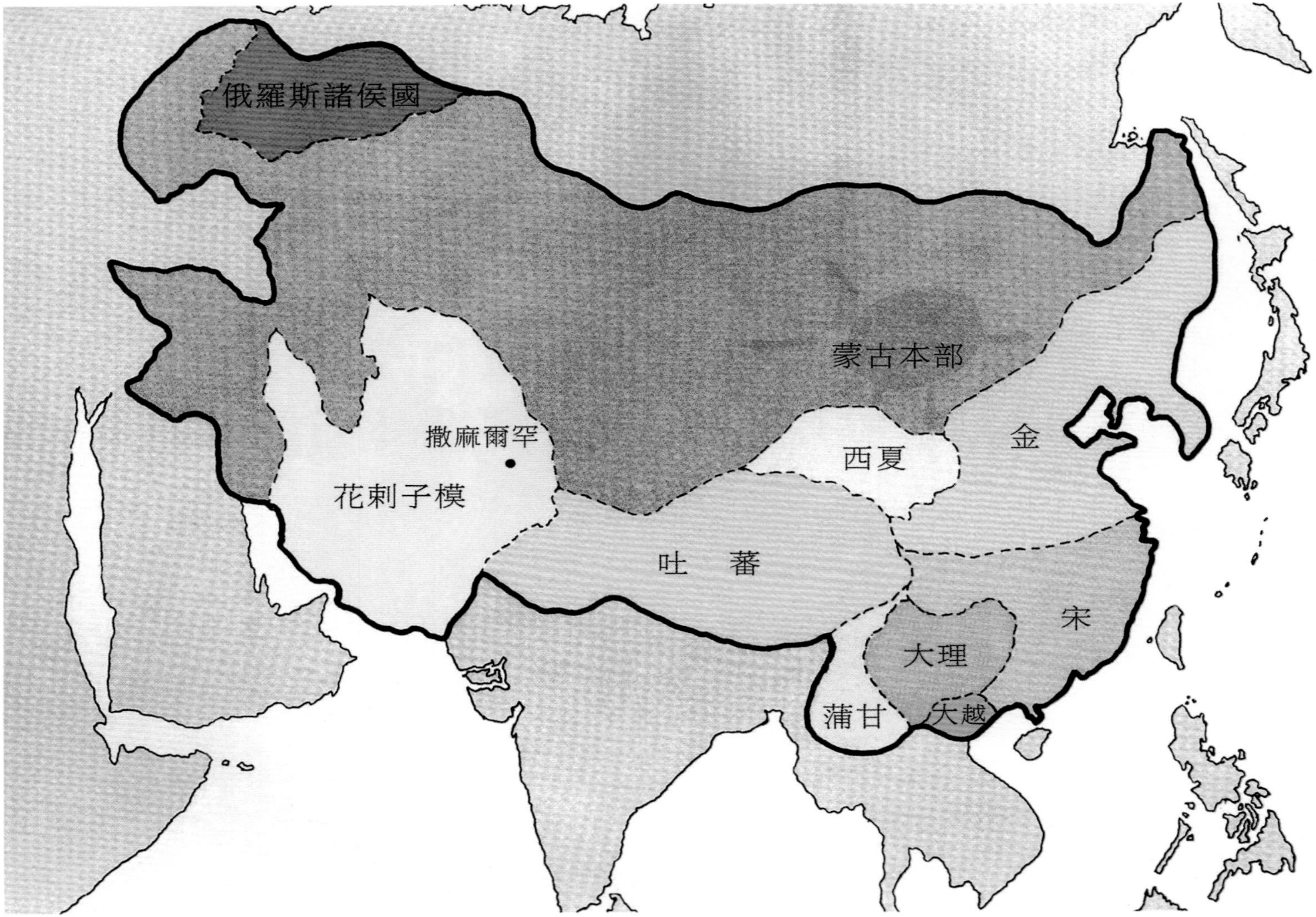

蒙古大帝國疆域圖

蒙古武士圖：意大利十五世紀時著名畫家Pisanello作。現藏巴黎羅浮博物院。

波斯人為蒙古兵所俘圖：波斯畫家作。

蒙古大汗行帳：錄自Yule本「馬可波羅行記」。行帳由二十二匹牛拖拉。該圖是十九世紀畫家的作品，史家認為圖中細節均與記載相符。

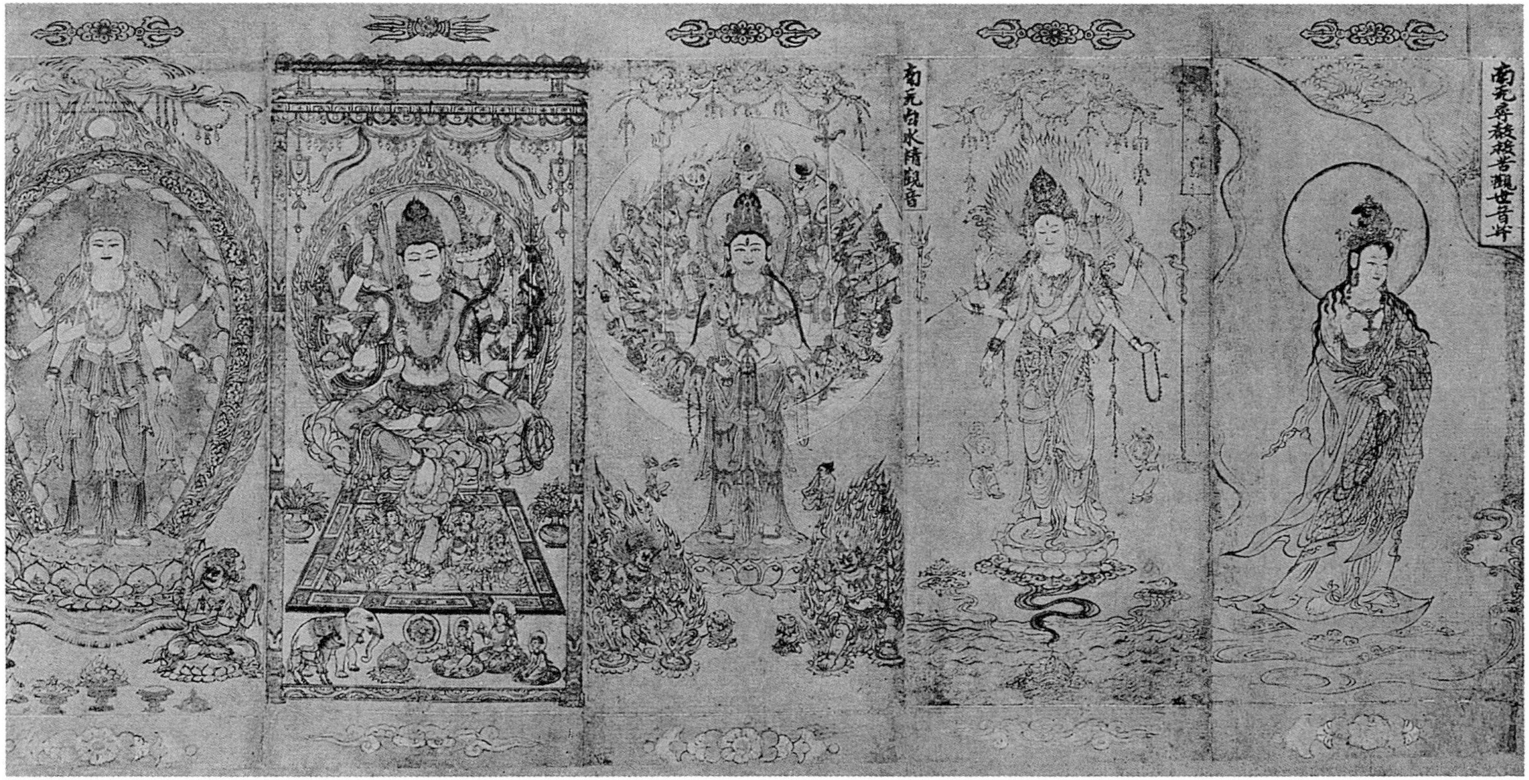

張勝溫繪佛像：原圖藏故宮博物館。張勝溫，大理國人，此圖繪於大理盛德五年，即一燈大師(段智興)在大理做皇帝之時。

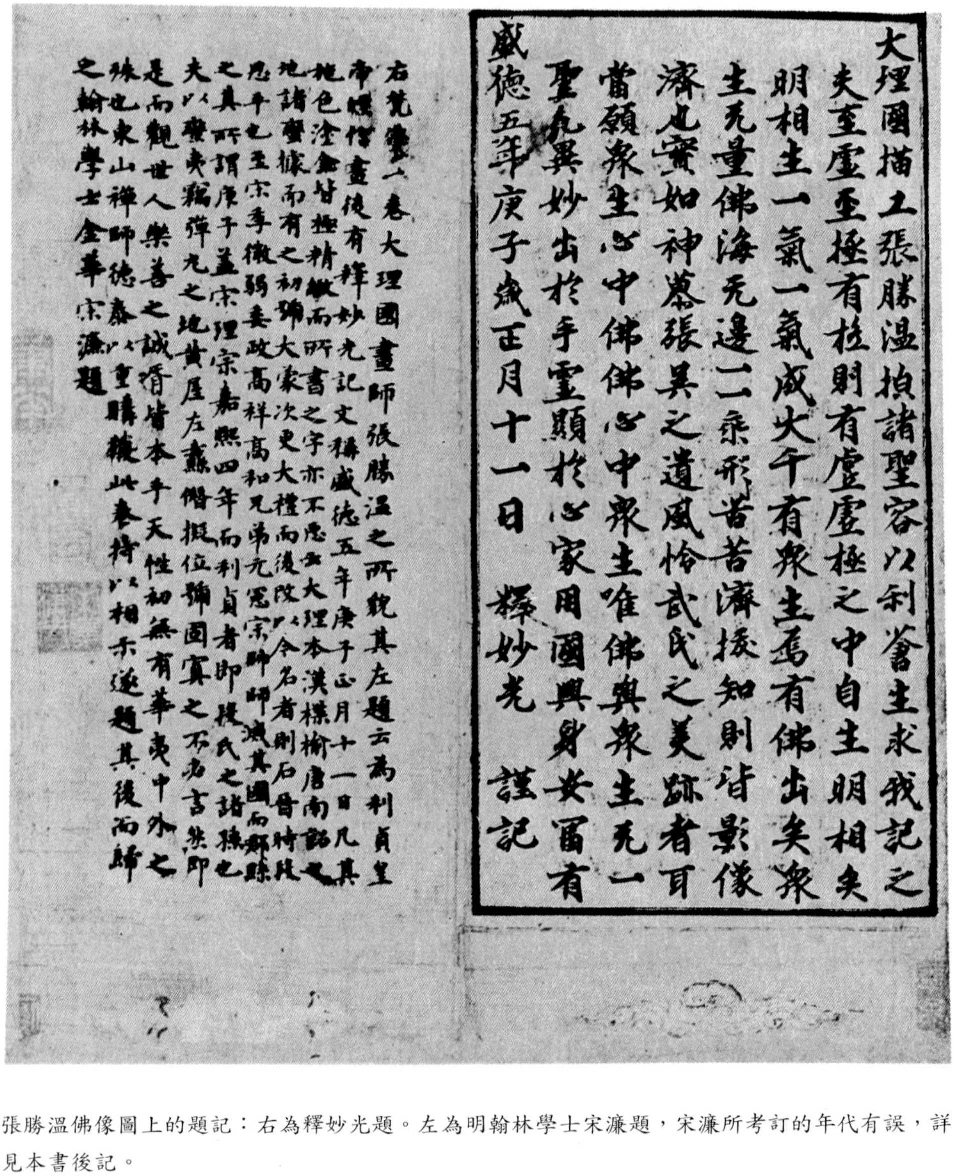

大理國描工張勝溫描諸聖容以利蒼生求我記之
夫至虛至極有極則有虛虛極之中自生明相矣
明相生一氣一氣成大千有衆生焉有佛出矣衆
生无量佛海无邊二乘形苦苦濟拔知則皆影像
濟也實如神慕張異之遺風恰武氏之美跡者耳
當願衆生心中佛佛心中衆生唯佛與衆生无一
聖凡異妙出於手靈顯於心家用國興身安富有
盛德五年庚子歲正月十一日　釋妙光謹記

右梵像一卷大理國畫師張勝溫之所貌其左題云為利貞皇
帝驃信畫後有釋妙光記文稱盛德五年庚子正月十一日凡其
施色塗金皆極精緻而所書之字亦不惡云大理本漢楪榆唐南詔之
地諸蠻據而有之初號大蒙次更大禮而後改以今名者則石晉時段
思平也至宋季微弱委政高祥高和兄弟元憲宗帥師滅其國而郡縣
之真所謂庚子蓋宋理宗嘉熙四年而利貞者即段氏之諸孫也
夫以蠻夷竊彈丸之地黃屋左纛僭擬位號固寘之不必言然即
是而觀世人樂善之誠殆皆本乎天性初無有華夷中外之
殊也東山禪師德泰以重購獲此卷持以相示遂題其後而歸
之翰林學士金華宋濂題

張勝溫佛像圖上的題記：右為釋妙光題。左為明翰林學士宋濂題，宋濂所考訂的年代有誤，詳見本書後記。

大字版

射鵰英雄傳

⑧華山論劍

金庸

大字版金庸作品集⑯
射鵰英雄傳
(8)華山論劍「公元2003年金庸新修版」
The Eagle-shooting Heroes, Vol. 8

作　　者／金　庸

封面設計／唐壽南　內頁插畫／姜雲行

發 行 人／王　榮　文
出版・發行／遠流出版事業股份有限公司
臺北市中山北路一段11號13樓
電話／2571-0297　**傳真**／2571-0197　**郵撥**／0189456-1

□2003年8月1日　初版一刷
□2024年8月1日　二版十刷

大字版　每冊380元（本作品全八冊，共3040元）
〔另有典藏版共36冊（不分售），平裝版共36冊，新修版共36冊，新修文庫版共72冊〕

ISBN　978-957-32-8121-4（**套：大字版**）
ISBN　978-957-32-8120-7（**第八冊：大字版**）
Printed in Taiwan

YLib 遠流博識網
http://www.ylib.com　E-mail:ylib@ylib.com

目錄

柯鎮惡橫過槍桿，擋在胸前。歐陽鋒振臂格出，柯鎮惡只覺一股巨力衝到，登時雙臂發麻，胸口震得隱隱作痛，鐵槍桿脫手飛起，戳破屋瓦，穿頂而出。

第三十六回　大軍西征

黃蓉幽幽的道：「歐陽伯伯讚得我可太好了。現下郭靖中你之計，和我爹爹勢不兩立。等你明兒救了我爹爹，倘若你姪兒尚在，唉，當日婚姻之約，難道不能舊事重提麼？唉，眞令人神傷！」歐陽鋒心中一凜：「她忽提此事，是何用意？」

卻聽黃蓉說道：「傻姑，這個好兄弟待你好得很，是不是？」傻姑道：「是啊，他要帶我回家去。我不愛在那個島上玩。我要回家去。」黃蓉道：「你回家幹甚麼？你家裏死過人，有鬼。」傻姑「啊」的一聲，驚道：「啊，我家裏有鬼，有鬼！我不回去啦。」黃蓉道：「那個人是誰殺的？」

傻姑道：「我見到的，是好兄弟……」只聽叮噹兩響，兩件暗器跌落在地。黃蓉笑道：「小王爺，你讓她說下去好了，又何必用暗器傷她？」楊康怒道：「這傻子胡說八道，甚麼鬼話都說得出來。」黃蓉道：「傻姑，你說好啦，這位爺爺愛聽。」傻姑道：「不，好兄弟不許我說，我就不說。」

楊康道：「是啊，快躺下睡覺，你再開口說一個字，我叫惡鬼來吃了你。」傻姑很爲害怕，連聲答應：「噢，噢。」只聽得衣服悉索之聲，她已蒙頭睡倒。

黃蓉道：「傻姑，你不跟我說話解悶兒，我叫爺爺來領你去。」傻姑叫道：「我不去，我不去。」黃蓉道：「那麼你說，好兄弟在你家裏殺人，他殺了個甚麼人？」

衆人聽她忽問楊康殺人之事，都覺詫異。楊康卻心下怦怦亂跳，右手暗自運勁，心想這傻姑倘若當眞要吐露他在牛家村的所作所爲，縱然惹起歐陽鋒疑心，也只得以九陰白骨爪殺手將她斃於當場，又想：「我殺歐陽克時，只穆念慈、程瑤迦、陸冠英三人見得，難道消息終於洩漏了出去？嗯，多半這傻姑當時也瞧見了，只我沒留意到她。早知如此，在桃花島上便該一併殺了她，免留禍胎。」

這時古廟中寂靜無聲，只待傻姑開口。柯鎭惡更連大氣也不敢透上一口。過了半晌，傻姑始終不說，只聽得鼾聲漸響，她竟睡著了。楊康鬆了口氣，手心中全是冷汗，尋思：「這傻姑留著終是禍殃，必當想個甚麼法兒除了她。」斜目瞧歐陽鋒時，見他閉目而坐，月光照著他半邊臉面，顯得神情漠然，似對適才的對答全未留意。

衆人都道黃蓉信口胡說，傻姑既已睡著，此事當無下文，於是或臥或倚，漸入睡鄉。正矇矓間，忽聽傻姑大喊一聲，躍起身來，叫道：「別扭我？好痛啊！」

黃蓉尖聲叫道：「鬼，鬼，斷了腿的鬼！傻姑，是你殺了那斷腿的公子爺，他來找你討命啦！」靜夜之中，這幾句話聽來當眞令人寒毛直豎。傻姑叫道：「不，不是我殺的，是好兄弟殺……」一言未畢，呼、蓬、啊喲三聲連響，原來楊康突然躍起，伸手往傻姑天靈蓋上抓落，卻給黃蓉以打狗棒甩了個觔斗。

這一動手，殿上立時大亂，沙通天等將黃蓉團團圍住。

黃蓉只如不見，伸左手指著廟門，叫道：「斷腿的公子爺，你來，傻姑在這兒！」傻姑向廟門望去，黑沉沉的不見甚麼，但她自幼怕鬼，忙扯住黃蓉的袖子，急道：「別來找我討命，是好兄弟用鐵槍頭殺的，我躲在廚房門後瞧見的……斷腿鬼，你，你別找我啊！」

歐陽鋒萬料不到愛子竟是楊康所殺，但想別人能說謊，傻姑所言必定不假，悲怒之下，反哈哈大笑，橫目向楊康道：「小王爺，我姪兒當眞該死，殺得好啊，殺得好！」笑聲森寒，話聲悽厲，各人耳中嗡嗡作響，似有無數細針同時在耳內鑽刺一般，忍不住身子顫抖，牙齒相擊。只聽得羣鴉亂噪，呀呀啞啞，夾著滿空羽翼振撲之聲，卻是塔頂千百頭烏鴉爲歐陽鋒笑聲驚醒，都飛了起來。

楊康暗想此番我命休矣，雙目斜睨，欲尋逃路。完顏洪烈也暗暗心驚，待鴉聲稍低，說道：「這女子瘋瘋顛顛，歐陽先生怎能信她的話？令姪是小王禮聘東來，小王父子倚重得緊，豈能無緣無故的傷他？」

歐陽鋒腳上微一用勁，人未站直，身子已斗然躍起，盤著雙膝輕輕落在傻姑身畔，左手抓住她臂膀，喝道：「他幹麼要殺我姪兒？快說！」傻姑猛吃一驚，叫道：「不是我殺的，別捉我，別捉我。」她用力掙扎，但歐陽鋒手如鋼鉗，那裏掙扎得脫，又驚又怕，不由得哭出聲來，大叫：「爹呀！」

歐陽鋒連問數聲，只把傻姑嚇得哭也不敢哭了，只瞪著一雙眼睛發獃。黃蓉柔聲道：「傻姑別怕，這位爺爺要給糕你吃。」這一語提醒了歐陽鋒，想到越是強加威嚇，傻姑越不敢說，從懷中掏出一個作乾糧的冷饅頭，塞在她手裏，左手又鬆開了她手臂，笑道：「是啊！給你吃糕！」傻姑抓住了饅頭，兀自驚懼，說道：「爺爺，你抓得我好痛啊，你別抓我。」歐陽鋒溫言道：「傻姑乖，傻姑聽話，爺爺不抓你了。」

黃蓉道：「那天斷了腿的公子爺抱著一個姑娘，你說她長得標致麼？」傻姑道：「標致得很啊，她到那裏去啦？」黃蓉道：「你知她是誰？你不知道的，是不是？」傻姑甚是得意，拍手笑道：「我知道的，我知道的，她是好兄弟的老婆！」

此言一出，歐陽鋒更沒半點疑心，他素知自己的私生子生性風流，必因調戲穆念慈起禍，但歐陽克武功高強，雖雙腿受傷，楊康也遠不是他敵手，不知如何加害，轉頭向楊康道：「我姪兒不知好歹，冒犯了小王妃，眞正罪該萬死了。」楊康道：「不……不……不是我殺的。」歐陽鋒厲聲喝問：「是誰殺的？」楊康只嚇得手腳痲軟，額頭全是冷汗，平時的聰明機變突然消失，竟說不出半句話來。

歐陽鋒道：「桃花島的總圖，本來在我姪兒身上，後來到了你手裏，我問你原因，你說因和我姪兒交好，借了來想學五行八卦的變化。我當時還有些不信，原來你殺了他之後，據爲己有，是不是？」楊康不住發抖，不敢回答。

黃蓉嘆道：「歐陽伯伯，你不須怪小王爺狠心，也不須怪你姪兒風流，只怪你自己本領太高。」歐陽鋒奇道：「爲甚麼？」黃蓉道：「我也不知道爲甚麼。只是我在牛家村時，曾聽得一男一女在隔壁說話，好生不解。」

歐陽鋒聽了這幾句渾沒來由的話，如墮五里霧中，連問：「甚麼話？」

黃蓉道：「我一字一句的說給你聽，決不增減一字，請你解給我聽。我沒見兩人的面，不知那男的是誰，也不知女的是誰。只聽得那男的說道：『我殺歐陽克之事，倘若傳揚出去，那還了得。』那女的道：『大丈夫敢作敢爲，你既害怕，昨日就不該殺他。他叔父雖厲害，咱們遠走高飛，他也未必能找得著，而且他壓根兒不知是你下的手。』」

歐陽鋒聽黃蓉說到這裏便住了口，接著道：「這女子說得不錯啊，那男的又怎麼說？」

他們二人一問一答，只把楊康聽得更加驚懼。這時月光從廟門中斜射進來，照在神像之前，楊康避開月光，悄悄走到黃蓉背後，但聽她道：「那男的說道：『妹子，我心中另有一個計較。他叔父武功蓋世，我是想拜他爲師。我早有此意，只他門中向來有個規矩，代代都是一脈單傳。此人一死，他叔父就能收我啦！』」黃蓉雖未說出那說話之人是誰，但語言音調，將楊康的口吻學得維妙維肖。楊康自幼長於中都大興府，母親包惜弱卻乃臨安府人氏，是以語言兼混南北，黃蓉這麼一學，無人不知那人便是楊康。

歐陽鋒嘿嘿冷笑，一轉頭不見了楊康所在，忽聽啪的一響，又是「啊喲」一聲驚呼，只見楊康站在月光之下，右手鮮血淋漓，臉色慘白。

原來楊康聽黃蓉揭破自己秘密，再也忍耐不住，猛地躍起，伸手爪疾往她頭頂抓下。黃蓉學著他腔調說話之時，料知他必來暗算，早有提防，她武功遠比楊康爲高，聽得風聲，當即向右側避，這一抓便落在她左肩。楊康這一下「九陰白骨爪」用上了全力，五根手指全插在軟蝟甲的刺上，十指連心，痛得他險些立時昏暈。

旁人在黑暗中沒看明白，都道他中了暗算，只不知是黃蓉還是歐陽鋒所爲。衆人忌憚歐陽鋒了得，誰也不敢出聲。

完顏洪烈上前扶住，問道：「康兒，怎麼啦？那裏受了傷？」隨手拔出腰刀，遞在他手裏，料想歐陽鋒決不能善罷，只盼仗著人多勢衆，父子倆今晚能逃得性命。楊康忍痛道：「沒甚麼。」剛接過腰刀，突然手麻無力，嗆啷一響，腰刀跌落，忙彎腰去拾，說也奇怪，手臂僵直，已不聽使喚。這一驚非同小可，左手在右手背上用力一捏，竟絲毫沒知覺。他抬頭望著黃蓉，叫道：「毒！毒！你用毒針傷我。」

彭連虎等雖礙著歐陽鋒，但想完顏洪烈是金國王爺，歐陽克的仇怨總能設法化解，見楊康神色惶急，當下或搶上慰問，或奔至黃蓉眼前，連叫：「快取解藥來救治小王爺。」卻都儘量離得歐陽鋒遠遠地。

黃蓉淡淡的道：「我軟蝟甲不餵毒，不必庸人自擾。這裏自有殺他之人，我又何必傷他？」

卻聽得楊康慘然大叫：「我……我……我動不來啦！」但見他雙膝彎曲，身子慢慢垂下，口中發出似人似獸的荷荷之聲。

黃蓉好生奇怪，回頭見歐陽鋒也大有驚訝之色，再瞧楊康時，卻見他滿面堆歡，咧嘴嘻笑，銀白色的月光映照之下，更顯得詭異無倫，心念忽動，說道：「原來是歐陽伯伯下的毒手。」

歐陽鋒奇道：「瞧他模樣，確是中了我怪蛇之毒，我原是要他嚐嚐這個滋味，小丫頭給我代勞，妙極，妙極。只這怪蛇天下唯我獨有，小丫頭又從何處得來？」黃蓉道：「我那有怪蛇？這原是你下的毒，說不定你自己也還不知。」歐陽鋒道：「這倒奇了。」

黃蓉道：「歐陽伯伯，我記得你曾跟老頑童打過一次賭。你將怪蛇的毒液給一條鯊魚吃了，這魚中毒死後，第二條鯊魚吃牠的肉，又會中毒，如此傳布，可說得上流毒無窮，是也不是？」歐陽鋒笑道：「我的毒物若無特異之處，那『西毒』二字豈非浪得虛名？」黃蓉道：「是啊。南希仁是第一條鯊魚。」

這時楊康勢如發瘋，不住在地下打滾。梁子翁想抱住他，又怎能近身？

歐陽鋒皺眉思索，仍然不解，說道：「請你說得明白些。」

黃蓉道：「嗯，你用怪蛇咬了南希仁，那日我在桃花島上與他相遇，給他打了一拳。這拳打在我左肩，軟蝟甲尖刺上留了他的毒血。我這軟蝟甲便是第二條鯊魚。適才小王爺出掌抓我，天網恢恢，正好抓在這些尖刺之上，南希仁的毒血刺進了他的血中。嘿嘿，他是第三條鯊魚。」

衆人聽了這幾句話，心想歐陽鋒的怪蛇原來如此厲害，又想楊康設毒計害死江南五怪，到頭來卻沾上了南希仁的毒血，當眞報應不爽，身上都感到一陣寒意。

完顏洪烈走到歐陽鋒面前，突然雙膝跪地，叫道：「歐陽先生，你救小兒一命，小王永感大德。」完顏洪烈雖知楊康不是他親兒，但楊康一出世便叫他「爹爹」，自幼由他撫養長大，他鍾愛包惜弱，愛屋及烏，對楊康一直如親兒無異。

歐陽鋒哈哈大笑，說道：「你兒子的性命是命，我姪兒的性命就不是命！」目光在彭連虎等人臉上緩緩横掃過去，陰沉沉的道：「那一位英雄不服，請站出來說話！」

眾人不由得同時後退，那敢開口？

楊康忽從地上躍起，砰的一聲，發拳將梁子翁打了一個觔斗。完顏洪烈站起身來，叫道：「快扶小王爺去臨安，咱們趕請名醫給他治傷。」歐陽鋒笑道：「老毒物下的毒，天下有那一個名醫治得？又有那一個名醫不要性命，敢來壞我的事？」

完顏洪烈不去理他，向手下的家將武師喝道：「還不快扶小王爺？」

楊康突然高高躍起，頭頂險些撞著橫樑，指著完顏洪烈叫道：「你又不是我爹爹，你害死我媽，又想來害我！」完顏洪烈急退幾步，腳下一個踉蹌。

沙通天道：「小王爺，你定定神。」走上前去拿他雙臂，不料楊康右手反勾，拿住他左手手腕，伸手在他左臂上狠狠抓了一把。沙通天吃痛，急忙摔脫，呆了一呆，只覺左臂微微麻癢，不禁心膽俱裂。黃蓉冷冷的道：「第四條鯊魚。」

彭連虎與沙通天素來交好，他又善使毒藥，知道沙通天也已中毒，危急中抽出腰刀，颼的一聲，將沙通天左臂半條臂膀砍了下來。侯通海還未明白他的用意，大叫：「彭連虎，你敢傷我師哥？」和身撲上，要和他拚命。沙通天忍住疼痛，叫道：「傻子，站住！彭大哥是為我好！」

此時楊康神智更加胡塗了，指東打西，亂踢亂咬。眾人見了沙通天的情景，那裏還敢逗留，齊聲發喊，一擁出廟。這一陣大亂，又將塔上羣鴉驚起，月光下只見廟前空地上鴉影飛舞，啞啞聲中混雜著楊康的嘶叫。

完顏洪烈跨出廟門，回過頭來，叫道：「康兒，康兒！」楊康眼中流淚，叫道：「父王，父王！」向他奔去。完顏洪烈大喜，伸出手臂，將他抱在懷裏，說道：「孩子，你好些了？」月光下猛見楊康面目突變，張開了口，露出兩排白森森的牙齒咬將過來，完顏洪烈大駭，左手使勁推出。楊康力道全失，仰天摔倒，再也爬不起來。完顏洪烈不敢再看，急奔出廟，飛身上馬，衆家將前後簇擁，刹時間逃得影蹤不見。

歐陽鋒與黃蓉瞧著楊康在地下打滾，各自轉著念頭，都不說話。過了一會，楊康全身一陣扭曲，就此不動。

歐陽鋒冷冷的道：「鬧了半夜，天也快亮啦。咱們瞧瞧你爹去。」黃蓉道：「這會兒爹爹已回桃花島了罷，有甚麼好瞧的？」

歐陽鋒一怔，冷笑道：「原來小丫頭這番言語全是騙人。」黃蓉道：「起初那些話自然是騙你。我爹爹何等樣人，豈能給全眞教的臭道士們困住了？我若不說九陰眞經甚麼的，諒你也不容我盤問傻姑。」

此時柯鎭惡對黃蓉又佩服，又憐惜，只盼她快些使個甚麼妙計，脫身逃走，卻聽歐陽鋒道：「你的謊話中夾著三分眞話，否則老毒物也不能輕易上當。好罷，你將你爹爹的譯文從頭至尾說給我聽，不許漏了半句。」黃蓉道：「要是我記不得呢？」歐陽鋒道：「最好你能記得。否則你這般美貌伶俐的一個小丫頭給我怪蛇咬上幾口，可就大煞風景了。」

黃蓉從神像後躍出之時，原已存了必死之心，但這時親見楊康臨死的慘狀，不禁心驚膽戰，尋思：「即使我將一燈大師所授的經文說與他知曉，他仍不能放過我，怎生想個法兒得脫此難？」一時彷徨無計，心想只有先跟他敷衍一陣再作打算，說道：「我見了原來的經文，或能譯解得出。你且一句句背來，讓我試試。」

歐陽鋒道：「這些嘰哩咕嚕的話，誰又背得了？你不用跟我胡混。」黃蓉聽他說背誦不出，靈機一動，已有了計較，心道：「他既背不出，自然將經文當作性命。」當即說道：「好罷，你取出來讀，我翻譯給你聽。」歐陽鋒一意要聽她譯解，大喜之下，從懷中取出一個油紙包裹，連接打開三層，這才取出郭靖所默寫的經文。黃蓉暗暗好笑：「靖哥哥胡寫一氣，這老毒物竟當作至寶。」

歐陽鋒晃亮火摺，在神檯上尋到半截殘燭點著了，照著經文念道：「摩訶波羅，揭諦古羅……忽不爾，肯星多得，斯根六補。」黃蓉道：「大經要旨，盡在於斯：善用觀相，運作十二種息。」

歐陽鋒大喜，又念：「吉爾文花思，哈虎。」黃蓉道：「能愈諸患，漸入神通。」

歐陽鋒道：「取達別思吐，恩尼區。」黃蓉沉吟片刻，搖頭道：「錯了，你讀錯啦！」歐陽鋒道：「沒錯，確是這麼寫的。」黃蓉道：「那卻奇了，這句渾不可解。」左手支頤，假裝苦苦思索。歐陽鋒甚是焦急，凝視著她，只盼她快些想通。

過了片刻，黃蓉道：「啊，是了，想是郭靖這傻小子寫錯了，給我瞧瞧。」歐陽鋒不虞有他，將經文遞了過去。黃蓉伸右手接著，左手拿過燭台，似是細看經文，驀地裏雙足急登，向後躍開丈餘，將那幾張紙放在離燭火半尺之處，叫道：「歐陽伯伯，這經文是假的，我燒去了罷。」

歐陽鋒大駭，忙道：「喂，喂，你幹甚麼？快還我。」黃蓉笑道：「你要經文呢，還是要我性命？」歐陽鋒道：「要你性命作甚？快還我！」語音急迫，大異常時，作勢撲上搶奪。黃蓉將經文又移近燭火兩寸，說道：「站住了！你一動我就燒，只要燒去一個字，就要你終身懊悔。」歐陽鋒心想不錯，哼了一聲，說道：「我鬥不過你這鬼靈精，將經文放下，你走你的罷！」

黃蓉道：「你是當代宗師，可不能食言。」歐陽鋒沉著臉道：「我說快將經文放下，你走你的路。」黃蓉知他是大有身分之人，雖生性歹毒，卻不失信於人，將經文與燭台都放到地下，笑道：「歐陽伯伯，對不住啦。」提著打狗棒轉身便走。

歐陽鋒竟不回頭，斗然躍起，反手出掌，蓬的一聲巨響，已將鐵槍王彥章的神像打去了半邊，喝道：「柯瞎子，滾出來。」

黃蓉大吃一驚，回過頭來，只見柯鎮惡已從神像身後躍出，舞槍桿護住身前。黃蓉登時醒悟：「以老毒物的本領，柯大爺躲在神像背後，豈能瞞得了他？想來呼吸之聲早給他聽到了。只他沒將柯大爺放在眼裏，一直隱忍不發。」當即縱身上前，竹棒微探，幫同守禦，向歐陽鋒道：「歐陽伯伯，我不走啦，你放他走。」

柯鎮惡道：「不，蓉兒你走，你去找靖兒，叫他給我們六兄弟報仇。」黃蓉悽然道：「他如肯信我的話，早就信了。柯大爺，你如不走，我和爹爹的冤屈終難得明。你對郭靖說，我並不怪他，叫他別難過。」柯鎮惡怎肯讓她捨命相救自己，兩人爭持不已。

歐陽鋒焦躁起來，罵道：「小丫頭，我答應了放你走，你又囉唕甚麼？」黃蓉道：「我卻不愛走啦。歐陽伯伯，你把這惹厭的瞎子趕走，我好陪你說話兒解悶。可別傷了他。」

歐陽鋒心想：「你不走最好，這瞎子是死是活跟我有甚相干？」大踏步上前，伸手往柯鎮惡胸口抓去。柯鎮惡橫過槍桿，擋在胸前。歐陽鋒振臂格出，柯鎮惡雙臂發麻，胸口震得隱隱作痛，嗆啷一聲，鐵槍桿直飛起來，戳破屋瓦，穿頂而出。

柯鎮惡急忙後躍，人在半空尚未落地，領口一緊，身子已讓歐陽鋒提起。他久經大敵，雖危不亂，左手微揚，兩枚毒蒺往敵人面門打去。歐陽鋒料不到他竟有這門敗中求勝的險招，相距既近，來勢又急，實難閃避，當即身子後仰，乘勢力甩，將柯鎭惡從頭頂揮了出去。

柯鎭惡從神像身後躍出時，面向廟門，給歐陽鋒這麼一拋，不由自主的穿門而出。這一擲勁力奇大，他身子反而搶在毒菱之前，兩枚毒菱飛過歐陽鋒頭頂，緊跟著要釘在柯鎭惡自己身上。黃蓉叫聲：「啊喲！」卻見柯鎭惡在空中身子稍側，伸右手將兩枚毒菱輕輕巧巧的接過，他這聽風辨形之術實已練至化境，竟似比有目之人還更清楚利落。

歐陽鋒喝了聲采，叫道：「眞有你的，柯瞎子，饒你去罷。」柯鎭惡落下地來，猶自遲疑。黃蓉笑道：「柯大爺，歐陽伯伯要拜我爲師，學練九陰眞經。你還不走，也想拜我爲師麼？」柯鎭惡知她雖說得輕鬆自在，其實處境險惡之極，站著只不肯走。

歐陽鋒抬頭望天，說道：「天已大明了，走罷！」拉著黃蓉的手，快步出門。黃蓉叫道：「柯大爺，記著我在你手掌裏寫的字。」說到最後幾個字時，人已在數丈之外。

柯鎭惡呆了良久，耳聽得烏鴉一羣羣的撲入古廟啄食屍身，躍上屋頂，摸到了鐵槍。拄槍在廟頂呆立片刻，心想天地茫茫，我這瞎子更到何處去安身？忽聽得羣鴉悲鳴，撲落落的不住從半空跌落，原來羣鴉食了楊康屍身之肉，相繼中毒而死，不由得嘆了口長氣，縱下地來，綽槍北行。

走到第三日上，忽聽空中鵰唳，心想雙鵰既然在此，只怕靖兒亦在左近，當下在曠野中縱聲大呼：「靖兒，靖兒！」過不多時，果聽馬蹄聲響，郭靖騎了小紅馬奔來。他與柯鎮惡在混戰中失散，此時見師父無恙，欣喜不已，不等馬停，便急躍下馬，奔上來抱住，連叫：「大師父！」

柯鎮惡左右開弓，打了他兩記耳光。郭靖不敢閃避，愕然放開了手。柯鎮惡左手繼續撲打郭靖，右手卻連打自己耳光。這一來郭靖更加驚訝，叫道：「大師父，你怎麼了？」柯鎮惡罵道：「你是小胡塗，我是老胡塗！」他連打了十幾下，這才住手，兩人面頰都已紅腫。柯鎮惡破口將郭靖與自己痛罵半天，才將古廟中的經歷一一說了出來。

這中間原委曲折甚多，郭靖思索半天，這才從頭至尾的明白了，不由得又驚又喜，又心疼又慚愧，又是悲傷，心想：「原來眞相如此，我當眞錯怪蓉兒了。」柯鎮惡喝道：「你說咱倆該不該死？」郭靖連聲稱是，又道：「是弟子該死。大師父眼睛不便，可怪不得你。」柯鎮惡怒道：「他媽的，我也該死！我眼睛瞎了，難道心裏也瞎了？」郭靖道：「咱們得趕緊想法子搭救蓉兒。」柯鎮惡道：「她爹呢？」郭靖道：「黃島主護送洪恩師到桃花島養傷去了。大師父，你說歐陽鋒把蓉兒帶去了那裏？」

柯鎮惡默然不語，過了一陣方道：「蓉兒給他捉了去，就算不死，也不知給他折磨成甚麼樣子。靖兒，你快去救她，我是要自殺謝她的了。」郭靖驚叫：「不行！你千萬別這麼想。」只是他素知師父性情剛愎，不聽人言，說死就死，義無反顧，說道：「大師父，請你快到桃花島報訊，請黃島主急速來援，弟子決不是歐陽鋒對手。」

柯鎮惡一想不錯，持槍便行。郭靖戀戀不捨，跟在後面。柯鎮惡橫槍打去，罵道：「還不快去！你不把我乖蓉兒好好救回，我要了你小命。」

郭靖只得止步，眼望著師父的背影在東邊桑樹叢中消失，實不知到那裏去找黃蓉，思索良久，策馬攜鵰，尋路到鐵槍廟來。只見廟前廟後盡是死鴉，殿上只餘一攤白骨殘屍。

郭靖雖恨楊康戕害五位師父，但想他既已身死，怨仇一筆勾消，念著結義一場，撿起骸骨到廟後葬了，拜了幾拜，祝道：「楊兄弟，你若念我今日葬你之情，須當佑我找到蓉兒，以補你生前之過。」

此後郭靖一路打聽，找尋黃蓉的蹤跡。這一找就是半年，秋去冬來，冬盡春回，他策紅馬，攜雙鵰，到處探訪，問遍了丐幫、全眞教，以及各地武林同道，黃蓉的音訊竟半點俱無。想到這半年中黃蓉不知已受了多少苦楚，當眞心如刀割，決心走遍天涯海角，也要把她找到。他一赴中都，二至汴梁，三去桃花島，黃藥師固然沒見到，連完顏洪烈竟也不知去向。丐幫羣丐聽得幫主有難，也全幫出動尋訪。這一日郭靖來到歸雲莊，見莊子已燒成一片白地，不知陸乘風、陸冠英父子已遭到了甚麼劫難。

一日行至山東境內，但見沿途十室九空，路上行人紛紛逃難，都說蒙古與金兵交戰，金兵潰敗，退下來的敗兵殘害百姓，無所不爲。郭靖行了三日，越向北行，越見瘡痍滿目，心想兵凶戰危，最苦的還是百姓。金兵南下，殺人放火、奸淫擄掠，殘暴之極，蒙古兵雖然較好，但也好不了多少。幸好蒙古和宋境之間，夾了個金國，蒙古兵一時還不能侵入宋境。

這天來到山東東路，過了沂州，在莒州歇了一晚，次日更向北行，來到密州鄉下的一個村莊，正想借個地方飲馬做飯，突然前面喧嘩之聲大作，人喊馬嘶，數十名金兵衝進村來。兵士放火燒村，將眾百姓逼出屋來，見有年輕女子，一個個用繩縛了，其餘不問老幼，見人便砍。

郭靖見了大怒，縱馬上前，夾手將帶隊軍官手中大槍奪過，左手反掌揮出，正打在他太陽穴上。這些時日中他朝晚練功不輟，內力大進，這掌打去，那軍官登時雙睛突出而死。眾金兵齊聲呼喊，刀槍並舉，衝殺上來。小紅馬見遇戰陣，興高采烈，如飛般迎將上去。郭靖左手又奪過一柄大砍刀，右刺左砍，竟以左右互搏之術，大呼酣戰。

眾金兵見此人兇猛，敗軍之餘那裏還有鬥志，轉過身來奔逃出村。突然迎面飄出一面大旗，煙霧中一小隊蒙古兵急衝而至。金兵給蒙古兵殺得嚇破了膽，不敢迎戰，仗著人多，回頭又鬥郭靖，只盼奪路而逃。

郭靖惱恨金兵殘害百姓，縱馬搶先出村，一人單騎，神威凜凜的守在山谷隘口。十餘名金兵奮勇衝上，給他接連戳死數人。餘衆不敢上前，進退不得，亂成一團。

蒙古兵見前面突然有人助戰，倒也大出意料之外，一陣衝殺，將三十幾名金兵盡數殲於村中。帶兵的百夫長正要詢問郭靖來歷，隊中一名什長識得郭靖，大叫：「金刀駙馬！」拜伏在地。百夫長聽得是大汗的駙馬爺，忙下馬行禮，命人快馬報了上去。

郭靖急傳號令，命蒙古兵急速撲滅村中各處火頭。衆百姓扶老攜幼，紛紛來謝。正亂間，村外蹄聲急響，無數軍馬湧至。衆百姓大驚，不由得面面相覷。只見一匹棗騮馬如風馳到，馬上一個少年將軍大叫：「郭靖安答在那裏？」

郭靖見是拖雷，大喜叫道：「拖雷安答。」兩人奔近，抱在一起。雙鵰識得拖雷，上前挨挨擦擦，十分親熱。拖雷命一名千夫長率兵追擊金兵，下令在山坡上支起帳篷，與郭靖互道別來情事。

拖雷說起北國軍務，郭靖才知別來年餘，成吉思汗馬不停蹄的東征西伐，拓地無數。朮赤、察合合、窩闊台、拖雷四王子，木華黎、博爾朮、博爾忽、赤老溫四傑，以及哲別、速不台等大將都立下了不少汗馬功勞，西夏轉眼便可攻滅。現下拖雷與木華黎統兵攻打金國，河南、山東數場大戰，將金兵打得潰不成軍。金國餘兵集於潼關，閉關而守，不敢出山東迎戰。

郭靖在拖雷軍中住了數日，快馬傳來急訊，成吉思汗召集諸王衆將，大會漠北。拖雷與木華黎不敢怠慢，將令旗交了副將，連夜北上。郭靖想念母親，便與拖雷同行。

不一日來到斡難河畔，極目遠望，無邊無際的大草原之上，營帳一座連著一座，成千成萬的戰馬奔躍嘶叫，成千成萬的矛頭耀日生輝。千萬座灰色的營帳之中，聳立著一座黃氈大帳，營帳頂子以黃金鑄成，帳前高高懸著一枝九旄大纛。

郭靖策馬立在沙岡之上，望著這赫赫兵威，心想金帳威震大漠，君臨絕域，想像成吉思汗在金帳中傳出號令，快馬一匹接著一匹，將號令送到萬里外的王子和大將手中，於是號角嗚響，草原上烽火瀰天，箭如飛蝗，長刀閃動，煙塵中鐵蹄奔踐。

他正想：「大汗要這許多土地百姓，不知有甚麼用？」忽見塵頭起處，一隊騎兵馳來相迎。拖雷、木華黎、郭靖三人進金帳謁見大汗，但見諸王諸將都已羣集在帳，排列兩旁。

成吉思汗見三人到來，心中甚喜。拖雷與木華黎稟報了軍情。郭靖上前跪下請罪，說道：「大汗命我去割金國完顏洪烈的腦袋，但數次相見，都給他逃了，甘受大汗責罰。」成吉思汗笑道：「小鷹長大了，終有一天會抓到狐狸，我罰你作甚？你來得正好，我時時記著你。」當下與諸將共議伐金大計。

木華黎進言：金國精兵堅守潼關，急切難下，上策莫如聯宋夾擊。成吉思汗道：「好，就這麼辦。」當下命人修下書信，遣使南下。大會至晚間始散。

郭靖辭出金帳，暮色蒼茫中正要去母親帳中，突然間身後伸過一雙手掌，掩向他眼睛。以他此時武功，那能讓人在身後偷襲，側身正要將來人推開，鼻中已聞到一股香氣，又覺那人是個女子，急忙縮手，叫道：「華箏妹子！」只見華箏公主似笑非笑的站在當地。

兩人睽別經年，此番重逢，只見她身材更高了些，在勁風茂草之中長身玉立，更顯得英姿颯爽。郭靖又叫了一聲：「妹子！」華箏喜極而涕，叫道：「你果然回來啦！」郭靖見她眞情流露，心中也甚感動。一時間千言萬語，不知從何說起。

過了良久，華箏道：「去看你媽去。你活著回來，你猜是我歡喜多些呢，還是你媽歡喜多些？」郭靖道：「我媽定然歡喜萬分。」華箏嗔道：「難道我就不歡喜了？」蒙古人性子直率，心中想到甚麼，口裏就說了出來。郭靖與南人相處年餘，多歷機巧，此時重回舊地，聽到華箏這般說話口氣，不禁深有親切之感。

兩人手挽手的同到李萍帳中。郭靖母子相見，自有一番悲喜。

又過數日，成吉思汗召見郭靖，說道：「你的所作所爲，我都已聽拖雷說了。你這孩子守信重義，我很歡喜。再過數日，我給你和我女兒成親罷！」郭靖大吃一驚，心想：「蓉兒此時存亡未卜，我如何能背她與別人結親？」但見成吉思汗儀容威嚴，滿心雖想抗命，卻結結巴巴，半句話也說不出來。成吉思汗素知他樸實，只道他歡喜得傻了，當下賞了他一千戶奴隸，一百斤黃金，五百匹馬，五百頭牛，二千頭羊，三百匹駱駝，命他自去籌辦成親。

華箏是成吉思汗的嫡生幼女，自小得父王鍾愛。此時蒙古國勢隆盛，成吉思汗戰無不勝，攻無不克，各族諸汗聽得大汗嫁女，紛紛來賀，珍貴禮物堆滿了數十座營帳。華箏公主喜上眉梢，郭靖卻滿腹煩惱，一臉愁容。

眼見喜期已在不遠，郭靖垂頭喪氣，不知如何是好。李萍見兒子神色有異，這天晚上問起。郭靖當下將黃蓉的種種情由，從頭細說了一遍。李萍聽了，半晌做聲不得。

郭靖道：「媽，孩兒為難之極，不知該怎麼辦才是？」李萍道：「大汗對我們恩深義重，豈能相負？但那蓉兒，那蓉兒，唉，我雖未見過她，想來也是萬般的惹人愛憐。」郭靖忽道：「媽，如我爹爹遇上此事，他該怎地？」李萍不料他突然有此怪問，呆了半晌，想起丈夫生平的性情，昂然說道：「你爹爹一生甘願自己受苦，決不肯有半點負人。」郭靖站起身來，凜然道：「孩兒雖未見過爹爹，但該學爹爹為人。如果蓉兒平安，孩兒當守舊約，與華箏公主成親。倘若蓉兒有甚不測，孩兒是終身不娶的了。」

李萍心想：「當真如此，我郭氏宗嗣豈非由你而絕？但這孩子性兒與他爹爹一般，最是執拗不過，既經拿定了主意，旁人多說也是無用。」問道：「你如何去稟告大汗？」郭靖道：「我跟大汗也是說這幾句話。」李萍有心要成全兒子之義，說道：「好，此地也不能再留，你去謝過大汗，咱娘兒倆即日南歸。」郭靖點頭稱是。

母子倆當晚收拾行李，除了隨身衣物和些少銀兩，其餘大汗所賜，盡數封在帳中。郭靖收拾已畢，道：「我去別過華箏。」李萍躊躇道：「這話如何說得出口？你悄悄走了就是，免她傷心。」郭靖道：「不，我要親口對她說。」出了營帳，逕往華箏所住的帳中而來。

華箏公主與母親住在一個營帳之中，這幾日喜氣洋洋的正忙於籌辦婚事，忽聽郭靖在帳外叫喚，臉上一紅，叫了聲：「媽！」她母親笑道：「沒多幾天就成親啦，連一日不見也不成。好罷，你會會他去。」華箏微笑著出來，低聲叫道：「郭靖哥哥。」郭靖道：「妹子，我有話跟你說。」引著她向西走去。

兩人走了數里，離大營遠了，這才在草地上坐下。華箏挨著郭靖身子，低聲道：「郭靖哥哥，我也正有話要跟你說。」郭靖微微一驚，道：「啊，你都知道了？」心想她知道了倒好，否則眞不知如何啓齒。華箏道：「知道甚麼？我是要跟你說，我不是大汗的女兒。」郭靖奇道：「甚麼？」

華箏抬頭望著天邊初昇的眉月，緩緩道：「我跟你成親之後，我就忘了是成吉思汗的女兒，我只是郭靖的妻子。你要打我罵我，你儘管打罵。別爲了想到我爹爹是大汗，你就委屈了自己。」郭靖胸口一酸，熱血上湧，道：「妹子，你待我眞好，只可惜我配不上你。」華箏道：「甚麼配不上？你是世界上最好的人，除了我爹爹，誰也及不上你。我的四位哥哥，連你的一半也沒有。」郭靖呆了半晌，自己明日一早就要離開蒙古南歸的事，這當兒再也說不出口。

華箏又道：「這幾天我眞是高興啦。那時候我聽說你死了，眞恨不得自己也死了方好。多虧拖雷哥哥攔阻，我才放下了刀子，不然這會兒我怎麼還能嫁給你呢？郭靖哥哥，我若不能做你妻子，我寧可不活著。」郭靖心想：「蓉兒不會跟我說這些話，不過兩人對我都是很好很好的。」想到黃蓉，不禁長長嘆了口氣。

華箏奇道：「咦，你爲甚麼嘆氣？」郭靖遲疑道：「沒甚麼。」華箏道：「嗯，我大哥二哥不喜歡你，三哥四哥卻同你好。我在爹爹面前，就老說大哥二哥不好，說三哥四哥好，你不用愁。」郭靖道：「爲甚麼？」華箏很得意，說道：「我聽媽媽說，爹爹年紀老了，這些時在想立汗太子，你猜會立誰？」郭靖道：「自然是你大哥朮赤了。他年紀最長，功勞又最大。」華箏搖頭道：「我猜不會立大哥，多半是三哥，再不然就是四哥。」

郭靖知道成吉思汗的長子朮赤勇悍善戰，二子察合台精明能幹，兩人互不相下，素來爭競極烈。三子窩闊台卻好飲愛獵，性情寬厚，他知將來父王死後，繼承大汗位子的不是大哥就是二哥，而父王在四個兒子之中，最寵愛的卻是幼弟拖雷，這大汗之位決計落不到自己身上，因此一向與人無爭，三個兄弟都跟他好。郭靖聽了華箏這話，難以相信，道：「難道憑你幾句話，大汗就換立了汗太子？」華箏道：「我也不知道啊，我只是瞎猜。不過就算大哥還是二哥將來做大汗，你也不用擔心。他們若難爲你，我跟他們動刀子拚命。」

華箏自幼得成吉思汗寵愛，四個哥哥向來都讓她三分。郭靖知她說得出做得到，微微一笑，道：「那也不必。」華箏道：「是啊，哥哥們如待咱們不好，咱倆就一起回南去。」郭靖衝口說出：「我正要跟你說，我要回南去。」

華箏一呆，道：「就只怕爹爹媽媽捨不得我。」郭靖道：「是我一個人……」華箏道：「嗯，我永遠聽你的話。你說回南，我總也就跟你走。爹媽要是不許，咱們偷偷的走。」郭靖再也忍耐不住，跳起身來，叫道：「是我和媽媽兩個人回南邊去。」

此言一出，一個站著，一個坐著，四目交視，突然都似泥塑木彫一般，華箏滿臉迷惘，一時不明白他意思。

郭靖道：「妹子，我對不起你！我不能跟你成親。」華箏急道：「我做錯了甚麼事嗎？你怪我沒爲你自殺，是不是？」郭靖叫道：「不，不，不是你不好。我不知道是誰錯了，想來想去，定然是我錯了。」當下將黃蓉與他之間的根由一事不隱的說了。待說到黃蓉給歐陽鋒擒去、自己尋她大半年不見諸般經過，華箏聽他說得動情，也不禁掉下淚來。

郭靖道：「妹子，你忘了我罷，我非去找她不可。」華箏道：「你找到她之後，還來瞧我不瞧？」郭靖道：「若她平安無恙，我定然北歸。若你不嫌棄我，仍然要我，我就跟你成親，決無反悔。」華箏緩緩的道：「你不用這麼說，你知道我是永遠想嫁給你的。你去找她罷，找十年，找二十年，只要我活著，我總在這草原上等你。」郭靖心情激動，說道：「是的，找十年，找二十年，我總是要去找她。找十年，找二十年，我總時時刻刻記得你在這草原上等我。」

華箏躍起身來，投入他懷裏，放聲大哭。郭靖輕輕抱著她，眼圈兒也自紅了。兩人相偎相倚，更不說話，均知事已如此，若再多言，徒惹傷心。

過了良久，只見四乘馬自西急奔而來，掠過兩人身旁，直向金帳馳去。一匹馬馳到離金帳數十丈時忽然撲地倒了，再也站不起來，顯是奔得筋疲力盡，脫力倒斃。乘者從地下翻身躍起，對地下死馬一眼也沒看，毫不停留的向金帳狂奔。

只過得片刻，金帳中奔出十名號手，分站東南西北四方，嗚嗚嗚的吹了起來。

郭靖知道這是成吉思汗召集諸將最緊急的號令，任他是王子愛將，倘若大汗屈了十個手指還不趕到，立時斬首，決不寬赦，當即叫道：「大汗點將！」不及跟華箏多說，疾向金帳奔去，只聽得四方八面馬蹄急響。

郭靖奔到帳裏，成吉思汗剛屈到第三個手指，待他屈到第八根手指，所有王子大將全已到齊，只聽他大聲叫道：「那狗王摩訶末有這般快捷的王子麼？有這麼英勇的將軍麼？」諸王衆將齊聲叫道：「狗王沒有！」成吉思汗搥胸叫道：「你們瞧，這是我派到花剌子模去的使者的衛兵，那狗王摩訶末把我忠心的僕人怎麼了？」諸將順著大汗的手指瞧去，只見幾名蒙古人個個面目青腫，鬍子給燒得清光。鬍子是蒙古武士的尊嚴，只要給人一碰都是莫大侮辱，何況燒光？諸將見到，都大聲怒叫。

成吉思汗叫道：「花剌子模雖國大兵多，咱們難道便害怕了？咱們爲了一心攻打金狗，才對他萬分容讓。朮赤我兒，你跟大夥兒說，摩訶末那狗王怎生對付咱們了。」

朮赤走上一步，大聲道：「那年父王命孩兒征討該死的蔑兒乞惕人，得勝班師。那摩訶末狗王派了大軍，也來攻打蔑兒乞惕人。兩軍相遇，孩兒命使者前去通好，說道父王願與花剌子模交朋友。那紅鬍子狗王卻道：『成吉思汗雖命你們不打我，真主卻命我打你們。』一場惡戰，咱們打了勝仗，但因敵人十倍於我，咱們半夜裏悄悄退了兵。」

博爾忽說道：「雖然如此，大汗對這狗王仍禮敬有加。咱們派去商隊，但貨物給狗王搶了，商人給狗王殺了。這次派使者去修好，那狗王聽了金狗王子完顏洪烈的唆使，把大汗的忠勇使者殺了，將使者的衛兵殺了一半，另一半燒了鬍子趕回來。」

郭靖聽到完顏洪烈的名字，心中一凜，問道：「完顏洪烈在花剌子模麼？」一個被燒了鬍子的使者護衛道：「我認得他，他就坐在狗王身邊，不住跟狗王低聲說話。」

成吉思汗叫道：「金狗聯了花剌子模，要兩邊夾擊我們，咱們害怕了麼？」眾將齊聲叫道：「咱們大汗天下無敵。你領我們去打花剌子模，去攻破他們的城池，燒光他們的房屋，殺光他們的男人，擄走他們的女人牲口！」成吉思汗叫道：「要捉住摩訶末，要捉住完顏洪烈。」眾將齊聲吶喊，喊聲在大漠上遠遠傳了出去，帳幕中的燭火也震得搖晃不已。

成吉思汗拔出佩刀，在面前虛砍一刀，奔出帳去，躍上馬背。諸將蜂擁出帳，上馬跟在後面。成吉思汗縱馬奔了數里，馳上一個山岡。諸將知他要獨自沉思，都留在岡下，繞著山岡圍成圈子。

成吉思汗見郭靖在旁不遠，叫道：「孩子，你來。」郭靖馳馬上岡。

成吉思汗望著草原上軍營中繁星般的火堆，揚鞭道：「孩子，那日咱們給桑昆和札木合圍在山上，我跟你說過幾句話，你還記得麼？」郭靖道：「記得。大汗說，咱們蒙古人有這麼多好漢，只要大家不再自相殘殺，聯在一起，咱們能叫全世界都做蒙古人的牧場。」成吉思汗揮動馬鞭，吧的一聲，在空中擊了一鞭，叫道：「不錯，現今蒙古人聯在一起了，咱們捉那完顏洪烈去。」

郭靖本已決定次日南歸，忽然遇上此事，殺父之仇如何不報，又想起自己母子受大汗厚遇，正好爲他出力，以報恩德，叫道：「這次定要捉住完顏洪烈這狗賊。」

成吉思汗道：「那花剌子模號稱有精兵百萬，我瞧六七十萬總是有的。咱們卻只有二十萬兵，還得留下幾萬打金狗。十五萬人敵他七十萬，你說能勝麼？」郭靖不懂戰陣攻伐之事，但年少氣盛，向來不避艱難，聽大汗如此相詢，昂然說道：「當然能勝！」

成吉思汗叫道：「定然能勝。那天我說過要當你親生兒子一般相待，鐵木眞說過的話，從來不會忘記。你隨我西征，捉了摩訶末和完顏洪烈，再回來和我女兒成親。」此言正合郭靖心意，當即連聲答應。

成吉思汗縱馬下岡，叫道：「點兵！」親兵吹起號角，成吉思汗急馳而回。沿途只見人影閃動，戰馬奔騰，卻不聞半點人聲。待他到得金帳之前，三個萬人隊早已整整齊齊的列在草原上，明月映照一排排長刀，遍野閃耀銀光。

成吉思汗進入金帳，召來書記，命他修寫戰書。那書記在一大張羊皮紙上寫了長長一大篇，跪在地下朗誦給大汗聽：「上天立朕爲各族大汗，拓地萬里，滅國無數，自古德業之隆，未有如朕者。朕雷霆一擊，汝能當乎？汝國祚存亡，決於今日，務須三思，若不輸誠納款，行見蒙古大軍……」

成吉思汗越聽越怒，飛起一腳，將那白鬍子書記踢了個觔斗，罵道：「你跟誰寫信？成吉思汗跟這狗王用得著這麼囉唆？」提起馬鞭，夾頭夾腦劈了他十幾鞭，叫道：「你聽著，我怎麼唸，你就怎麼寫。」那書記戰戰兢兢的爬起來，換了一張羊皮紙，跪在地下，望著大汗的口唇。

成吉思汗從揭開著的帳門望出去，向著帳外三萬精騎出了一會神，低沉著聲音道：「這麼寫，只要六個字。」頓了一頓，大聲道：「你要打，就來打！」

那書記吃了一驚，心想這牒文太也不成體統，但頭臉上吃了這許多鞭子，兀自熱辣辣的作痛，如何敢多說一句，當即依言在牒文上大大的寫了這六個字。

成吉思汗道：「蓋上金印，即速送去。」木華黎上來蓋了印，派一名千夫長領兵送去。

諸將得悉大汗牒文中只寫了這六個字，都意氣奮揚，聽得信使的蹄聲在草原上逐漸遠去，突然不約而同的叫道：「你要打，就來打！」帳外三萬兵士跟聲呼叫：「嗬呼，嗬呼！」這是蒙古騎兵衝鋒接戰時慣常的吶喊。戰馬聽到主人呼喊，跟著嘶鳴起來。

剎時間草原上聲震天地，似乎正經歷著一場大戰。

成吉思汗遣退諸將士兵，獨自坐在黃金椅上出神。這張椅子是攻破金國中都時搶來的，椅背上鑄著盤龍搶珠，兩個把手上各彫有一隻猛虎，原是金國皇帝的寶座。成吉思汗支頤沉思，想到自己多苦多難的年輕日子，想到母親、妻子、四個兒子和愛女，想到無數美麗的妃子，想到百戰百勝的軍隊，無邊無際的帝國，以及即將面臨的強敵。

他年紀雖老，耳朵仍極靈敏，忽聽得遠處一匹戰馬悲鳴了幾聲，突無聲息。他知道是一匹老馬患了不治之症，主人不忍牠纏綿痛苦，一刀殺了。他突然想起：「我年紀也老了，這次出征，能活著回來嗎？要是我在戰場上送命，四個兒子爭做大汗，豈不吵得天翻地覆？唉，難道我就不能始終不死麼？」

任你是戰無不勝、無所畏懼的大英雄，待得精力漸衰，想到這個「死」字，心中總也不禁有慄慄之感。他想：「聽說南邊有一批人叫做『道士』，能教人成仙，長生不老，到底是不是眞的？」手掌擊了兩下，召來一名箭筒衛士，命傳郭靖入帳。

須臾郭靖到來，成吉思汗問起此事。郭靖道：「長生成仙，孩兒不知眞假，若說練氣吐納，延年益壽，那確是有的。」成吉思汗大喜，說道：「你識得有這等人麼？快去找一個來見我。」郭靖道：「這等有道之士，隨便徵召，他是決計不來的。」成吉思汗道：「不錯，我派一個大官，去禮聘他北來。你說該去請誰？」郭靖心想：「天下玄門正宗，自是全眞派。全眞六子中丘道長武功最高，又最喜事，或許請得他動。」當下說了長春子丘處機的名字。

成吉思汗大喜，當即召書記進來，將情由說了，命他草詔。那書記適才吃了他一頓打，想了良久，寫詔道：「朕有事，就快來。」學著大汗的體裁，詔書上也只六字，自以爲這一次定然稱旨。那知成吉思汗一聽大怒，揮鞭又打，罵道：「我跟狗王這生說，對有道之士也這生說麼？要寫長的，恭恭敬敬的，有禮貌的。」

那書記不會寫中華文字，當即去找了一個熟嫻漢文的漢人來，要他寫一通謙恭有禮、敦請丘處機的詔書。那漢人文士伏在地下，草詔道：「天厭中原驕華大極之性，朕局北野嗜欲莫生之情，反樸還淳，去奢從儉。每一衣一食，與牛豎馬圉共弊同饗。視民如赤子，養士如兄弟，謀素和，恩素畜。練萬衆以身人之先，臨百陣無念我之後，七載之中成大業，六合之內爲一統。非朕之行有德，蓋金之政無恆，是以受天之佑，獲承至尊。南連趙宋，北接回紇，東夏西夷，悉稱臣佐。念我單于國千載百世之來，未之有也。然而任大守重，治平猶懼有缺。且夫刳舟剡楫，將欲濟江河也。聘賢選佐，將以安天下也。朕踐祚已來，勤心庶政，而三九之位，未見其人。訪聞丘師先生，體眞履規，博物洽聞，探賾窮理，道沖德著，懷古君子之肅風，抱眞上人之雅操，久棲岩谷，藏身隱形。闡祖宗之遺化，坐致有道之士，雲集仙逕，莫可稱數。自干戈而後，伏知先生猶隱山東舊境，朕心仰懷無已。」

那文士寫到這裏，抬頭問道：「夠長了麼？」成吉思汗笑道：「這麼一大檝，夠啦。你再寫我派漢人大官劉仲祿去迎接他，請他一定要來。」

那文士又寫道：「豈不聞渭水同車，茅蘆三顧之事？奈何山川懸闊，有失躬迎之禮。朕但避位側身，齋戒沐浴，選差近侍官劉仲祿，備輕騎素車，不遠千里，謹邀先生暫屈仙步，不以沙漠悠遠爲念，或以憂民當世之務，或以恤朕保身之術。朕親侍仙座，欽惟先生將咳唾之餘，但授一言，斯可矣。今者，聊發朕之微意萬一，明於詔章，誠望先生既著大道之端，要善無不應，亦豈違衆生之願哉？故茲詔示，惟宜知悉。」

成吉思汗道：「好，就是這樣。」賞了那文士五兩黃金，又命郭靖親筆寫了一信，務懇丘處機就道，即日派劉仲祿奉詔南行。（按：成吉思汗徵請丘處機之詔書，係根據史書所載原文。）

次日，成吉思汗大會諸將，計議西征，會中封郭靖爲「那顏」，命他統率一個萬人隊。「那顏」是蒙古最高的官銜，非親貴大將，不能當此職稱。

此時郭靖武功大進，但說到行軍打仗，卻毫不通曉，只得向義兄拖雷以及哲別、速不台、博爾忽等大將請教。但他資質本不聰明，戰陣之事又變化多端，一時三刻之間那能學會？眼見衆大將點兵備糧，選馬揀械，人人忙碌。十五萬大軍西征，遠涉苦寒不毛之地，這番籌劃的功夫卻也非同小可。此等事務他全不通曉，只得吩咐手下十名千夫長分頭辦理。哲別與拖雷二人又時時提示指點。

過得月餘，越想越不妥，自知拙於用智使計，攻打敵軍百萬之師，降龍十八掌與九陰眞經可全用不上，只要一個號令不善，立時敗軍覆師，不但損折成吉思汗威名，且枉自送了這一萬人的性命。這一日正想去向大汗辭官，甘願做個小兵，臨敵之際只單騎陷陣殺將便是，忽然親兵報道，帳外有一千多名漢人求見。

郭靖大喜，心道：「丘道長來得好快。」忙迎出帳去，只見草原上站著一羣人，都是化子裝束，心中一怔。三個人搶上來躬身行禮，原來是丐幫的魯有腳與簡粱兩個長老。郭靖急問：「你們得知了黃蓉姑娘的訊息麼？」魯有腳道：「小人等到處訪尋，未得幫主音訊，聽說官人領軍西征，特來相助。」郭靖大爲奇怪，問道：「你們怎地得知？」魯有腳道：「大汗派人去徵召丘處機丘道長，我幫自全眞教處得獲官人消息。」

郭靖呆了半晌，望著南邊天上悠悠白雲，心想：「丐幫幫衆遍於天下，連他們也不知蓉兒下落，只怕凶多吉少了。」言念及此，眼圈兒不禁紅了。當下命親兵安頓了幫衆，自去稟報大汗。

成吉思汗道：「好，都編在你麾下就是。」郭靖說起辭官之事，成吉思汗怒道：「是誰生下來就會打仗的？不會嘛，打得幾仗也就會了。你從小跟著我長大，怕甚麼帶兵打仗？成吉思汗的女婿豈有不會打仗的？」

郭靖不敢再說，回到帳中，只是煩惱。魯有腳問知此事，勸慰了幾句。到了傍晚，魯有腳進帳說道：「早知如此，小人從南邊帶一部《孫子兵法》，或《太公韜略》來，那就好了。」這一言提醒了郭靖，猛然想起自己身邊有一部名爲《破金要訣》的武穆遺書，此是軍陣要訣，怎地忘了？當即從衣囊中取將出來，挑燈夜讀，直讀到次日午間，方始微有倦意。這書中諸凡定謀、審事、攻伐、守禦、練卒、使將、布陣、野戰，以及動靜安危之勢，用正出奇之道，無不詳加闡述。當日郭靖在沅江舟中匆匆翻閱，全未留心，此刻當用之際，只覺無一而非至理名言。

書中有些處所看不明白，便將魯有腳請來，向他請教。魯有腳道：「小人一時不明，待下去想想。」他只出帳片刻，立刻回來解釋得清清楚楚。郭靖大喜，繼續向他請教。但說也奇怪，魯有腳當面總回答不出，只要出去思索一會，便即心思機敏，疑難立解。郭靖初時也不在意，但一連數日，每次均如此，不禁奇怪。

這日晚間，郭靖拿書上一字問他。魯有腳又說記不起了，須得出去想想。郭靖心道：「書上疑難，你慢慢的想也就罷了。一個字倘若不識，豈難道想想就會識得的？」他雖身爲大將，究屬年輕，童心猶盛，等魯有腳一出帳，立即從帳後鑽出，伏在長草之中，要瞧他到底鬧甚麼玄虛。

只見他匆匆走進一個小小營帳，不久便即回出。郭靖急忙回帳。魯有腳跟著進來，說道：「小人想著了。」接著說了那字的音義。郭靖笑道：「魯長老，你既另有師傅，何不請來見我？」魯有腳一怔，說道：「沒有啊。」郭靖握了他手掌，笑道：「咱們出去瞧瞧。」說著拉了他出帳，向那小帳走去。

小帳前有兩名丐幫的幫衆守著，見郭靖走來，同時咳嗽了一聲。郭靖聽到咳聲，忙撇下魯有腳，急步往小帳奔去。一掀開帳幕，只見後帳來回抖動，顯是剛才有人出去。郭靖搶步上前，掀開後帳，但見一片長草，卻無人影，不禁呆在當地，做聲不得。

郭靖回身向魯有腳詢問，他說這營帳是他的居所，並無旁人在內。郭靖不得要領，再問他武穆遺書上的疑難，魯有腳卻直到第二日上方始回覆。郭靖心知這帳中人對己並無惡意，只不願相見，料來必是江湖上的一位高人，也就不便強人所難，當下將這事擱在一邊。

他晚上研讀兵書，日間就依書上之法操練士卒。蒙古騎兵素習野戰，不慣這等列陣爲戰之法，但主帥有令，不敢違背，只得依法操練。又過月餘，成吉思汗兵糧俱備，而郭靖所統的萬人隊，也已將天覆、地載、風揚、雲垂、龍飛、虎翼、鳥翔、蛇蟠八個陣勢演習純熟。這八陣原爲諸葛亮依據古法而創，傳到岳飛手裏，又加多了若干變化。

岳飛少年時只喜野戰，上司宗澤說道：「爾勇智才藝，古良將不能過。然好野戰，非萬全之計。」因授以布陣之法。岳飛說道：「陣而後戰，兵法之常。運用之妙，存乎一心。」宗澤對他的話也頗爲首肯。岳飛後來征伐既多，也知拘泥舊法固然不可，但以陣法教將練卒，再施之於戰場，亦大有制勝克敵之功。這番經過也都記在《破金要訣》之中。

這日天高氣爽，長空萬里，一碧如洗。蒙古十五個萬人隊一列列的排在大草原之上。成吉思汗祭過天地，誓師出征，對諸王諸將訓示：「石頭無皮，人命有盡。我頭髮鬍子都白了，這次出征，未必能活著回來。我的妃子也於昨晚跟我提起，我想著不錯，今日我要立一個兒子，在我死後高舉我的大纛。」

開國諸將隨著成吉思汗東征西討，到這時身經百戰，盡已白髮蒼蒼，聽到大汗忽要立後，都不禁又驚又喜，一齊望著他的臉，靜候他說出繼承者的名字。

成吉思汗道：「朮赤，你是我的長子，你說我該當立誰？」朮赤心裏一跳，他驍勇善戰，立功最多，又是長子，向來便以爲父王死後自然由他繼位，這時大汗忽然相問，卻不知如何回答才好。成吉思汗的次子察合台性如烈火，與大哥向來不睦，聽父王問他，叫了起來：「要朮赤說話，要派他作甚？我們能讓這蔑兒乞惕的雜種管轄麼？」原來成吉思汗初起時衆少力微，妻子曾遭仇敵蔑兒乞惕人擄去，數年後待得奪回，已然生了朮赤，只成吉思汗並不以此為嫌，對朮赤自來視作親子。

朮赤聽兄弟如此辱罵，那裏忍耐得住，撲上前去，抓住察合台胸口衣襟，叫道：「父王並不將我當作外人，你卻如此辱我！你有甚麼本事強過我？你只是暴躁傲慢而已。咱倆這就出去比個輸贏。要是我射箭輸給你，我將大拇指割掉。要是我比武輸給你，我就倒在地上永遠不起來！」轉頭向成吉思汗道：「請父王降旨！」兩兄弟互扭衣襟，當場就要拚鬥。

衆將紛紛上前勸解，博爾朮拉住朮赤的手，木華黎拉著察合台的手。成吉思汗想起少年之時數為仇敵所窘，連妻子也不能保，以致引起今日紛爭，不禁默然。衆將都責備察合台不該提起往事，傷了父母之心。成吉思汗道：「兩人都放手。朮赤是我長子，我向來愛他重他，以後誰也不許再說。」

察合台放開了朮赤，說道：「朮赤的本事高強，誰都知道。但他不及三弟窩闊台仁慈，我推舉窩闊台。」成吉思汗道：「朮赤，你怎麼說？」朮赤見此情形，心知汗位無望，他與三弟向來和好，又知他為人仁愛，日後不會相害，便道：「很好，我也推舉窩闊台。」四王子拖雷更無異言。窩闊台推辭不就。

成吉思汗道：「你不用推讓，打仗你不如你大哥二哥，但你待人親厚，將來做了大汗，諸王諸將不會自相紛爭殘殺。咱們蒙古人只要自己不打自己，天下無敵，還有甚麼好躭心的？」當日成吉思汗大宴諸將，慶祝新立太子。

衆將士直飲至深夜方散。郭靖回營時已微有酒意，正要解衣安寢，一名親兵突然匆匆進帳，報道：「駙馬爺，不好啦，大王子、二王子喝醉了酒，各自帶了兵廝殺去啦。」郭靖吃了一驚，道：「快報大汗。」那親兵道：「大汗醉了，叫不醒他。」

郭靖知道朮赤和察合台各有親信，麾下都擁精兵猛將，倘若相互廝殺起來，蒙古軍力非大傷元氣不可，但日間兩人在大汗之前尚且毆鬥，此時又各醉了，自己去勸，如何拆解得開。一時徬徨無計，在帳中走來走去，以手擊額，自言自語：「要是蓉兒在此，必能教我一個計策。」只聽得遠處吶喊聲起，兩軍就要對殺，郭靖更是焦急，忽見魯有腳奔進帳來，遞上一張紙條，上寫：「以蛇蟠陣阻隔兩軍，用虎翼陣圍擒不服者。」

這些日子來，郭靖已將一部武穆遺書讀得滾瓜爛熟，斗然間見了這兩行字，頓時醒悟，叫道：「怎地我如此愚拙，竟然計不及此，讀了兵書何用？」當即命軍中傳下令去。蒙古軍令嚴整，衆將士雖已多半飲醉，但一聞號令，立即披甲上馬，片刻之間，已整整齊齊的列成陣勢。

郭靖令中軍點鼓三通，號角聲響，前陣發喊，向東北方衝去。馳出數里，哨探報道，大王子和二王子的親軍兩陣對圓，已在廝殺，只聽嗬呼、嗬呼之聲已然響起。郭靖心中焦急：「只怕我來遲了一步，這場大禍終於阻止不了。」忙揮手發令，萬人隊的右後天軸三隊衝上前去，右後地軸三隊列後為尾，右後天衝，右後地衝，西北風，東北風各隊居右列陣，左軍相應各隊居左，隨著郭靖軍中大纛，布成蛇蟠之陣，向前猛衝過去。

朮赤與察合台屬下各有二萬餘人，正手舞長刀接戰，郭靖這蛇蟠陣突然自中間疾馳而至，軍容嚴整。兩軍一怔之下，微見散亂。只聽得察合台揚聲大呼：「是誰？是誰？是助我呢，還是來助朮赤那雜種？」郭靖不理，令旗揮動，各隊旋轉，蛇蟠陣登時化為虎翼陣，陣面向左，右前天衝四隊居為前首，其餘各隊從察合台軍兩側包抄了上來，只左天前衝二隊向著朮赤軍，守住陣腳。

察合台這時已看清楚是郭靖旗號，高聲怒罵：「我早知賊南蠻不是好人。」下令向郭靖軍衝殺。但那虎翼陣變化精微，兩翼威力極盛，乃當年韓信在垓下大破項羽時所創。兵法云：「十則圍之。」本來須有十倍兵力，方能包圍敵軍，但此陣極盡變幻，竟能以少圍多。

察合台的部眾見郭靖部一小隊一小隊的縱橫來去，不知有多少人馬，心中各存疑懼。片刻之間，察合台的二萬餘人已遭割裂阻隔，左右不能相救。他們與朮赤軍相戰之時，鬥志原本極弱，一來對手都是族人，大半交好相識，二來又怕大汗責罰，這時為郭靖部衝得亂成一團，更加無心拚鬥，只聽得郭靖中軍大聲叫道：「咱們都是蒙古兄弟，不許自相殘殺。快拋下刀槍弓箭，免得大汗責打斬首。」眾將士正合心意，紛紛下馬，投棄武器。

察合台領著千餘親信，向郭靖中軍猛衝，只聽三聲鑼響，八隊兵馬從八方圍到，霎時地下盡都布了絆馬索，千餘人一一跌下馬來。那八隊人四五人服侍一個，將察合台以及他的帶兵親信揿在地下，都用繩索反手縛了。

朮赤見郭靖揮軍擊潰了察合台，不由得又驚又喜，正要上前叙話，突聽號角聲響，郭靖前隊變後隊，後隊變前隊，四下裏圍了上來。朮赤久經陣戰，但見了這等陣仗，也驚疑不已，忙喝令拒戰，卻見郭靖的萬人隊分作十二小隊，不向前衝，反向後卻。朮赤更加奇怪，那知道這十二隊分爲大黑子、破敵丑、左突寅、青蛇卯、摧兇辰、前衝巳、大赤午、先鋒未、右擊申、白雲酉、決勝戌、後衛亥，按著十二時辰，奇正互變，奔馳來去。十二隊陣法倒轉，或右軍左衝，或左軍右擊，一番衝擊，朮赤軍立時散亂。不到一頓飯工夫，朮赤也軍潰受擒。

朮赤想起初遇郭靖時曾將他鞭得死去活來，察合台想起當時曾嗾使猛犬咬他，都怕他乘機報復，驚嚇之下，酒都醒了，又怕父王重責，都悔恨不已。

郭靖擒了兩人，心想自己究是外人，做下了這件大事，也不知是禍是福，正要去和窩闊台、拖雷商議，突聽號角大鳴，火光中大汗的九旄大纛遠遠馳來。

成吉思汗酒醒後得報二子統兵拚殺，驚怒交迸之下，不及穿衣披甲，散著頭髮急來阻止。馳到臨近，只見兩軍將士一排排坐在地下，郭靖的騎軍監視在側，又見二子雖騎在馬上，但無盔無甲，手無兵刃，每人都給八名武士執刀圍住，不禁大奇。

郭靖上前拜伏在地，稟明原由。成吉思汗見一場大禍竟爲他消弭於無形，欣喜不已。他趕來之時，心想兩子所統蒙古精兵自相殘殺，必已死傷慘重，兩個愛子說不定都已屍橫就地，豈知兩子無恙，三軍俱都完好，委實喜出望外。當即大集諸將，把朮赤與察合台狠狠責罵了一頓，重賞郭靖和他屬下將士，對郭靖道：「你還說不會帶兵打仗？這一仗的功勞，可比打下金國的中都還大。敵人的城池今天打不下，明天還可再打。我的愛子和精兵倘若死了，怎麼還活得轉來？」

郭靖將大汗所賞的金銀牲口都分給了將士，一軍之中，歡聲雷動。諸將見郭靖立了大功，都到他營中賀喜。郭靖遵哲別之囑，親自去向朮赤、察合台謝罪。二人見未釀大禍，免了大汗罪責，懊悔之餘深自慶幸，反向郭靖誠心道謝。兄弟二人相互間雖嫌隙不消，對郭靖卻反增情誼。

郭靖靜下來後，在帳中取出魯有腳先前交來的字條細看，見字跡扭曲，甚是拙劣，多半確是魯有腳所寫，但又起疑心：「蛇蟠、虎翼兩陣，我雖用以教練士卒，卻未跟魯長老說起過陣勢的名字，我向他請教兵書上的疑難，也沒和這幾個陣勢是有關的。他怎知有此兩陣？難道是偷讀了我的兵書？」當下將魯有腳請到帳中，說道：「魯長老，這兵書你若愛看，我借給你就是。」魯有腳笑道：「窮叫化這一輩子是決計不會做將軍的，帶領些小叫化也不用講兵法，兵書讀了無用。」郭靖指著字條道：「你怎知蛇蟠、虎翼之陣？」魯有腳道：「官人曾與小人說過，怎地忘了？」郭靖知他所言不實，越想越奇怪，始終不明他隱著何事。

次日成吉思汗升帳點將。前軍先鋒由察合台、窩闊台統領；左軍由朮赤統領；右軍由郭靖統領。前、左、右三軍各是三個萬人隊。成吉思汗帶同拖雷，自將主軍六個萬人隊隨後應援。每名軍士都攜馬數匹，交替乘坐，以節馬力，將官攜馬更多。十五個萬人隊，馬匹數逾百萬。此外糧食、馬秣裝在駱駝及馬車之上，更有牛羊無數。此去西行荒涼，軍馬給養，務須備足。

號角齊鳴，鼓聲雷動，先鋒前軍三萬，士壯馬騰，浩浩蕩蕩的向西進發。

蒙古人從宋人、金人處學得了鍊鐵、鑄鐵之術，兵甲銳利，舉世無敵，成吉思汗天縱英明，用兵如神，戰無不勝。

大軍漸行漸遠，入花剌子模境後，一路勢如破竹。摩訶末兵力雖衆，卻遠不是蒙古軍的敵手。郭靖攻城殺敵，立了不少功勞。

四營將士得訊，紛到主帥帳前觀看奇景。眾人一齊用力，豎起冰柱。火把照耀下但見歐陽鋒露齒怒目，揮臂抬足，卻給牢牢困在大冰柱中，半點動彈不得。眾將士歡聲雷動。

第三十七回　從天而降

這一日郭靖駐軍那密河畔，晚間正在帳中研讀兵書，忽聽帳外喀的一聲輕響，帳門掀處，一人鑽了進來。帳前衛兵上前喝止，給那人手臂輕揮，一一點倒在地。那人抬頭而笑，燭光下看得明白，正是西毒歐陽鋒。郭靖離中土萬里，不意在此異邦絕域之地竟與他相遇，不禁驚喜交集，躍起身來，叫道：「黃姑娘在那裏？」

歐陽鋒道：「我正要問你，那小丫頭在那裏？快交出人來！」郭靖聽了此言，喜不自勝，不由得滿臉笑容，心道：「如此說來，蓉兒尚在人世，且已逃脫他的魔手。」歐陽鋒厲聲又問：「小丫頭在那裏？」郭靖道：「她在江南隨你而去，後來怎樣？她……她很好嗎？你沒害死她，這可眞要多謝你啦！我……我眞要謝謝你。」說著躬身道謝，忍不住喜極而泣。

歐陽鋒知他不會說謊，但從諸般跡象看來，黃蓉必在郭靖營中，何以他全然不知，一時思之不解，盤膝在地下鋪著的氈上坐了。

郭靖拭了眼淚，解開衛兵穴道，命人送上乳酒酪茶。歐陽鋒喝了一碗馬乳酒，說道：「傻小子，我不妨跟你明言。那丫頭在嘉興府鐵槍廟中確給我拿住了，那知過不了幾天就逃走了。」郭靖大喜叫好，說道：「她聰明伶俐，倘若想逃，定然逃得了。她是怎生逃了的？」歐陽鋒恨恨的道：「在太湖邊歸雲莊上……，呸，說他作甚，總之是逃走了。」郭靖知他素來自負，這等失手受挫之事豈肯親口說出，也不再追問，得知黃蓉無恙，喜樂不勝，不住大叫：「好極！好極！眞正多謝你了！」歐陽鋒和他有殺師大仇，決不可解，但他不害黃蓉，心中終究感激。

歐陽鋒道：「謝甚麼？她逃走之後，我緊追不捨，好幾次差點就抓到了，總給她狡猾兔脫。但我追得緊急，這丫頭卻也沒能逃回桃花島去。我們兩個一追一逃，到了蒙古邊界，忽然失了她的蹤跡。我想她定會到你軍中，於是反過來使個守株待兔之計。」

郭靖聽說黃蓉到了蒙古，更加驚喜交集，忙問：「你見到了她沒有？」

歐陽鋒怒道：「倘若見到了，我還不抓回去？我日夜在你軍中窺伺，始終不見這丫頭人影。傻小子，你到底在搗甚麼鬼？」郭靖呆了半晌，道：「你日夜在我軍中窺伺？我怎地半點也不知道？」歐陽鋒笑道：「我是你天前衛隊中的一名西域小卒。你是主帥，怎認得我？」蒙古軍中本多俘獲的敵軍，歐陽鋒是西域人，會說色目人言語，混在軍中，確不易爲人察覺。

郭靖聽他這麼說，不禁駭然，心想：「他若要傷我，我這條命早已不在了。」喃喃的道：「你怎說蓉兒在我軍中？」

歐陽鋒道：「你擒大汗二子，攻城破敵，若不是那丫頭從中指點，憑你這傻小子就辦得了？可是這丫頭從不現身，那也當眞奇了。現下只得著落在你身上交出人來。」郭靖笑道：「倘若蓉兒現身，我眞求之不得。但你倒想想，我能不能將她交給你？」

歐陽鋒道：「你不肯交人，我自有對付之道。你雖手綰兵符，統領大軍，可是在我歐陽鋒眼中，嘿嘿，這帳外帳內，就如無人之境，要來便來，要去便去，誰又阻得了我？」郭靖點點頭，默然不語。

歐陽鋒道：「傻小子，咱倆訂個約怎樣？」郭靖道：「訂甚麼約？」歐陽鋒道：「你說出她的藏身之處，我擔保決不傷她一毫一髮。你若不說，我慢慢總也能找到，那時候啊，哼哼，可就沒甚麼美事啦。」

郭靖素知他神通廣大，只要黃蓉不在桃花島藏身，總有一日能給他找著擒去，這番話卻也非信口胡吹，沉吟了片刻，說道：「好，我跟你訂個約，但不是如你所說。」歐陽鋒道：「你要如何？」郭靖道：「歐陽先生，你現下功夫遠勝於我，可是我年紀比你小，總有一天，你年老力衰，會打我不過。」郭靖以前叫他「歐陽世伯」，但他害死了五位恩師，仇深似海，那「世伯」兩字是再也不會出口了。

歐陽鋒從未想到「年老力衰」四字，給他一提，心中一凜：「這傻小子這幾句話倒也不傻。」說道：「那便怎樣？」郭靖道：「你與我有殺師深仇，此仇不可不報，你便走到天邊，我也總有一日要找上你。」

歐陽鋒仰頭哈哈大笑，說道：「乘著我尚未年老力衰，今日先將你斃了！」語聲甫畢，雙腿一分，人已蹲起，雙掌排山倒海般劈將過來。

此時郭靖早已將九陰眞經上的「易筋鍛骨章」練成，既得一燈大師譯授了眞經總旨，他會背誦經文，經上其他功夫也已練了不少，內力的精純渾厚更大非昔比，身子略側，避開掌勢，回了一招「見龍在田」。歐陽鋒回掌接住，這降龍十八掌功夫他本知之已稔，又知郭靖得洪七公眞傳，掌力甚強，但比之自己終究差著一截，不料這下硬接硬架，身子竟微微晃動。他略有大意，險些輸了，不由得一驚：「只怕不等我年老力衰，這小子就要趕上我了。」當即左掌拍出。

郭靖又側身避過，回了一掌。這一招歐陽鋒卻不再硬接，手腕迴勾，將他掌力卸開。郭靖不明他掌力運用的秘奧，只道他是消解自己去招，那知歐陽鋒寓攻於守，一勾之中竟蓄有回力，郭靖只覺一股大力撲面而來，閃避不及，只得伸右掌抵住。

要論到兩人功力，郭靖仍稍遜一籌，此時形勢，已與當日臨安皇宮水簾洞中抵掌相似，雖郭靖已能支持較久，但時刻長了，終究非死即傷。歐陽鋒依樣葫蘆，再度將他誘入彀中，心下正喜，突覺郭靖右掌微縮，勢似不支，當即掌上加勁，那知他右掌輕滑，竟爾避開，歐陽鋒猛喝一聲，掌力疾衝而去，心想：「今日是你死期到了。」

眼見指尖要掃到他胸前，郭靖左掌橫過，在胸口一擋，右手食指伸出，猛向歐陽鋒太陽穴點去。這是他從一燈大師處見到的一陽指功夫，但一燈大師並未傳授，他當日只見其形，全不知其中變化訣竅，此時危急之下，以雙手互搏之術使了出來。一陽指正是蛤蟆功的剋星，歐陽鋒見到，如何不驚？立即躍後避開，怒喝：「段智興這老兒也來跟我爲難了？」

其實郭靖所使指法並非眞是一陽指，更未附有先天功，如何能破蛤蟆功，但歐陽鋒大驚之下，不及細辨，待得躍開，才想起這一陽指後招無窮，怎麼他一指戳過，就此縮手，想是並未學全，雙掌一上一下，一放一收，斗然擊出。這一下來得好快，郭靖念頭未轉，已縱身躍起，只聽得喀喇一聲巨響，帳中一張矮几已給西毒雙掌劈成數塊。

歐陽鋒重佔上風，次掌繼發，忽覺身後風聲颯然，有人偷襲，當下竟不轉身，左腿向後反踢。身後那人也舉腿踢來，雙足相交，那人一交摔了出去，但腿骨居然並未折斷，倒大出歐陽鋒意料之外。他回過身來，只見帳門處站著三個有鬚乞丐，原來是丐幫的魯、簡、梁三長老。魯有腳縱身躍起，雙臂與簡梁二人手臂相挽，這是丐幫中聚衆禦敵、以弱抗強之術，當日君山大會選立幫主，丐幫就曾以這功夫結成人牆，將郭靖與黃蓉逼得束手無策。

歐陽鋒從未和這三人交過手，但適才對了一腳，已試出魯有腳內力不弱，其餘二丐想來也都相類，自己與郭靖單打獨鬥雖穩操勝劵，但加上一羣臭叫化，自己就討不了好去，當下哈哈一笑，說道：「傻小子，你功夫大進了啊！」曲起雙腿，雙膝坐在氈上，對魯有腳等毫不理會，說道：「你要和我訂甚麼約，且說來聽聽。」

郭靖道：「你要黃姑娘給你解釋九陰眞經，她肯與不肯，只能由她，你不能傷她毫髮。」歐陽鋒笑道：「她如肯說，我原本捨不得加害，難道黃老邪是好惹的麼？小姑娘伶牙俐齒，作個伴兒，談談說說，再好不過。但她如堅不肯說，豈不許我小小用點兒強？」郭靖搖頭道：「不許。」歐陽鋒道：「你要我答允此事，以甚麼交換？」郭靖道：「從今而後，你落在我手中之時，我饒你三次不死。」

歐陽鋒站起身來，縱聲長笑。笑聲尖厲奇響，遠遠傳送出去，草原上的馬匹聽了，都嘶鳴起來，好一陣不絕。郭靖雙眼凝視著他，低聲道：「這沒甚麼好笑。你自己知道，總有一日，你會落入我手中。」

歐陽鋒雖然發笑，其實卻也當眞忌憚，暗想這小子得知九陰眞經秘奧，武功進境神速，委實輕視不得，口中笑聲不絕，心下計議已定，笑道：「我歐陽鋒竟要你這臭小子相饒？好罷，咱們走著瞧。」郭靖伸出手掌，說道：「丈夫一言。」歐陽鋒笑道：「快馬一鞭。」在他掌上輕拍一下，反過手掌，郭靖輕擊一掌，反掌由歐陽鋒再拍。這三擊掌相約是宋人立誓的儀式，若負誓言，終身爲人不齒。

三掌擊過，歐陽鋒正要再盤問黃蓉的蹤跡，一瞥眼間，忽在營帳縫中見有一人在外飛掠而過，身法快捷異常，心中一動，忙揭帳而出，卻已不見人影。他回過頭來，說道：「十日之內，再來相訪，且瞧是你饒我，還是我饒你？」說罷哈哈大笑，倏忽之間，笑聲已在十數丈外。

魯簡梁三長老相顧駭然，均想：「此人武功之高，世所罕有，無怪能與洪幫主齊名當世。」郭靖將歐陽鋒來訪的原由向三人說了。魯有腳道：「他說黃幫主在咱們軍中，全是胡說八道。倘若黃幫主在此，咱們豈能不知？再說……」

郭靖坐了下來，一手支頤，緩緩道：「我卻想他的話也很有些道理。我常常覺得，黃姑娘就在我身邊，我有甚麼疑難不決之事，她總是給我出個極妙的主意。只不管我怎麼想念，卻始終見不著她。」說到這裏眼眶中已充滿淚水。魯有腳勸道：「官人也不須煩惱，眼下離別一時，日後終能團聚。」郭靖道：「我得罪了黃姑娘，只怕她再也不肯見我。不知我該當如何，方能贖得此罪？」魯簡梁三人相顧無語。郭靖又道：「縱使她不肯和我說話，只須讓我見上一面，也好令我稍解思念的苦楚。」簡長老道：「官人累了，早些安歇。明兒咱們須得計議個穩妥之策，防那歐陽鋒再來滋擾。」

次日大軍西行，晚間安營後，魯有腳進帳道：「小人年前曾在江南得到一畫，想我這等粗野鄙夫，怎領會得畫中之意？官人軍中寂莫，正可慢慢鑒賞。」說著將一捲畫放在案上。郭靖打開一看，不由得呆了，只見紙上畫著一個簪花少女，坐在布機上織絹，面目宛然便是黃蓉，只容顏瘦損，顰眉含眄，大見憔悴。

郭靖怔怔的望了半晌，見畫邊又題了兩首小詞。一詞云：「七張機，春蠶吐盡一生絲，莫教容易裁羅綺。無端剪破，仙鸞彩鳳，分作兩邊衣。」另一詞云：「九張機，雙飛雙葉又雙枝，薄情自古多離別。從頭到底，將心縈繫，穿過一條絲。」

這兩首詞自是模仿瑛姑〈四張機〉之作，但苦心密意，語語雙關，似又在〈四張機〉之上。郭靖雖難以盡解，但「薄情自古多離別」等淺顯句子卻也是懂的，回味半日，心想：「此畫必是蓉兒手筆，魯長老卻從何處得來？」抬頭欲問時，魯有腳早已出帳。郭靖忙命親兵傳他進來。魯有腳一口咬定，說是在江南書肆中購得。

郭靖就算再魯鈍十倍，也已瞧出這中間定有玄虛，魯有腳是個粗魯豪爽的漢子，怎會去買甚麼書畫？就算有人送他，他也必隨手拋棄。他在江南書肆中購得的圖畫，畫中的女子又怎會便是黃蓉？只魯有腳不肯吐露眞相，卻也無可奈何。

正沉吟間，簡長老走進帳來，低聲道：「小人適才見到東北角上人影一晃，倏忽間不知去向，只怕歐陽鋒那老賊今晚要來偷襲。」郭靖道：「好，咱們四人在這裏合力擒拿。」簡長老道：「小人有條計策，官人瞧著是否使得。」郭靖道：「想必是好的，請說罷。」簡長老道：「這計策說來其實平常。咱們在這裏掘個深坑，再命二十名士卒各負沙包，守在帳外。那老賊不來便罷，若是再來跟官人囉唕，管教他有來無去。」

郭靖大喜，心想歐陽鋒素來自負，從不把旁人放在眼裏，此計雖舊，對付他倒是絕妙。當下三長老督率士兵，在帳中掘了個深坑，坑上蓋以毛氈，氈上放了張輕便木椅。二十名健卒各負沙包，伏在帳外。沙漠中行軍常須掘地取水，是以帳中掘坑，毫不引人注目。安排已畢，郭靖秉燭相候。那知這一晚歐陽鋒竟不到來，次日安營後，三長老又在帳中掘下陷阱，這晚仍無動靜。

到第四天晚上，郭靖耳聽得軍中刁斗之聲此起彼息，心中也思潮起伏。猛聽得帳外如一葉落地，歐陽鋒縱聲長笑，踏進帳來，便往椅中坐落。

只聽得喀喇喇一聲響，他連人帶椅跌入坑中。這陷阱深達七八丈，徑窄壁陡，歐陽鋒功夫雖高，落下後急切間那能縱得上來？二十名親兵從帳邊蜂擁搶出，四十個大沙包迅即投入陷阱，盡數壓在歐陽鋒身上。

魯有腳哈哈大笑，叫道：「黃幫主料事如神……」簡長老向他瞪了一眼，魯有腳急忙住口。郭靖忙問：「甚麼黃幫主？」魯有腳道：「小人說溜了嘴，我是說洪幫主。若是洪幫主在此，定然歡喜。」郭靖凝目瞧他，正要再問，突然帳外親兵發起喊來。

郭靖與三長老急忙搶出，只見眾親兵指著地下，喧嘩叫嚷。郭靖排眾看時，見地下一個沙堆漸漸高起，似有甚麼物事要從底下湧出，登時醒悟：「歐陽鋒好功夫，竟要從地下鑽將上來。」當即發令，數十名騎兵翻身上馬，往沙堆上踹去。

眾騎兵連人帶馬份量已然不輕，再加奔馳起落之勢，歐陽鋒武功再強，也禁受不起，只見沙堆緩緩低落，但接著別處又有沙堆湧起。眾騎兵見何處有沙堆聳上，立時縱馬過去踐踏，過不多時，不再有沙堆隆起，想是他支持不住，已閉氣而死。

郭靖命騎兵下馬掘屍。此時已交子時，眾親兵高舉火把，圍成一圈，十餘名兵士舉鏟挖沙，挖到丈餘深處，果見歐陽鋒直挺挺站在沙中。此處離帳中陷坑已有數丈之遙，雖說沙地鬆軟，但他竟能憑一雙赤手，閉氣在地下挖掘行走，有如鼴鼠一般，內功之強，確屬罕見罕聞。眾士卒又驚又佩，將他抬了起來，橫放地下。

魯有腳探他已無鼻息，但摸他胸口卻尚自溫暖，便命人取鐵鍊來綑縛，以防他醒轉後難制。歐陽鋒在沙中爬行，頭頂始終給馬隊壓住，無法鑽上，當下假裝悶死，待上來時再圖逃走。這時他悄沒聲的呼吸了幾下，見魯有腳站在身畔，大聲命人取鍊，突然躍起，大喝一聲，伸手扣住了魯有腳右手脈門。

這一下變起倉卒，死屍復活，衆人都大吃一驚。郭靖卻已左手按住歐陽鋒背心「陶道穴」，右手按住他腰間「脊中穴」。這兩個穴道都是人身背後大穴，他若非在沙下給壓得半死不活，筋疲力盡，焉能輕易讓人按中？他一驚之下，欲待反手拒敵，只覺穴道上微微一麻，心知郭靖留勁不發，若他掌力送出，自己臟腑登時震碎，何況此時手足酸軟，就算並非要穴被制，與郭靖平手相鬥也必萬萬不敵，只得放開了魯有腳手腕，挺立不動。

郭靖道：「歐陽先生，請問你見到了黃姑娘麼？」歐陽鋒道：「我見到她側影，這才過來找她。」郭靖道：「你當眞看清楚了？」歐陽鋒恨恨的道：「若非鬼丫頭在此，諒你也想不出這裝設陷阱的詭計。」郭靖呆了半晌，道：「你去罷，這次饒了你。」右掌輕送，將他彈出丈餘之外。他忌憚歐陽鋒了得，若貿然放手，只怕他忽施反擊。

歐陽鋒回過身來，冷然道：「我和小輩單打獨鬥，向來不使兵刃。但你有鬼丫頭暗中相助，詭計多端，此例只好破了。十日之內，我攜蛇杖再來。杖頭毒蛇你親眼見過，可須小心了。」說罷飄然而去。

郭靖望著他的背影倏忽間在黑暗中隱沒，一陣北風過去，身上登感寒意，想起他蛇杖之毒，杖法之精，不禁慄慄危懼，自己雖跟江南六怪學過多般兵刃，但俱非上乘功夫，欲憑赤手對付毒杖，那是萬萬不能，如使用兵器，又沒一件當眞擅長。一時徬徨無計，抬頭望天，黑暗中但見白雪大片大片的飄下。

回到帳中不久，寒氣更濃。親兵生了炭火，將戰馬都牽入營帳避寒。丐幫衆人大都未攜皮衣，突然氣候酷寒，只得各運內力抵禦。郭靖急令士卒宰羊取裘，不及硝製，只擦洗了羊血，就令幫衆披在身上。

次日更冷，地下白雪都結成了堅冰。花剌子模軍乘寒來攻，郭靖早有防備，以龍飛陣大勝了一仗，連夜踐雪北追。

古人有詩詠寒風西征之苦云：「將軍金甲夜不脫，半夜軍行戈相撥，風頭如刀面如割。馬毛帶雪汗氣蒸，五花連錢旋作冰，幕中草檄硯水凝。」又云：「虜塞兵氣連雲屯，戰場白骨纏草根。劍河風急雲片闊，沙口石凍馬蹄脫。」郭靖久在漠北，向習寒凍，倒也不以爲苦，但想黃蓉若眞在軍中，她生長江南，如何經受得起？不由得愁思倍增。翌晚宿營後他也不驚動將士，悄悄到各營察看，但查遍了每一座營帳，又那裏有黃蓉的影子？

回到帥帳，卻見魯有腳督率士兵，正在地下掘坑，郭靖道：「這歐陽鋒狡猾得緊，吃了一次虧，第二次又怎再能上鉤？」魯有腳道：「他料想咱們必使別計，那知咱們卻給他來個依樣葫蘆。這叫作虛者實之，實者虛之，虛虛實實，人不可測。」

郭靖橫了他一眼，心道：「你說帶領小叫化不用讀兵法，這兵書上的話，卻又記得好熟。」魯有腳道：「但如再用沙包堆壓，此人必有解法。咱們這次給他來個同中求異。不用沙包，卻用滾水澆淋。」郭靖見數十名親兵在帳外架起二十餘隻大鐵鍋，將凍成堅冰的一塊塊白雪用斧頭敲碎，鏟入鍋中，說道：「那豈不活活燙死了他？」魯有腳道：「官人與他相約，若他落入官人手中，你饒他三次。但如一下子便燙死了，算不得落入官人手中，要饒也無從饒起，自不能說是背約。」

過不多時，深坑已然掘好，坑上一如舊狀，鋪上毛氈，擺了張木椅。帳外衆親兵也已在鍋底生起了柴火，燒冰化水，只天時委實寒冷過甚，有幾鍋柴薪添得稍緩，鍋面上轉眼又結起薄冰。魯有腳不住價催促：「快燒，快燒！」

突然間雪地裏人影一閃，歐陽鋒舉杖挑開帳門，叫道：「傻小子，這次再有陷阱，你爺爺也不怕了！」說著飛身而起，穩穩往木椅上一坐。

魯簡粱三長老料不到歐陽鋒來得這般快法，此時鍋中堅冰初熔，尚只是一鍋鍋冰涼的雪水，莫說將人燙死，即是用來洗個澡也嫌太冷，眼見歐陽鋒往椅上一坐，不禁連珠價叫苦。只聽得喀喇喇一聲響，歐陽鋒大罵聲中，又連人帶椅的落入陷阱。

此時連沙包也未就手，以歐陽鋒的功夫，躍出這小小陷阱當眞易如反掌，三長老手足無措，只怕郭靖受害，齊叫：「官人，快出帳來。」忽聽背後一人低喝道：「倒水！」

魯有腳聽了這聲音，不須細想，立即遵從，叫道：「倒水！」衆親兵抬起大鍋，猛往陷阱中潑將下去。

歐陽鋒正從阱底躍起，幾鍋水忽從頭頂瀉落，一驚之下，提著的一口氣不由得鬆了，身子立即下墮。他將蛇杖在阱底急撐，二次提氣又上，這次有了防備，頭頂灌下來的冷水雖多，卻已沖他不落。那知天時酷寒，冷水甫離鐵鍋，立即結冰，歐陽鋒躍到陷阱中途，頭上腳底的冷水都已凝成堅冰。他上躍之勁極為猛烈，但堅冰硬逾鋼鐵，咚的一下，頭上撞得甚是疼痛，欲待落下後蓄勢再衝，雙腳卻已牢牢嵌在冰裏，動彈不得。他這一驚非同小可，大喝一聲，運勁猛力掙扎，剛把雙腳掙鬆，上半身又已為冰裹住。他只怕難以脫困，忙揮動衣袖，裹住了一團風，堅冰縱將頭臉凍住，尚有一團空隙，可用龜息功呼吸延命。

衆親兵於水灌陷阱之法事先曾演練純熟，四人抬鍋倒水後退在一旁，其餘四人立即上前遞補，此來彼去，猶如水車一般，迅速萬分。只怕滾水濺潑開來燙傷了，各人手上臉上都裹布相護。豈知雪水不及燒滾，冷水亦能困敵，片刻之間，二十餘大鍋雪水灌滿了陷阱，結成一條四五丈長、七尺圓徑的大冰柱。

這一下誤打誤撞，竟一舉成功，衆人都驚喜交集。三長老督率親兵，鏟開冰柱旁的泥沙，垂下巨索縛住，趕了二十匹馬結隊拉索，將那冰柱拖上。

四營將士得訊，紛到主帥帳前觀看奇景。衆人一齊用力，豎起冰柱。火把照耀下但見歐陽鋒露齒怒目，揮臂抬足，卻給牢牢困在大冰柱中，半點動彈不得。衆將士歡聲雷動。魯有腳生怕歐陽鋒內功精湛，竟以內力熔冰攻出，命親兵繼續澆水潑上，將那冰柱加粗。郭靖道：「我曾和他立約，要相饒三次不殺。打碎冰柱，放了他罷！」三長老都感可惜，但豪傑之士無不重信守義，當下也無異言。

魯有腳提起鐵錘正要往冰柱上擊去，簡長老叫道：「且慢！」問郭靖道：「官人，以這歐陽鋒的功力，在這冰柱中支持得幾時？」郭靖道：「一個時辰諒可挨到，過此以外，只怕性命難保了。」簡長老道：「好，咱們過一個時辰再放他。性命能饒，苦頭卻不可不吃。」郭靖想起殺師之仇，點頭稱是。

訊息傳到，別營將士也紛紛前來觀看。郭靖對三長老道：「自古道：士可殺不可辱。此人雖然奸惡，究是武學宗師，豈能任人嬉笑折辱？」當下命士卒用帳篷將冰柱遮住，派兵守禦，任他親貴大將亦不得啓帳而觀。

過了一個時辰，三長老打碎冰柱，放歐陽鋒出來。歐陽鋒雖依靠口鼻前一團冰中空隙，以龜息法呼吸延命，亦已元氣大傷，盤膝坐在地下，運功良久，嘔出三口黑血，恨恨而去。郭靖與三長老見他在冰中困了整整一個時辰，雖神情委頓，但隨即來去自如，均各嘆服。

這一個時辰之中，郭靖一直神情恍惚，當時只道是歐陽鋒在側，以致提心吊膽，但破冰釋人之後，在帳中亦難寧靜。他坐下用功，鎮攝心神，約莫一盞茶時分，萬念俱寂，心地空明，突然之間，想到了適才煩躁不安的原因。原來當魯有腳下令倒水之前，他清清楚楚的聽到一人低喝：「倒水！」這聲音熟悉異常，竟有八九分是黃蓉的口音，只當時正逢歐陽鋒落入陷阱，事勢緊急，未及留心，但此後這「倒水」兩個字的聲音，似乎始終在耳邊縈繞不去，而心中卻又捉摸不著。

他躍起身來，脫口叫道：「蓉兒果然在軍中。我盡集將士，不教漏了一個，難道還查她不著？」但隨即轉念：「她既不肯相見，我又何必苦苦相逼？」展開圖畫，呆望畫中少女，心中悲喜交集。

靜夜之中，忽聽遠處快馬馳來，接著又聽得親衛喝令之聲，不久使者進帳，呈上成吉思汗的手令。原來蒙古大軍分路進軍，節節獲勝，再西進數百里，即是花剌子模的名城撒麻爾罕。成吉思汗哨探獲悉，花剌子模本以名城玉龍傑赤爲都，撒麻爾罕建成後，遷爲新都，結集重兵十餘萬守禦，兵精糧足，城防完固，城牆之堅厚更號稱天下無雙，料得急切難拔，是以傳令四路軍馬會師齊攻。

次晨郭靖揮軍沿那密河南行。軍行十日，已抵撒麻爾罕城下。城中見郭靖兵少，全軍開關出戰，郭靖布下風揚、雲垂兩陣，半日之間，殺傷了敵人五千餘名。花剌子模軍氣為之奪，敗回城中。

第三日成吉思汗大軍，以及朮赤、察合台兩軍先後到達。十餘萬人四下環攻，那知撒麻爾罕城牆堅厚，守禦嚴密，蒙古軍連攻數日，傷了不少將士，始終不下。

又過一日，察合台的長子莫圖根急於立功，奮勇迫城，城頭上一箭射下，貫腦而死。成吉思汗素來鍾愛此孫，見他陣亡，悲怒無已。親兵將王孫的屍體抬來，成吉思汗眼淚撲簌而下，抱在懷中，將他頭上的長箭用力拔出，只見那箭狼牙鵰翎、箭桿包金，刻著「大金趙王」四字。左右識得金國文字的人說了，成吉思汗怒叫：「啊，原來是完顏洪烈這奸賊！」躍上馬背，傳令道：「大小將士聽著：任誰鼓勇先登，破城擒得完顏洪烈為王孫復仇，此城子女玉帛，盡數賞他。」

一百名親兵站在馬背之上，將大汗的命令齊聲喊出。三軍聽到，盡皆振奮踴躍，一時箭如飛蝗，殺聲震天，或疊土搶登，或豎立雲梯，或拋擲鉤索攀援，或擁推巨木衝門。城中將士百計守禦，攻到傍晚，蒙古軍折了四千餘人，撒麻爾罕城卻仍屹立如山。成吉思汗自進軍花剌子模以來，從無如此大敗，當晚在帳中悲痛愛孫之亡，怒如雷霆。

郭靖回帳翻閱武穆遺書，要想學一個攻城之法，但撒麻爾罕的城防與中國大異，遺書所載的戰法均無用處。心想兵困堅城之下，兵糧馬秣，俱已漸漸不足，本擬取之於敵，但久攻不下，敵軍如出城決戰，蒙古軍自當破敵如摧枯拉朽，但敵軍堅守不出，欲一戰而不可得。兼之天又嚴寒，軍心急躁，似是全軍覆沒之象，不由得英雄氣短。

郭靖請魯有腳入帳商議，知他必去就教黃蓉，待他辭出後悄悄跟隨，不料魯有腳前後布滿丐幫幫衆，一見郭靖便都大聲喝令敬禮。郭靖尋思：「這當然又是蓉兒的計謀，唉，她總有避我之法，我的一舉一動，無不在她料中。」

過了一個多時辰，魯有腳回報道：「這大城急切難攻，小人也想不出妙計。且過幾日，看敵軍有無破綻，再作計較。」郭靖點頭不語。

他初離蒙古南下之時，只是個渾渾噩噩、誠樸木訥的少年，但一年來迭經憂患，數歷艱險，見識增進了不少，這晚在帳中細細咀嚼畫上兩首詞的詞義，但覺纏綿之情不能自已，心想：「蓉兒決非對我無情，定是在等我謝罪。只是我生來愚蠢，實不知如何補過，方合她的心意。」想到此處，煩惱不已。

這晚睡在帳中，翻來覆去思念此事，直到三更過後，才迷迷糊糊的睡去，夢中竟與黃蓉相遇，當即問她該當如何謝罪，只聽她在自己耳邊低聲說了幾句。郭靖大喜，便即醒轉，卻已記不起她說的是幾句甚麼話。他苦苦思索，竟連一個字也想不起來，要待再睡，得以與黃蓉重在夢中相會，偏偏又睡不著了。焦急懊悶之下，連敲自己腦袋，突然間靈機一動：「我記不起來，難道不能再問她？」大叫：「快請魯長老進帳。」

魯有腳只道有甚麼緊急軍務，披著羊裘赤足趕來。郭靖道：「魯長老，我明晚無論如何要與黃姑娘相見，不管是你自己想出來也好，還是去和別人商量也好，限你明日午時之前，給我籌劃一條妙策。」魯有腳吃了一驚，說道：「黃幫主不在此間，官人怎能與她相見？」郭靖道：「你神機妙算，定有智計。明日午時若不籌劃妥善，軍法從事。」自覺這幾句話太也蠻橫，不禁暗暗好笑。

魯有腳欲待抗辯，郭靖轉頭吩咐親兵：「明日午時，派一百名刀斧手帳下伺候。」親兵大聲應了。魯有腳愁眉苦臉，轉身出帳。

次日一早大雪，城牆上堅冰結得滑溜如油，如何爬得上去？成吉思汗收兵不攻，心想此時甫入寒冬，此後越來越冷，非至明春二三月不能轉暖，如捨此城而去，西進時在後路留下這十幾萬敵軍精兵，隨時會給截斷歸路，腹背受敵；但若屯兵城下，只怕敵人援軍雲集，不幸寡不敵衆，一戰而潰，勢不免覆軍異域，匹馬無歸。他負著雙手在帳外來回踱步，徬徨無計，望著城牆邊那座高聳入雲的雪峯皺起了眉頭出神。

眼見這雪峯生得十分怪異，平地斗然拔起，孤零零的聳立在草原之上，就如一株無枝無葉的光幹大樹，是以當地土人稱之爲「禿木峯」。撒麻爾罕城倚峯而建，西面的城牆借用了一邊山峯，營造之費既省，而且堅牢無比，可見當日建城的策劃大匠極具才智。這山峯陡削異常，全是堅石，草木不生，縱是猿猴也決不能攀援而上。撒麻爾罕得此屏障，眞是固若金湯。

成吉思汗心想：「我自結髮起事，大小數百戰，從未如今日之困，難道竟是天絕我麼？」眼見大雪紛紛而下，駝馬營帳盡成白色，城中卻處處炊煙，更增愁悶。

郭靖卻另有一番心事，只怕這蠻幹之策爲黃蓉一舉輕輕消解，再說魯有腳如仍堅忍不說，也決不能當眞將他斬首，心想與黃蓉鬥智，那自來是有輸無贏，連一分贏面也佔不上。時近正午，他沉著臉坐在帳中，兩旁刀斧手各執大刀侍立，只聽得軍中號角吹起，午時已屆。魯有腳走進帳來，說道：「小人已想得一個計策，但怕官人難以照計行事。」郭靖大喜，說道：「快說，就是要我性命也成，有甚麼難行？」

魯有腳指著禿木峯的峯頂道：「今晚子時三刻，黃幫主在峯頂相候。」郭靖一呆，道：「她怎上得去？你莫騙我。」魯有腳道：「我早說官人不肯依言，縱想得妙計，也是枉然。」說罷打了一躬，轉身出帳。

郭靖心想：「果然蓉兒隨口一句話，就叫我束手無策。這禿木峯比鐵掌山中指峯尚高數倍，蒙古的懸崖更不能與之相比。難道峯上有甚麼神仙，能垂下繩子吊我上去麼？」

當下悶悶不樂的遣去刀斧手，單騎到禿木峯下察看，見那山峯有若圓柱，上下便似一般粗細，峯週結了一層厚冰，晶光滑溜，就如當日凍困歐陽鋒的那根大冰柱一般，名字叫作「禿木峯」，山峯固然有如禿木，料想自有天地以來，除飛鳥之外，決無人獸上過峯頂。他仰頭望峯，忽地啪的一聲，頭上皮帽跌落雪地，刹那間心意已決：「我不能和蓉兒相見，生不如死。此峯雖險，我定當捨命而上，縱失足跌死了，也是為她的一番心意。」一言念及此，心下登時舒暢。

這晚他飽餐一頓，結束停當，腰中插了金刀，背負長索，天未全黑，便即舉步出帳。只見魯簡梁三長老站在帳外，說道：「小人送官人上峯。」郭靖愕然道：「送我上峯？」魯有腳道：「正是，官人不是與黃幫主有約，要在峯頂相會麼？」郭靖大奇，心道：「難道蓉兒並非騙我？」又驚又喜，隨著三人來到禿木峯下。

只見峯下數十名親兵趕著數十頭牛羊相候。魯有腳道：「宰罷！」一名親兵舉起尖刀，將一頭山羊的後腿割了下來，乘著血熱，按在峯上，頃刻間鮮血成冰，將一條羊腿牢牢的凍在峯壁，比用鐵釘釘住還要堅固。

郭靖尚未明白此舉用意，另一名親兵又已砍下一條羊腿，黏上峯壁，比先前那條羊腿高了約有四尺。郭靖大喜，才知三長老是用羊腿建搭梯級，當斯酷寒，再無別法更妙於此。只見魯有腳縱身而起，穩穩站在第二條羊腿之上。簡長老砍下一條羊腿，向上擲去，魯有腳接住了又再黏上。

過不多時，這「羊梯」已高達十餘丈，在地下宰羊傳遞上去，未及黏上峯壁，已然凍結。郭靖與三長老垂下長索，將活羊吊將上去，隨殺隨黏。待「羊梯」建至山峯半腰，罡風吹來比地下猛烈倍增，幸好四人均是武功高手，身子雖微微搖晃，雙腳在羊腿上站得極穩，兀自生怕滑溜失足，四人將長索縛在腰間，互為牽援，直忙到半夜，這「羊梯」才建到峯頂。三長老固疲累之極，郭靖也已出了好幾身大汗。

魯有腳喘了好幾口氣，笑道：「官人，這可饒了小人麼？」郭靖又歉仄，又感激，拱手說道：「真不知該當如何報答三位才好。」魯有腳躬身還禮，說道：「這是幫主之令，再為難的事也當遵辦。誰教我們有這麼一位刁鑽古怪的幫主呢。」三長老哈哈大笑，面向山峯，緩緩爬下。

郭靖望著三人一步步的平安降到峯腰，這才回身，只見那山峯頂上景色瑰麗無比，萬年寒冰結成一片琉璃世界，或若瓊花瑤草，或似異獸怪鳥，或如山石嶙峋，或擬樹枝椏槎。郭靖越看越奇，讚嘆不已。料想不久黃蓉便會從「羊梯」上峯，霎時之間不禁熱血如沸，面頰通紅，正自出神，忽聽身後格格一聲輕笑。

這一笑登時教他有如雷轟電震，立即轉過身來，月光下只見一個少女似笑非笑的望著他，卻不是黃蓉是誰？

郭靖雖明知能和她相見，但此番相逢，終究仍是乍驚乍喜，疑在夢中。兩人凝望片刻，相互奔近，不提防峯頂寒冰滑溜異常，兩人悲喜交集，均未留意，嗤嗤兩響，同時滑倒。郭靖生怕黃蓉跌傷，人未落地，運勁向前急縱，搶著將她抱住。兩人睽別經年，相思欲狂，此時重會，摟住了那裏還能分開？

過了好一陣子，黃蓉輕輕掙脫，坐在一塊高凸如石櫈的冰上，說道：「若不是見你想得我苦，才不來會你呢。」郭靖儍儍的望著她，半句話也說不出來。隔了良久，才叫了聲：「蓉兒。」黃蓉應了他一聲。郭靖喜悅萬分，又叫道：「蓉兒。」

黃蓉笑道：「你還叫不夠麼？這些日子來，我雖不在你眼前，難道你每天不是叫我幾十遍麼？」郭靖道：「你怎知道？」黃蓉微笑道：「你見不著我，我卻常常見你。」郭靖道：「你一直在我軍中，幹麼不讓我相見？」黃蓉嗔道：「虧你還有臉問呢？你一知道我平安無恙，就會去和那華箏公主成親。我寧可不讓你知曉我的下落好。你道我是儍子麼？」

郭靖聽她提到華箏的名字，狂喜之情漸淡，惆悵之心暗生。

黃蓉四下張望，說道：「這座水晶宮多美，咱們到裏面坐下說話。」郭靖順著她眼光瞧去，只見一大塊堅冰中間空了一個洞穴，於月光下暗影朦朧，掩映生姿，眞似是一座整塊大水晶彫成的宮殿。

兩人攜手走進冰洞，挨著身子坐下。黃蓉道：「想到你在桃花島上這般待我，你說我該不該饒你？」郭靖站起身來，說道：「蓉兒，我給你磕一百個響頭賠罪。」他一本正經，當眞就跪了下來，重重的磕下頭去，數道：「一、二、三、四……」

黃蓉嫣然微笑，伸手扶起，道：「算了罷，我如不饒你，你就砍掉魯有腳一百個頭，我也懶得爬這高峯呢！」郭靖喜道：「蓉兒，你眞好。」黃蓉道：「有甚麼好不好的？先前只道你一心一意就想給師父報仇，心裏沒我這個人半點影子，我自然生氣啦！後來見你跟歐陽鋒立約，只要他不害我，你可饒他三次不死，倒不急著報仇啦！這麼說，你倒當眞把我瞧得比爲你師父報仇要緊些。」

郭靖搖頭道：「你到這時候才知道我的心。」黃蓉又抿嘴一笑，道：「你瞧我穿的是甚麼？」郭靖的眼光一直望著她臉，聽到這句話才看她身上，只見她穿著一襲黑色貂裘，正是當日兩人在張家口訂交時自己所贈，心中一動，伸手握住了她手。

兩人偎倚著坐了片刻，郭靖道：「蓉兒，我聽大師父說，你在鐵槍廟裏給歐陽鋒逼著同行，後來怎生逃出了他手掌？」黃蓉嘆道：「就只可惜了陸師哥好好一座歸雲莊。老毒物那日逼我跟他講解九陰眞經，我說講解不難，但須得有個淸淨所在。老毒物說這個自然，咱們去僻靜之地找所寺院。我說寺院中和尙討厭，我又不愛吃素。老毒物說那怎麼辦。我說太湖旁有座歸雲莊，風景旣美，酒菜又好，只不過莊主是我朋友，未免令他放心不下。」

郭靖道：「是啊，他定然不肯去。」黃蓉道：「不，他這人可有多自大，那把旁人放在眼內。我越這麼說，他越是要去。他說不管那莊上你有多少朋友，老毒物全對付得了。兩人到了歸雲莊上，陸師哥父子卻全不在家，原來一齊到江北寶應程大小姐府上探訪親家去啦。你知那莊子是按著我爹爹五行八卦之術建造的。老毒物一踏進莊子，就知不妙，正想拉了我退出，可是我東一鑽西一拐，早就躲了個沒影沒蹤。他找我不到，怒起上來，一把火將歸雲莊燒成了白地。」

郭靖「啊」的一聲，道：「我去歸雲莊找過你的，只見到滿地瓦礫，想不到竟是老毒物幹的好事。」黃蓉道：「我料到他要燒莊，要大夥兒事先躲開啦。老毒物雖抓我不到，可是他當眞歹毒，守著去桃花島的途徑候我，幾次險些兒給他撞到，後來我索性北赴蒙古，他又隨後跟著。傻哥哥，幸好你傻裏傻氣的，要是跟老毒物一般機靈，來個前後合圍，我可不知該躲到那裏去啦。」郭靖赧然獃笑。

黃蓉道：「但最後還是你聰明，知道逼魯有腳想計策。」郭靖道：「蓉兒，是你教我的啊。」黃蓉奇道：「我教你的？」郭靖道：「你在夢裏教我的。」當下把夢中情境說了一遍。

黃蓉這次卻不笑他，心中感動，悠悠的道：「古人說精誠所至，金石爲開。你這般思我念我，我其實早該與你相見了。」郭靖道：「蓉兒，以後你永遠別離開我，好不好？」

黃蓉望著團團圍繞山峯的雲海出了一會神，忽道：「靖哥哥，我冷。」郭靖忙將身上皮裘解下，給她披在身上，道：「咱們下去罷。」黃蓉道：「好，明晚我們再來這裏，我把九陰眞經的要義詳詳細細說給你聽。」郭靖大感詫異，問道：「甚麼？」黃蓉的右手本來與他的左手握著，這時用力揑了一把，說道：「我爹爹譯出了眞經最後那一篇中嘰哩咕嚕的文字，明晚我來說給你聽。」郭靖心想：「這篇梵文明明是一燈大師譯出來的，怎說是她爹爹？」心頭疑惑，正要再問，黃蓉又在他手上揑了一把。

他心知其間必有緣故，當下隨口答應，兩人一齊下峯。回到帳中，黃蓉在他耳邊低聲道：「歐陽鋒也到了禿木峯上，咱們說話之時，他就躲在後面偷聽。」郭靖大吃一驚，道：「啊，我竟沒發覺。」

黃蓉道：「他躲在一塊冰岩後面。老毒物老奸巨猾，這次卻忘了冰岩透明，藏不了人。我也直到月光斜射，才隔著冰岩隱隱看到他稀淡的人影。」郭靖道：「原來你提九陰眞經甚麼，是說給他聽的。」黃蓉道：「嗯，我要騙他到山峯絕頂，咱們卻撤了羊梯，教他在山峯頂上修仙練氣，做一輩子活神仙。」郭靖大喜，鼓掌叫好。

次日成吉思汗下令攻城，又折了千餘精銳。城頭守軍嘻笑辱罵，只氣得成吉思汗暴跳如雷，放眼又見滿野都是凍斃的牛羊馬匹屍體，更是心驚。心想如此酷寒，此城若再有十日不破，只怕蒙古精兵有半數要殲於城下。苦思無計，心想我成吉思汗一生英雄，原來要畢命於斯。

當晚郭靖、黃蓉與丐幫三老安排停當，只待歐陽鋒上得峯去，就在下面毀梯。豈知歐陽鋒狡猾殊甚，卻也防到了這著，遠遠守在一旁，不等靖蓉二人上峯，他竟不現身。

黃蓉微一沉吟，又生一計，令人備了幾條長索，用石油浸得濕透。花剌子模國地底到處遍藏石油。千餘年前，當地居民掘井取水，卻得了石油，遇火即焚，此後便用以煮飯燒物，稱爲火油。蒙古軍亦自花剌子模百姓處奪得火油，作爲燃料。

靖蓉二人背負油索上峯，將索子藏在岩石之後，然後坐在水晶宮中談論。過不多時，歐陽鋒的人影果在冰岩後面隱約顯現。他輕功已練至爐火純青之境，上峯履冰，竟悄無聲息，料想二人定難知覺。黃蓉當即說了幾節經文，兩人假意研討。研討是假，談論的經文要旨卻句句是眞。歐陽鋒聽在耳裏，但覺妙義無窮，不由得心花怒放，心想我若逼那丫頭，她縱然無奈說了，也必不肯說得這般詳盡，在此竊聽，委實妙不可言。

黃蓉慢慢講解，郭靖假意詢問。歐陽鋒心道：「這麼淺顯的道理也不明白，當眞笨得可以。」忽聽峯下號角聲響緊迫。郭靖一躍而起，叫道：「大汗點將，我得下去。」其實這號角聲卻是他事先安排下的。黃蓉道：「那麼咱們明兒再來。」郭靖道：「上峯下峯，極是費事，在帳中說不好嗎？」黃蓉道：「不，歐陽鋒那老兒到處找我，此人狡獪已極，沒地方躲得了他。可是憑他再奸猾，也決想不到咱倆會來到這山峯絕頂。」歐陽鋒暗自得意：「嘿，莫說小小山峯，就逃到天邊，我也追得到你。」

郭靖道：「那麼你在這裏等著，半個時辰之內，我必可趕回。」黃蓉點頭答應。郭靖逕自下峯。他把黃蓉一人留在峯上，心中終究惴惴，但想歐陽鋒一意要偷聽眞經，必不致現身相害。他下峯之時，將浸了火油的長索繞在一隻隻冰凍的羊腿之上。

過了一頓飯時分，黃蓉站起身來，自言自語：「怎麼靖哥哥還不上來？這峯上不知有鬼沒有？想起楊康和歐陽克，當眞害怕，我且下去一會，再跟靖哥哥一起上來。」歐陽鋒只怕給她發覺，縮在冰岩後面不敢絲毫動彈，眼見她也攀下山峯去了。

郭靖與三長老守在峯腳，一見黃蓉下來，立刻舉火把點燃長索。長索一路向上焚燒，羊腿受熱，附在峯壁上的血冰熔化，每步梯級自下而上的逐一跌落。眼見一條火蛇向上蜿蜒爬去，黑夜中映著冰雪，煞是好看。

黃蓉拍掌叫好，道：「靖哥哥，你說這次還饒不饒他？」郭靖道：「這是第三次，咱們不能失信背約。」黃蓉笑道：「我有個法兒，既不背約，又能殺了他給你師父報仇。」郭靖大喜，叫道：「蓉兒，你當眞全身是計。怎麼能這般妙法？」

黃蓉笑道：「那一點也不難。咱們讓老毒物在峯上喝十天十夜西北風，叫他又凍又餓，熬個筋疲力盡，然後搭羊梯救他下峯，那是第三次饒他了，是不是？」郭靖道：「是啊。」黃蓉道：「你既饒了他三次，那就不用再跟他客氣。一等他下峯，踏上平地，咱倆同時動手，再加上三位長老相助，咱們五人打一個半死不活的病夫，你說能不能殺他？」郭靖道：「那當然能夠。只是這般殺了他，未免勝之不武。」黃蓉道：

「嘿，跟這般歹毒狠惡之人，還講甚麼武不武呢？他害我們五位師父之時，下手可曾容情了？他殺四師父，使的手段可光明正大？」

想到恩師的血海深仇，郭靖不由得目眥欲裂，又想歐陽鋒本領高強，倘若這次放過了他，以後未必再有復仇機會，咬牙道：「好，就這麼辦。」

兩人回到帳中，這番當眞研習起九陰眞經上的武功來，談論之下，均覺對方一年來武功大有長進，均感欣慰。黃蓉不會背誦梵文，漢文譯本又在郭靖身邊，黃蓉於眞經總旨所知不全，此時方得睹全豹，大喜之下，精神倍長。

說到後來，郭靖道：「完顏洪烈那奸賊就在這城內，我們眼睜睜的瞧著，卻拿他無可如何。你倒想個攻城的妙法。」黃蓉沉吟道：「這幾日我一直在想，籌劃過十幾條計策，卻沒一條當眞管用。」郭靖道：「丐幫兄弟之中，總有十幾個輕身功夫甚是了得，再加上你我二人，咱們試試爬城如何？」黃蓉搖頭道：「這城牆每一丈之內都有十幾把強弓守著，別說不易爬城，即令十幾人個個都衝進了城，裏面十多萬守軍拚死擋住了，也沒法斬關破門。」兩人長夜縱談，這一晚竟沒睡覺。

次日清晨成吉思汗又下令攻城，一萬餘名蒙古兵扳起彈石機，石彈如雨般落入城中。還有幾尊從金兵、宋軍那裏輾轉奪來的火砲，也發砲轟擊。但守軍藏身於碉堡之中，石彈、火砲摧破民房甚衆，守軍傷亡卻少。一連三日，蒙古軍百計攻擊，始終不逞。

到第四日上，天空又飄下鵝毛大雪。郭靖望著峯頂道：「只怕等不到十日，歐陽鋒就凍得半死了。」黃蓉道：「他內功精湛，可以熬上十天。」一語甫畢，突然兩人同時驚叫，只見山峯上落下一物，正是歐陽鋒的身形。黃蓉拍手喜叫：「老毒物熬不住，自行尋死啦！」隨即奇道：「咦，奇怪！怎麼會這樣？」

只見他並非筆直下墮，身子在空中飄飄盪盪，就似風箏一般。靖蓉二人驚詫萬分，心想從這千丈高峯落下，不跌得粉身碎骨才怪，可是他下降之勢怎地如此緩慢，難道老毒物當眞還會妖法不成？片刻之間，歐陽鋒又落下一程，二人這才看清，只見他全身赤裸，頭頂縛著兩個大圓球一般之物。黃蓉心念一轉，已明其理，連叫：「可惜！」

原來歐陽鋒遭困禿木峯頂，他武功雖高，終究無法從這筆立千丈的高峯上溜下來，熬了幾日凍餓，情急智生，忽然想到一法。他除下褲子，將兩隻褲腳牢牢打了個結，又怕褲子不牢，將衣衫都除下來縛在褲上，雙手持定褲腰，迎風兜滿了氣，咬緊牙關，縱身躍出，從山峯上跳將下來。此法原本極爲冒險，只不過死中求生，除此更無他策，果然褲子中鼓滿了氣，將他下降之勢大爲減弱。他不穿衣褲，雙手幾乎凍僵，仗著一身卓絕內功，強自運氣周流全身，與寒氣冰雪相抗。

黃蓉又好氣又好笑，一時倒想不出奈何他之法。此時城內城外兩軍盡已瞧見，數十萬人一齊仰起了頭望著這空中飛人。不少小兵只道神仙下凡，跪在地下磕頭膜拜。

郭靖看著歐陽鋒落下的方向，必是墮入城中，待他離地尚有數十丈，搶過一張鐵胎弓，連珠箭發，往他身上射去，心想他身在半空，無可騰挪閃避，只是想到相饒三次之約，箭頭對準他大腿非致命之處。歐陽鋒人在半空，眼觀四方，見羽箭均射向下盤，當即彎腰弓身，雙足連揮，把郭靖射上來的箭枝一一踢開。

三軍喧嘩聲中，成吉思汗已接到郭靖的約略稟報，下令放箭。登時萬弩同張，箭似流星成雨，齊向歐陽鋒射去，眼見他就有千手萬腿，也難逐一撥落。他全身赤裸，在空中又無可騰挪閃避，勢必要將他射得刺蝟相似。歐陽鋒見情勢危急，突然鬆手，登時頭下腳上的倒墮下來。數十萬人齊聲呼喊，當眞驚天動地。

只見他在半空腰間一挺，撲向城頭的一面大旗。此時西北風正厲，將那大旗自西至東張得筆挺。歐陽鋒左手前探，已抓住了旗角，就這麼稍一借力，那大旗已中裂為二。歐陽鋒一個觔斗，雙腳勾住旗桿，直滑下來，消失在城牆之後。

兩軍見此奇事，無不駭然，一時談論紛紛，竟忘了廝殺。

郭靖心想：「此次不算饒他，下次豈非尚要相饒一次？蓉兒定然極為不快。」那知一轉頭，卻見黃蓉眼含笑意，忙問：「蓉兒，甚麼事高興？」黃蓉雙掌一拍，笑道：「我送一份大禮給你，你歡不歡喜？」郭靖道：「甚麼禮啊？」黃蓉道：「撒麻爾罕城。」郭靖愕然不解。黃蓉道：「老毒物教了我一個破城妙法，你去調兵遣將，今晚大功可成。」在他耳邊輕輕說了幾句話，只把郭靖喜得連連鼓掌。

是日未正，郭靖傳下密令，命部屬割破帳篷，製成一頂頂圓傘，下繫堅牢革索，限一個半時辰縫成一萬頂。將士盡皆起疑，心想帳篷割破，如此嚴寒，在這冰天雪地之中一夜也是難熬，但主帥有令，只得遵從。

郭靖又令調集軍中供食用的牛羊，在雪峯下候命。令一個萬人隊在北門外布成天覆、地載、風揚、雲垂四陣，專等捕帥捉將；令一個萬人隊在北門兩側布成龍飛、虎翼、鳥翔、蛇蟠四陣，勒逼敵軍投向天地風雲四陣之中；令第三個萬人隊輕裝勁束，以候調用。

當晚飽餐戰飯，兩個萬人隊依令北開。待到戌末亥初，郭靖派親兵稟報大汗，敵城眼下可破，請調重兵衝城。成吉思汗得報，將信將疑，急令郭靖進帳回報。親兵稟告：「金刀駙馬此時已率部出擊，只待大汗接應。」

郭靖陣中吹動號角，千餘軍士宰牛殺羊，將肉塊凍結在高峯之上。丐幫中高來高去的好手甚多，互相傳遞牽援，架成了數十道「羊梯」。郭靖一聲令下，當先搶上，一萬名將士以長索繫腰，慢慢爬上峯頂。此刻嚴令早傳，不得發出絲毫聲息。黑夜中但見數十條夭矯巨龍蜿蜒上峯。

這山峯絕頂方圓不廣，一萬人擁得密密層層，後來者幾無立足之地。郭靖令將士在腰裏繫上革傘，各執兵刃，躍入城中，齊攻南門。

他手掌一拍，首先躍下，數百名丐幫幫衆跟著踴身躍落。這般高峯下躍，自是極險，但蒙古將士素來勇悍，日間又曾見歐陽鋒從峯上降落，各人身上革傘比他鼓氣入褲之法更穩當得多，再見主帥身先士卒，當下個個奮勇。一時之間，空中宛似萬花齊放，一頂頂革傘張了開來，帶著將士穩穩下墮。

黃蓉坐在峯頂冰岩之上，眼見大功告成，不由得心花怒放，尋思：「成吉思汗破城與否，原本與我無關。但若靖哥哥能聽我言語，倒可乘機了結一件大事。」

郭靖足一著地，立即扯下背後革傘，舞動大刀，猛向守軍掃去。此時城中已有少數守軍驚覺，但斗然間見到成千成萬敵軍從天而降，駭惶之餘，那裏還有鬥志？最先著地的又是丐幫幫衆，個個武藝高強，接戰片刻，早已攻近城門。接著蒙古軍先後降落，雖有數百名軍士因傘破跌斃，數百名將士在空中為敵軍羽箭射死，但十成中倒有八成多平安著地，大半受風吹盪，落入城中各處，為花剌子模軍圍住，或擒或殺，但落在城門左近的也有一二千人。郭靖令半數抵擋敵軍，半數斬關開城。

成吉思汗見郭靖所部飛降入城，驚喜交集，當即盡點三軍，攻向城邊，只見南門大開，數百名蒙古軍執矛守住。當下幾個千人隊蜂湧衝入，裏應外合，奮勇攻殺。十餘萬守軍張惶失措，不知敵軍從何而來。蒙古軍一面廝殺，一面到處澆潑火油放火。城中大火衝天，花剌子模兵更加亂成一團。

未及天明，守軍大潰。花剌子模國王摩訶末得報北門尚無敵軍，當即開城北奔。那知郭靖的一個萬人隊早就候在兩側，箭矛齊施，大殺一陣。摩訶末無心戀戰，命完顏洪烈率兵殿後，自己在親兵擁護下當先逃命。

郭靖一心要拿完顏洪烈，亂軍中見他金盔閃動，率軍急追。花剌子模軍雖敗，畢竟人數衆多，此時困獸猶鬥，個個情急拚命。郭靖兵少，阻攔不住，前面快馬不住報來，說道敵軍即將突圍。

郭靖想起兵法有云：「餌兵勿食，歸師勿遏。圍師必闕，窮寇莫追。」當即下令變陣，令旗展處，天地風雲四陣讓開通路，數萬花剌子模軍疾衝而過，又見令旗揚起，號砲響動，四陣重又合圍。此時敵軍只剩殿後萬餘人，雖皆精銳，然敗軍之餘，士無鬥志，人數又不如對方，盡數為郭靖部屬所擒。郭靖檢點俘虜，卻不見完顏洪烈在內，此仗雖獲全勝，但兩大仇人俱脫，仍有餘憾。

待到天明，城中殘敵肅清。成吉思汗在摩訶末王宮大集諸將。

郭靖正在整軍，查點慰撫部下傷亡，聽得大汗的金角吹動，忙循聲趕去，奔到王宮前面廣場，見宮門旁站著一小隊軍士，黃蓉與魯有腳等三長老都在其內。黃蓉雙手一拍，兩名小軍抬上一隻大麻袋。她笑道：「喂，你猜猜這裏面是甚麼？」郭靖笑道：「這城中千奇百怪的物事都有，怎猜得著？」黃蓉道：「這是我送給你的，定要教你歡喜。」郭靖忽地想起，莫非她在城中尋到甚麼美貌女子，來開自己一個玩笑？當下搖頭道：「我不要。」黃蓉笑道：「你當眞不要？見到了可別改口。」

她將麻袋一抖，袋中果然跌出一個人來，只見他頭髮散亂，滿臉血污，披著一件花剌子模兵所穿的皮襖。看他面目時，赫然是大金國趙王完顏洪烈。郭靖大喜，道：「妙極了，你從那裏捉來？」黃蓉道：「我見敗兵從北門出來，一隊兵打著趙王旗號，一個金盔錦袍的將軍領軍奔東。我想完顏洪烈這廝狡猾得緊，敗軍之後決不會公然打起趙王旗號，定是個金蟬脫殼之計。旗號打東，他必定向西遁逃，當下與魯長老等在西邊埋伏，果然拿到這廝。」從身邊取出郭靖那柄短劍，交還給他，說道：「恭喜你今日得報大仇，待會用這把劍殺了這奸賊，你爹爹在天之靈必定歡喜。」郭靖接過短劍，向她深深打躬行禮，說道：「蓉兒，你爲我報了先父之仇，我眞不知說甚麼好。」

黃蓉抿嘴笑道：「那也是碰巧罷啦。你立下此功，大汗必有重賞，那才教好呢。」郭靖道：「我也沒甚麼想要的。」黃蓉向旁走開，低聲道：「你過來。」郭靖跟了過去。黃蓉道：「這世上難道你當眞沒甚麼想要的了？」郭靖一怔，道：「我只要一樣，就是盼望永遠不跟你分離。」黃蓉微笑道：「今日你立此大功，縱然有甚麼事觸犯大汗，我想他也決不會生氣發作。」郭靖「嗯」了一聲，還未明白。黃蓉道：「此刻你若是求他封甚麼官爵，他必答應。但若求他不封你甚麼官爵，他也難以拒絕。要緊的是須得要他先行親口言明，不論你求甚麼，他都允可。」郭靖道：「是啊！」

黃蓉聽他說了「是啊」兩字，不再接口，只是搔頭，惱道：「你這金刀駙馬做得挺美，是不是？」郭靖登時恍然大悟，叫道：「嗯，我明白啦。你叫我去向大汗辭婚，叫他答允在先，待我說出口後難以拒絕。」黃蓉慍道：「那可全憑你自己了，或者你挺想做駙馬爺呢？」郭靖道：「蓉兒，華箏妹子待我一片眞心，可是我對她始終情若兄妹。起初我拘於信義，不便背棄婚約，但如大汗肯收回成命，那當眞兩全其美。」

黃蓉心中甚喜，向他微笑斜睨。郭靖欲待再說，忽聽宮中二次金角響起，伸手在黃蓉手上一握，說道：「蓉兒，你聽我好音。」當下押著完顏洪烈進宮朝見大汗。

成吉思汗見郭靖進來，心中大喜，親下寶座迎接，攜著他手上殿，命左右搬來一張錦橈，叫他坐在自己身旁。待聽郭靖說起拿到完顏洪烈，成吉思汗更喜，見完顏洪烈俯伏在地，提起右足踏在他的頭上，笑道：「當時你到蒙古來耀武揚威，可曾想到也有今日？」完顏洪烈自知不免一死，抬頭說道：「當時我金國兵力強盛，可惜不先滅了你小小蒙古，致成今日之患。」成吉思汗大笑，命親兵牽將出去，就在殿前斬首。

郭靖想起父親大仇終於得復，心中又喜又悲，本想用丘處機所贈短劍去親手殺了他，但見完顏洪烈滿臉愁苦，心中仇恨頓消，覺得不必由自己親自下手了。

成吉思汗道：「我曾說破城擒得完顏洪烈者，此城子女玉帛全數賞他，你領兵點收去罷。」郭靖搖頭道：「我母子受大汗恩庇，足夠溫飽，奴僕金帛，多了無用。」成吉思汗道：「好，這正是英雄本色。那麼你要甚麼？但有所求，我無不允可。」郭靖離座打了一躬，說道：「欲求大汗一事，請大汗勿怒。」成吉思汗笑道：「你說罷。」

郭靖正欲說出辭婚之事，忽聽得遠處傳來成千成萬人的哭叫呼喊之聲，震天撼地，驚心動魄。殿上諸將盡皆躍起，抽出長刀，只道城中投降了的花剌子模軍民突然起事，都要奔出去鎮壓。成吉思汗笑道：「沒事，沒事。這狗城不服天威，累得我損兵折將，又害死了我愛孫，須得大大洗屠一番。大家都去瞧瞧。」當下離座步出，諸將跟隨在後。

衆人出宮後上馬馳向西城。但聽得哭叫之聲愈來愈慘厲。一出城門，只見無數百姓奔逃哭叫，推擁滾撲，蒙古兵將乘馬來回奔馳，手舞長刀，向人羣砍殺。

原來蒙古人命令居民盡數出城，不得留下一個。當地居民初時還道是蒙古人點閱戶口，以防藏匿奸細，那知蒙古軍先搜去居民全部兵器，再點出諸般巧手工匠，隨即在人叢中拉出美貌的少婦少女，以繩索縛起。撒麻爾罕居民此時才知大難臨頭，有的欲圖抵抗，當場被長刀長矛格斃。蒙古軍十幾個千人隊齊聲吶喊，向人叢衝去，舉起長刀，不分男女老幼的亂砍。這一場屠殺當眞慘絕人寰，自白髮蒼蒼的老翁，以至未離母親懷抱的嬰兒，無一得以倖免。當成吉思汗率領諸將前來察看時，早已有十餘萬人命喪當地，四下裏血肉橫飛，蒙古馬的鐵蹄踏著遍地屍首，來去屠戮。

成吉思汗哈哈大笑，叫道：「殺得好，殺得好，叫他們知道我的厲害。」郭靖看了片刻，再也忍耐不住，馳到成吉思汗馬前，叫道：「大汗，你饒了他們罷。」成吉思汗手一擺，喝道：「盡數殺光，一個也不留。」郭靖不敢再說，只見一個七八歲的孩子從人叢中逃了出來，撲在一個被戰馬撞倒的女子身上，大叫：「媽媽！」一名蒙古兵疾衝而過，長刀揮處，母子兩人斬爲四段。那孩子的雙手尚自牢牢抱著母親。

郭靖胸中熱血沸騰，叫道：「大汗，你說過這城中的子女玉帛都是我的，怎麼你又下令屠城？」成吉思汗一怔，笑道：「你自己不要的。」郭靖道：「你說不論我求你甚麼，你都允可，是麼？」成吉思汗點頭微笑。郭靖大聲道：「大汗言出如山，我求你饒了這數十萬百姓的性命。」

成吉思汗大爲驚詫，萬想不到他會懇求此事，但既已答允，豈能反悔？心中極爲惱怒，雙目如要噴出火來，瞪著郭靖，手按刀柄，喝道：「小傢伙，你當眞求我此事？」諸王衆將見大汗發怒，都嚇得心驚膽戰。成吉思汗左右一列排開，無一不是身經百戰的勇將，剛猛剽悍，視死如歸，但大汗一怒，卻人人不寒自慄。

郭靖從未見成吉思汗如此兇猛的望著自己，也眞極爲害怕，身子不由得微微打戰，說道：「只求大汗饒了衆百姓的性命。」

成吉思汗低沉著嗓子道：「你不後悔？」郭靖想起黃蓉教他辭婚，現下放過這個良機，終身要失去大汗的歡心，那也罷了，而自己與黃蓉的良緣卻也化爲流水，但眼見這數十萬百姓呼叫哀號的慘狀，如何能見死不救？昂然道：「我不後悔。」

成吉思汗聽他聲音發抖，知他心中害怕，但仍鼓勇強求，也不禁佩服他的倔強，拔出長刀，叫道：「收兵！」親兵吹起號角，數萬蒙古騎兵身上馬上都濺滿鮮血，從人叢中縱馬而出，整整齊齊的排列成陣。

成吉思汗自任大汗以來，從無一人敢違逆他旨意，這次給郭靖硬生生的將他屠城之令扼住，甚是惱怒，大叫一聲，將長刀重重擲在地下，馳馬回城。諸將都向郭靖橫目怒視，心想大汗盛怒之下，不知是誰倒霉，難免要大吃苦頭。攻破撒麻爾罕城後本可大掠大殺數日，這麼一來，破城之樂是全盤落空了。

郭靖心知諸將不滿，也不理會，騎著小紅馬慢慢向僻靜之處走去。此時大戰初過，城內城外成千成萬座房屋兀自焚燒，遍地都是屍骸，雪滿平野，盡染赤血。他想：「戰禍之慘，一至於斯。我爲了報父親之仇，領兵來殺了這許多人。大汗爲了要征服天下，殺人更多。可是千萬將士百姓卻又犯了甚麼罪孽，落得這般肝腦塗地，骨棄荒野？」越想心中越不安：「我破城為父報仇，卻害死了這許多人，到底該是不該？」

他一人一騎，在荒野中走來走去，苦苦思索，直到天黑，才回到城中宿營之處。來到營門，只見大汗的兩名親兵候在門外，上前行禮，稟道：「大汗宣召駙馬爺，小人相候已久，請駙馬爺快去。」

郭靖心想：「我日間逆了大汗旨意，他要將我斬首也未可知。事已如此，只好相機行事。」招手命自己的一名親兵過來，低聲囑咐了幾句，叫他急速報與魯有腳知道，自己逕行入宮。他惴惴不安，但打定了主意：「不管大汗如何威逼震怒，我總是不收回饒赦滿城百姓的求懇。他是大汗，不能食言。」

他滿心以為成吉思汗必在大發脾氣，那知走到殿門，卻聽得大汗爽朗的大笑之聲一陣陣從殿中傳出。郭靖不由得微感詫異，加快腳步走進殿去，只見成吉思汗身旁坐著一人，腳邊又坐著一個少女，倚在他膝上。坐著的是個長鬚如漆的道士，原來是長春子丘處機，腳邊的少女卻是華箏公主。

郭靖大喜，忙奔上相見。成吉思汗從侍從手中搶過一枝長戟，掉過頭來，戟桿往郭靖頭上猛擊下去。郭靖一驚，側頭讓開，這一桿打在他的左肩，崩的一聲，戟桿斷為兩截。成吉思汗哈哈大笑，叫道：「小傢伙，就這麼算了。若不是你今日立了大功，又瞧在丘道長和女兒份上，今日要殺你的頭。」

華箏跳起身來，叫道：「爹，我不在這兒，你定儘欺侮我郭靖哥哥。」成吉思汗將斷戟往地下一擲，笑道：「誰說的？」華箏道：「我親眼見啦，你還賴呢。因此我不放心，要和丘道長一起來瞧瞧。」

成吉思汗一手拉著女兒，一手拉著郭靖，笑道：「大家坐著別吵，聽丘道長讀詩。」

丘處機在煙雨樓鬥劍後，見周伯通安好無恙，又知害死譚處端的正兇是歐陽鋒，便與馬鈺等向黃藥師鄭重謝罪。全眞六子後來遇到柯鎭惡，得悉備細，不勝浩歎。丘處機想起收徒不愼，對楊康只授武功而不將他帶出王府，少年人習於富貴，把持不定，終於落此下場，更自責甚深。這日得到成吉思汗與郭靖來信，心想蒙古人併呑中國之勢已成，難得成吉思汗前來相邀，正好乘機進言，若能啓他一念之善，便可令普天下千千萬萬百姓免於屠戮，實爲無量功德，又掛念郭靖，便帶了十餘名弟子冒寒西來。

丘處機見郭靖經歷風雪，面目黝黑，身子卻更壯健，甚是欣喜。郭靖未到之時，他正與成吉思汗談論途中見聞，說有感於風物異俗，做了幾首詩，當下捋鬚吟道：

「十年兵火萬民愁，千萬中無一二留。去歲幸逢慈詔下，今春須合冒寒遊。不辭嶺北三千里，仍念山東二百州。窮急漏誅殘喘在，早教生民得消憂。」

一名通曉漢語的文官名叫耶律楚材，將詩義譯成蒙古語。成吉思汗聽了，點頭不語。

丘處機向郭靖道：「當年我和你七位師父在醉仙樓頭比武，你二師父從我懷中摸去了一首未作成的律詩。此番西來，想念七位舊友，終於將這首詩續成了。」吟道：

「自古中秋月最明，涼風屆候夜彌清，一天氣象沉銀漢，四海魚龍躍水精。

這四句是你二師父見過的，下面四句是我新作，他卻見不到了：

吳越樓台歌吹滿，燕秦部曲酒肴盈。我之帝所臨河上，欲罷干戈致太平。」

郭靖想到七位師父，不禁淚水盈眶。

成吉思汗道：「道長西來，想必已見我蒙古兵威，不知可有詩歌讚詠否？」丘處機道：「一路見到大汗攻城掠地之威，心中有感，也做了兩首詩。第一首云：

天蒼蒼兮臨下土，胡爲不救萬靈苦？萬靈日夜相凌遲，飲氣吞聲死無語。

仰天大叫天不應，一物細瑣徒勞形。安得大千復混沌，免教造物生精靈。」

耶律楚材心想大汗聽了定然不喜，一時躊躇不譯。丘處機不予理會，續念道：「我第二首是：

嗚呼天地廣開闢，化生衆生千萬億。暴惡相侵不暫停，循環受苦知何極。

皇天后土皆有神，見死不救知何因？下士悲心卻無福，徒勞日夜含酸辛。」

這兩首詩雖不甚工，可是一股悲天憫人之心，躍然而出。郭靖日間見到屠城的慘狀，更感慨萬分。成吉思汗道：「道長的詩必是好的，詩中說些甚麼，快譯給我聽。」

耶律楚材心想：「我曾向大汗進言，勸他少殺無辜百姓，他那裏理睬。幸得這位道長深有慈悲心腸，作此好詩，只盼能說動大汗。」當下照實譯了。成吉思汗聽了不快，向丘處機道：「聽說中華有長生不老之法，盼道長有以教我。」

丘處機道：「長生不老，世間所無，但道家練氣，實能卻病延年。」成吉思汗問道：「請問練氣之道，首要何在？」丘處機道：「天道無親，常與善人。」成吉思汗問道：「何者爲善？」丘處機道：「聖人無常心，以百姓心爲心。」成吉思汗默然。

丘處機又道：「中華有部聖書，叫作《道德經》，吾道家奉以爲寶。『天道無親』、『聖人無常心』云云，都是經中之言。經中又有言道：『兵者不祥之器，非君子之器，不得已而用之，恬淡爲上。而美之者，是樂殺人。夫樂殺人者，則不可以得志於天下矣。』」

丘處機一路西行，見到戰禍之烈，心中惻然有感，乘著成吉思汗向他求教長生延年之術，當下反覆開導，爲民請命。

成吉思汗以年事日高，精力鬦衰，所關懷的只是長生不老之術，眼見丘處機到來，心下大喜，只道縱不能修成不死之身，亦必可獲知增壽延年之道，豈知他翻來覆去總是勸告自己少用兵、少殺人，言談極不投機，說到後來，對郭靖道：「你陪道長下去休息罷。」

注：一、成吉思汗任郭靖爲統兵大將，本爲小說家言，正史中並無郭靖、黃蓉其人，評者有云：蒙古統治者歧視漢人，將天下人等分爲1.蒙古人2.色目人3.漢人

（中國北方人）4.南人（中國南方人）四等，絕無任漢人、南人爲統兵大將之理。此評錯了，元朝分人民爲四等，乃征服中國全境、建立元朝後的後期之事，因南人造反者多，遂加種種限制，不得執兵器等。當成吉思汗、窩闊台、忽必烈等爲大汗之世，任命漢人爲統兵大將者著實不少。如張柔、張世傑等皆爲方面統兵大將。蒙古西征時有漢人作統兵大將，不但是漢人，而且姓郭。郭寶玉爲成吉思汗所親信重用，曾統兵征撒麻爾罕，其孫郭侃亦爲統兵元帥，曾在成吉思汗之孫旭烈兀（Hulegu 1217-1265）麾下領蒙古大軍西征天房（沙地阿拉伯）及富浪（賽普魯斯島，島上回教蘇丹不敵投降）。郭侃從百户、千户升爲萬户、那顏，軍中官職等同郭靖，西征時攻克伊朗、伊拉克等地時立大功，降哈里發、蘇丹等甚衆。忽必烈入據中國後，派大軍西征日本，統兵元帥爲漢人范文虎，兩次遇颶風覆舟，大軍覆沒，仍獲重用。

二、花剌子模爲回教大國，國境在今俄羅斯南部、阿富汗、伊朗一帶。撒麻爾罕城在今俄羅斯烏茲別克共和國境内。據《元史》載，成吉思汗攻花剌子模舊都玉龍傑赤時，曾以石油澆屋焚燒，城因之破。

三、據史籍載，丘處機與成吉思汗來往通信三次，始攜弟子十八人經崑崙赴雪山相見，本書略去通信三次過程。丘處機弟子李志常撰有《長春眞人西遊記》一書，備記途中經歷，此書今尚行世。本書中所引的四首詩，是丘處機原作。

郭靖解下長衣，執住一端，縱馬馳過。歐陽鋒伸手拉住長衣的另端。郭靖雙腿急夾，大喝一聲。小紅馬奮力前衝，波的一聲響，將歐陽鋒從軟沙中直拔出來，在雪地裏拖曳而行。

第三十八回　錦囊密令

郭靖陪了丘處機與他門下十八名弟子李志常、尹志平、夏志誠、于志可，張志素、王志明、宋德方等休息後，再赴成吉思汗的宴會。丘處機回答成吉思汗的詢問，詳述健身延年、保民行善之道，待得辭出來到宮外，天已微明，只見黃蓉與魯、簡、梁三長老以及千餘名丐幫幫衆，都騎了馬候在宮外。

眼見郭靖出宮，黃蓉拍馬迎上，笑問：「沒事嗎？」郭靖笑道：「運氣不錯，剛碰著丘道長到來，大汗心情正好。」黃蓉向丘處機行禮見過，對郭靖道：「我怕大汗發怒要殺你，領人在這裏相救。大汗怎麼說？答應了你辭婚麼？」郭靖躊躇半晌，道：「我沒辭婚。」黃蓉一怔，道：「爲甚麼？」郭靖道：「蓉兒你千萬別生氣，因爲……」剛說到這裏，華箏公主從宮中奔出，大聲叫道：「郭靖哥哥。」

黃蓉見到是她，臉上登時變色，立即下馬，閃在一旁。郭靖待要對她解釋，華箏卻拉住了他手，說道：「你想不到我會來罷？你見到我高不高興？」郭靖點點頭，轉頭尋黃蓉時，卻已人影不見。

華箏一心在郭靖身上，並未見到黃蓉，拉著他手，咭咭呱呱的訴說別來相思之情。郭靖暗暗叫苦：「蓉兒必道我見到華箏妹子，這才不肯向大汗辭婚。」華箏所說的話，他竟一句也沒聽進耳裏。華箏說了一會，見他呆呆出神，嗔道：「你怎麼啦？我大老遠的趕來瞧你，你全不理睬我？」

郭靖道：「妹子，我掛念著一件要事，先得去瞧瞧，回頭再跟你說話。」逕行奔回營房去找黃蓉。親兵說道：「黃姑娘回來拿了一幅畫，出東門去了。」郭靖驚問：「甚麼畫？」那親兵道：「就是駙馬爺常常瞧的那幅。」郭靖更驚，心想：「她將這畫拿去，顯是跟我決絕了。我甚麼都不顧啦，隨她南下便是。」匆匆留了個字條給丘處機，跨上小紅馬出城追去。

小紅馬腳力好快，郭靖生怕找不著黃蓉，心中焦急，更不住的催促，轉眼之間，已奔出數十里，城郊人馬雜沓，屍骸縱橫，一到數十里外，放眼但見一片茫茫白雪，雪地裏有一道馬蹄印筆直向東。郭靖心中甚喜：「小紅馬腳力之快，天下無雙，再過片刻，必可追上蓉兒。我和她同去接了母親，一齊南歸。大汗與華箏妹子必定怪我，也顧不得了。」

又奔出十餘里，只見馬蹄印轉而向北，蹄印之旁突然多了一道行人的足印。這足印甚是奇特，雙腳之間相距幾有四尺，步子邁得如此之大，而落地卻輕，只陷入雪中數寸。郭靖吃了一驚：「這人輕身功夫好厲害。」隨即想到：「左近除歐陽鋒外，更無旁人有此功夫，難道他在追趕蓉兒？」

想到此處，雖在寒風之下，不由得全身出汗。小紅馬甚通靈性，知道主人追蹤蹄印，不待郭靖控韁指示，順著蹄印一路奔了下去。只見那足印始終是在蹄印之旁，但數里之後，這一對印痕在雪地中忽爾折西，忽爾轉南，彎來繞去，竟無一段路是直行的。郭靖心道：「蓉兒必是發現歐陽鋒在後追趕，故意繞道。但雪中蹄痕顯然，極易追蹤，老毒物始終緊追不捨。」

又馳出十餘里，蹄印與足印突然與另外一道蹄印足形重疊交叉。郭靖下馬察看，瞧出一道在先，一道在後，望著雪地中遠遠伸出去的兩道印痕，斗然醒悟：「蓉兒使出她爹爹的奇門之術，故意東繞西轉的迷惑歐陽鋒，教他兜了一陣，又回上老路。」

他躍上馬背，又喜又憂，喜的是歐陽鋒多半再也追不上黃蓉，憂的是蹄印雜亂，自己卻也失了追尋她的線索，站在雪地中呆了一陣，心想：「蓉兒繞來繞去，終究是要東歸，我只是向東追去便了。」躍上馬背，認明了方向，逕向東行。奔馳良久，果然足印再現，接著又見遠處青天與雪地相交處有個人影。

郭靖縱馬趕去，遠遠望見那人正是歐陽鋒。這時歐陽鋒也已認出郭靖，叫道：「快來，黃姑娘陷進沙裏去啦。」

郭靖大驚，雙腿一夾，小紅馬如箭般疾衝而前。待離歐陽鋒數十丈處，只感到馬蹄忽沉，踏到的不再是堅實硬地，似乎白雪之下是一片泥沼。小紅馬也知不妙，忙拔足斜奔，再繞彎奔到臨近，只見歐陽鋒繞著一株小樹急轉圈子，片刻不停。郭靖大奇：「他在鬧甚麼玄虛？」一勒韁繩，要待駐馬相詢，那知小紅馬竟不停步，疾衝奔去，隨又轉回。

郭靖當即醒悟：「原來地下是沼澤軟泥，一停足立即陷下。」一轉念間，不由得大驚：「莫非蓉兒闖到了這裏？」向歐陽鋒叫道：「黃姑娘呢？」歐陽鋒足不停步的奔馳來去，叫道：「我跟著她馬蹄足印一路追來，到了這裏，就沒了蹤跡。你瞧！」說著伸手向小樹上一指。

郭靖縱馬過去，只見樹枝上套著一個黃澄澄的圈子。小紅馬從樹旁擦身馳過，郭靖伸手拿起圈子，正是黃蓉束髮的金環。他一顆心幾乎要從腔子中跳了出來，圈轉馬頭，向東直奔，馳出里許，只見雪地裏一物熠熠生光。他從馬背上俯下身來，長臂拾起，卻是黃蓉襟頭常佩的一朵金鑲珠花。他更加焦急，大叫：「蓉兒，蓉兒，你在那裏？」極目遠望，白茫茫的一片無邊無際，沒見一個移動的黑點，又奔出數里，左首雪地裏鋪著一件黑貂裘，正是當日在張家口自己所贈的。

他令小紅馬繞著貂裘急兜圈子，大叫：「蓉兒！」聲音從雪地上遠遠傳送出去，附近並無山峯，竟連回音也無一聲。郭靖大急，突然哭出聲來，哭著嘶聲大叫。

過了片刻，歐陽鋒也跟著來了，叫道：「我要上馬歇歇，咱們一道尋黃姑娘去。」郭靖怒道：「若不是你追趕，她怎會奔到這沼澤之中？」雙腿一夾，小紅馬急竄而出。

歐陽鋒大怒，身子三起三落，已躍到小紅馬身後，伸手來抓馬尾。郭靖沒料想他來得如此迅捷，一招「神龍擺尾」，右掌向後拍出，與歐陽鋒手掌相交，兩人都是出了全力。郭靖為歐陽鋒掌力推動，身子竟離鞍飛起，幸好小紅馬向前直奔，他左掌伸出，按落馬臀，借力又上了馬背。

歐陽鋒卻向後倒退了兩步，由於郭靖這一推之力，落腳重了，左腳竟深陷入泥，直沒至膝。歐陽鋒大驚，知道在這流沙沼澤之地，左腳陷了，倘出力上拔提出左腳，必致將右腳陷入泥中，如此愈陷愈深，任你有天大本事也難脫身。情急之下橫身倒臥，著地滾轉，同時右腳用力向空踢出，一招「連環鴛鴦腿」，憑著右腳這上踢之勢，左足跟著上踢，泥沙飛濺，已從陷坑中拔出。

他翻身站起，只聽得郭靖大叫「蓉兒，蓉兒！」一人一騎，已在里許之外，遙見小紅馬跑得甚是穩實，看來已走出沼澤，當下跟著蹄印向前疾追，愈跑足下愈鬆軟，似乎起初尚是沼澤邊緣，現下已踏入中心。他連著了郭靖三次道兒，最後一次在數十萬人之前赤身露體，狼狽不堪，旁人佩服他武藝高強，他自己卻覺實是生平的奇恥大辱。此時與郭靖單身相逢，好歹也要報此大仇，縱冒奇險，也決不肯錯此良機，何況黃蓉生死未知，也不能就此罷休，施展輕功，提氣直追。

這番輕功施展開來，數里之內，當眞疾逾奔馬。郭靖聽得背後踏雪之聲，猛回頭，見歐陽鋒離馬尾已不過數丈，一驚之下，急忙催馬。

一人一騎，頃刻間奔出十多里路。郭靖仍不住呼叫：「蓉兒！」眼見天色漸暗，黃蓉出現的機緣愈來愈渺茫，他呼喊聲自粗嗄而嘶啞，自哽咽而變成哭叫。小紅馬早知危險，足底愈軟，起步愈快，到得後來竟四蹄如飛，猶似凌空御風一般。汗血寶馬這般風馳電掣般全速而行，歐陽鋒輕功再好，時刻一長，終於呼吸迫促，腿勁消減，腳步漸漸慢了下來。小紅馬身上也是大汗淋漓，一點點的紅色汗珠濺在雪地上，鮮艷之極，顆顆蹄印之旁，宛如散了朵朵桃花。

待馳到天色全黑，紅馬已奔出沼澤，早把歐陽鋒拋得不知去向。郭靖心想：「蓉兒的坐騎無此神駿，跑不到半里，就會陷在沼澤中動彈不得。我寧教性命不在，也要設法救她。」他明知黃蓉此時失蹤已久，若陷在泥沙之中，縱然救起，也已返魂無術，這麼想也只自行寬慰而已。他下馬讓紅馬稍息片刻，撫著馬背叫道：「馬兒啊馬兒，今日休嫌辛苦，須得拚著命再走一遭。」

他躍上馬鞍，勒馬回頭。小紅馬害怕，不肯再踏入軟泥，但在郭靖不住催促之下，終於一聲長嘶，潑刺刺放開四蹄，重回沼澤。牠知前途尚遠，大振神威，越奔越快。

正急行間，猛聽得歐陽鋒叫道：「救命，救命。」郭靖馳馬過去，白雪反射微光下只見他大半個身子已陷入泥中，雙手高舉，在空中亂抓亂舞，眼見泥沙慢慢上升，已然齊胸，一抵口鼻，不免窒息斃命。

郭靖見他這副慘狀，想起黃蓉臨難之際亦必如此，胸中熱血上湧，幾乎要躍下馬來，自陷泥中。歐陽鋒叫道：「快救人哪！」郭靖切齒道：「你害死我恩師，又害死了黃姑娘，要我相救，再也休想。」歐陽鋒厲聲道：「咱們曾擊掌爲誓，你須饒我三次。這次是第三次，難道你不顧信義了？」郭靖垂淚道：「黃姑娘已不在人世，咱們的盟約還有何用處？」

歐陽鋒破口大罵。郭靖不再理他，縱馬走開。奔出數十丈，聽得他慘厲的呼聲遠遠傳來，心終不忍，嘆了口氣，回馬過來，見泥沙已陷到他頸邊。郭靖道：「我救你便是。但馬上騎了兩人，馬身吃重，勢必陷入泥沼。」歐陽鋒道：「你用繩子拖我。」郭靖未攜帶繩索，轉念間解下長衣，執住一端，縱馬馳過他身旁。歐陽鋒伸手拉住長衣的另一端，郭靖雙腿急夾，大喝一聲。小紅馬奮力前衝，波的一聲響，將歐陽鋒從軟沙之中直拔出來，在雪地裏拖曳而行。

若是向東，不久即可脫出沼澤，但郭靖懸念黃蓉，豈肯就此罷休？當下縱馬西馳。歐陽鋒仰天臥在雪上，飛速滑行，乘機喘息運氣。小紅馬駸駸騑騑，奔騰駿發，天未大明，又已馳過沼澤，只見雪地裏蹄印點點，正是黃蓉來時的蹤跡，可是印在人亡，香魂何處？郭靖躍下馬來，望著蹄印呆呆出神。

他心裏傷痛，竟忘了大敵在後，站在雪地裏左手牽著馬韁，右手挽了貂裘，極目遠眺，心搖神馳，突覺背上微觸，待得驚覺，急欲回身，只覺歐陽鋒的手掌已按在自己背心「陶道穴」上。歐陽鋒那日從沙坑中鑽出，也曾爲郭靖如此制住，此時即以其人之道，還治其人之身，不禁哈哈大笑。

郭靖哀傷之餘，早將性命置之度外，淡然道：「你要殺便殺，咱們可不曾立約要你饒我。」歐陽鋒一怔，他本想將郭靖盡情折辱一番，然後殺死，那知他竟無求生之想，當即了然：「這傻小子和那丫頭情義深重，我若殺他，倒遂了他殉情的心願。」轉念又想：「那丫頭既已陷死沙中，倒要著落在他身上譯解經文。」點了郭靖的穴道，提著他手膀，躍上馬背，兩人並騎，向南邊山谷中馳去。

行到巳牌時分，見大道旁有個村落。歐陽鋒縱馬進村，但見遍地都是屍骸，天時寒冷，屍身盡皆完好，死時慘狀未變，自是皆為蒙古大軍經過時所害。歐陽鋒大叫數聲，村中靜悄悄地竟無一人，只幾十頭牛羊高鳴相和。歐陽鋒大喜，押著郭靖走進一間石屋，說道：「你現下為我所擒，我也不來殺你。只要打得過我，你就可出去。」解開他穴道，去牽了一條羊來宰了，在廚下煮熟。

郭靖望著他得意的神情，越看越恨。歐陽鋒抛一隻熟羊腿給他，說道：「等你吃飽了，咱們就打。」郭靖怒道：「要打便打，有甚麼飽不飽的？」飛身而起，劈面出掌。歐陽鋒舉手擋開，回以一拳。頃刻之間，兩人在石屋中打得桌翻櫈倒。

拆了三十餘招，郭靖畢竟功力不及，給歐陽鋒搶上半步，右掌抹到了脅下。郭靖難以閃避，只得停手待斃，歐陽鋒竟不發勁，笑道：「今日到此為止，你練幾招眞經上的功夫，明日再跟你打過。」

郭靖「呸」了一聲，坐在一張翻轉的櫈上，拾起羊腿便咬，心道：「他有心要學眞經功夫的訣竅，盼我演將出來，便可揣摩照學，他這是要拜我為師。我偏不上當。他要殺我，就讓他殺好了……嗯，他剛才這一抹，我該當如何拆解？」遍思所學的諸般拳術掌法，無招可以破解，卻想起眞經上載得有門「飛絮勁」巧勁，似可將他這一抹化於無形。

他心想：「我自行練功，他要學也學不去。」當下將一隻羊腿吃得乾乾淨淨，盤膝坐在地下，想著經中所述口訣，依法修習。他自練成「易筋鍛骨章」後，根柢紮穩，又得一燈大師傳授，經中要旨已了然於胸，「飛絮勁」這等功夫只乃末節，用不到兩個時辰，便已練就，斜眼看歐陽鋒時，見他也坐著用功，當下叫道：「看招！」身未站直，已揮掌劈將過去。

歐陽鋒迴掌相迎，鬥到分際，他依樣葫蘆又伸掌抹到了郭靖脅下。突覺手掌滑溜，斜在一旁，身不由主的微微前傾，郭靖左掌已順勢向他頸中斬落。歐陽鋒又驚又喜，索性加力前衝，避過了這招斬勢，迴身叫道：「好功夫，這是經中的麼？叫甚麼名字？」郭靖道：「沙察以推，愛末琴兒。」歐陽鋒一怔，隨即想到這是經中的古怪文字，心想：「這傻小子一股牛勁，只可巧計詐取，硬逼無用。」掌勢變動，又跟他鬥在一起。

兩人纏鬥不休，郭靖一到輸了，便即住手，另練新招。當晚郭靖坦然而臥，歐陽鋒卻提心吊膽，既怕給他半夜偷襲，又恐他乘黑逃走。

兩人如此在石屋中一住月餘，將村中的牛羊幾乎吃了一半。這一個多月之中，倒似歐陽鋒硬逼郭靖練功。歐陽鋒武學深邃，瞧著郭靖練功前後的差別，也悟到了不少經中要旨，但以之與所得的經文參究印證，卻又全然難以貫通。他越想越不解，便逼得郭靖越緊，這麼一來，郭靖的功夫在這月餘之中竟突飛猛進。歐陽鋒不由得暗暗發愁：「如此下去，我還沒參透眞經要義，打起來卻要不是這傻小子的對手了。」

郭靖初幾日滿腔憤恨，打到後來，更激起了克敵制勝之念，決意跟他拚鬥到底，終究要憑眞功夫殺了他才罷，明知此事極難，卻毫不氣餒，怒火稍抑，堅毅愈增。只是歐陽鋒眞正所長乃蛤蟆功內力，而內功修爲全仗積累，非幾下奇妙巧招可以達致，郭靖武功雖進，內力終究尚自不及。這一日他在村中死屍身畔拾到一柄鐵劍，便即苦練兵刃，使劍與歐陽鋒的鐵棍過招。歐陽鋒本使蛇杖，當日與洪七公舟中搏鬥，蛇杖沉入大海，後來另鑄鋼杖，派了屬下得力之人去西域覓得怪蛇，再加訓練，被困冰柱後，鋼杖與小蛇又讓魯有腳收了毀去。現下所用的只是一根尋常鐵棍，更無怪蛇助威，然而招術奇幻、變化無窮，不斷將郭靖的鐵劍震飛，如杖上有蛇，郭靖自更難抵擋。

耳聽得成吉思汗大軍東歸，人喧馬嘶，數日不絕，兩人激鬥正酣，毫不理會。這一晚大軍過完，耳邊一片清靜。郭靖挺劍而立，心想：「今晚雖仍不能勝你，但你的鐵棍卻無論如何再震不脫我的鐵劍了。」他急欲一試練成的新招，靜候敵手先攻，忽聽得屋外有人喝道：「好奸賊，往那裏逃？」清清楚楚是老頑童周伯通的口音。

歐陽鋒與郭靖相顧愕然，均想：「怎麼他萬里迢迢的也到西域來啦？」兩人正欲說話，只聽得腳步聲響，兩個人一先一後的奔近石屋。村中房屋不少，僅這石屋中點著燈火。歐陽鋒左手揮處，一股勁氣飛出，將燈滅了。就在此時，大門呀的一聲推開，一人奔了進來，後面那人跟著追進，自是周伯通了。

聽這兩人的腳步聲都輕捷異常，前面這人的武功竟似不在周伯通之下。歐陽鋒大是驚疑：「此人居然能逃得過老頑童之手，當世之間，有此本領的屈指可數。若是黃藥師或洪七公，老毒物可大大不妙。」當即籌思脫身之計。

只聽得前面那人縱身躍起，坐在樑上。周伯通笑道：「你跟我捉迷藏，老頑童最開心不過了，可別再讓你溜了出去。」黑暗中只聽他掩上大門，搬起門邊的大石撐在門後，叫道：「喂，臭賊，你在那裏？」一邊說，一邊走來走去摸索。郭靖正想出聲指點他敵人是在樑上，周伯通突然高躍，哈哈大笑，猛往樑上那人抓去。原來他早聽到那人上樑，故意在屋角裏東西摸索，教敵人不加提防，然後突施襲擊。

樑上那人也好生了得，不等他手指抓到，已一個觔斗翻下，蹲在北首。周伯通嘴裏胡說八道，出手卻也甚爲小心，留神傾聽那人所在。靜夜之中，他依稀聽到有三個人呼吸之聲，心想這屋中燈火戛然而滅，果然有人，只幹麼不作聲，想是嚇得怕了，叫道：「主人別慌，我來拿個小賊，捉著了馬上出去。」常人喘氣粗重，內功精湛之人呼吸緩而長，輕而沉，稍加留心，極易分辨。那知側耳聽去，東西北三面三人個個呼吸低緩，周伯通一驚非小，叫道：「好賊子，居然在這裏伏下了幫手。」

郭靖本待開言招呼，轉念一想：「歐陽鋒窺伺在旁，周大哥所追的也是個勁敵，我且不表露身分，俟機助他的爲是。」

周伯通一步一步走近門邊，低聲道：「看來老頑童捉人不到，反要讓人捉了去。」心下計議已定，一覺局勢不妙，立時奪門而出。

就在此時，遠處喊聲大作，蹄聲轟轟隆隆，有如秋潮夜至，千軍萬馬，殺奔前來。周伯通叫道：「你們幫手越來越多，老頑童可要失陪了。」伸手去搬門後大石，似要出門逃走，突然雙手舉起大石，往他所追之人站身處擲去。這塊大石份量著實不輕，歐陽鋒每晚搬來撐在門後，郭靖如移石開門，他在睡夢中必可醒覺。

歐陽鋒耳聽得風聲猛勁，心想老頑童擲石之際，右側必然防禦不到，我先將他斃了，眼前少了禍患，日後華山二次論劍更去了個勁敵。心念甫動，身子已然蹲下，雙手齊推，運「蛤蟆功」直擊過去。他蹲在西端，這一推自西而東，勢道凌厲之極。郭靖與他連鬥數十日，於他一舉一動都已了然於胸，雖在黑夜之中，一聽得這股勁風，已知他忽向周伯通施襲，當即跨步上前，一招「亢龍有悔」急拍而出。站在北首那人聽到大石擲來，彎腿站定馬步，雙掌外翻，要以掌力將大石反推出去傷敵。

四人分站四方，勁力發出雖有先後，力道卻幾乎不分上下。大石為四股力道從東南西北一逼，飛到屋子中心落下，砰的一聲大響，將一張桌子壓得粉碎。

這一聲巨響震耳欲聾，周伯通覺得有趣，不禁縱聲大笑。但他的笑聲到後來竟連自己也聽不見了，原來成千成萬的軍馬已奔進村子。但聽得戰馬嘶叫聲、兵器撞擊聲、士卒呼喊聲亂成一團。郭靖聽了軍士的口音，知是花剌子模軍隊敗入村中，意圖負隅固守。但布陣未定，蒙古軍已隨後趕到，只聽馬蹄擊地聲、大旗展風聲、吶喊衝殺聲、羽箭破空聲自遠而近。跟著短兵相接，肉搏廝殺，四下裏不知有多少軍馬在大呼酣鬥。

突然有人推門，衝了進來。周伯通一把抓起，摔了出去，捧起大石，又擋在門後。

歐陽鋒一擊不中，心想反正已爲他發現蹤跡，叫道：「老頑童，你知我是誰？」周伯通隱約聽到人聲，但分辨不出說話，左手護身，右手伸出去便抓。歐陽鋒右手勾住他手腕，左手反掌拍出。周伯通接了一招，驚叫：「老毒物，你在這裏？」身形微晃，搶向左首，身子已側了過來，就在那時，北首那人乘隙而上，發掌向他背後猛擊。周伯通右手向歐陽鋒攻去，左拳迴擋身後來掌，心想自在桃花島上練得左右互搏之術，迄今未有機緣分鬥兩位高手，今日正是試招良機，拳頭剛與敵掌相接，突然郭靖從東撲至，右手架開周伯通的拳頭，左手代他接了這一掌。

三人同聲驚呼，周伯通叫的是「郭兄弟」，那人叫的是「郭靖」，郭靖叫的卻是「裘千仞」！

周伯通那日在煙雨樓前比武，他最怕毒蛇，眼見無路可走，便橫臥樓頂，將屋面瓦片一片片蓋在身上，遮得密密層層，官兵的羽箭固射他不著，歐陽鋒的青蛇也沒遊上屋頂來咬他。待得日出霧散，蛇陣已收，衆人也都走得不知去向。

他百無聊賴，四下閒逛，過了數月，丐幫的一名弟子送了一封黃蓉的信來，信中說道：他曾親口答應，不論她有何所求，必當遵命，現下要他去殺了鐵掌幫幫主裘千仞；此人與段皇爺的劉貴妃有深仇大怨，殺了他後，劉貴妃就不會再來找他，否則的話，劉貴妃便尋到天涯海角，也非嫁給他不可。信中還書明鐵掌峯的所在。

周伯通心想「不論何事，必當遵命」這句話，確對黃蓉說過。裘千仞那老兒與金國勾結，原本不是好人，殺了他也是應該。至於自己和劉貴妃這番孽緣，更一生耿耿於懷，自覺虧負她實多，她既與裘千仞有仇，自當代她出力，而她能不來跟自己糾纏，更加上上大吉，當下便找到鐵掌峯上。

裘千仞與他一動手，初時尚打成平手，待他使出左右互搏之術，登時不敵，只得退避。高手比武，若有一人認輸，勝負已決，本應了結，那知周伯通竟窮追不捨。裘千仞數次問他爲了何事，周伯通卻又瞠目結舌，說不出個所以然來，要知「劉貴妃」三字，那是殺他頭也不肯出口的。

兩人打打停停，逃逃追追，越走越遠。周伯通的武功雖比裘千仞略勝一籌，但要傷他性命，卻也大非易事。裘千仞千方百計難以擺脫，心想：「我如逃到絕西苦寒之地，難道你仍窮追不捨？」周伯通心想：「倒要瞧你逃到那裏才走回頭路子。」

一到了塞外大漠，平野莽莽，追蹤極易，裘千仞更無所遁形。好在周伯通極顧信義，遵守口頭約定，裘千仞只須躺下睡覺，坐下吃飯，或大便小解，他決不上前侵犯，自己也就跟著照做。但不論裘千仞如何行奸使詐，老頑童始終陰魂不散，糾纏不休。

周伯通一路與裘千仞鬥智鬥力，越來越興味盎然，幾次制住了他，竟不捨得下手殺卻，少了一個難逢難得的玩物。這一日也眞湊巧，兩人亂逃亂追，誤打誤撞的闖進了郭靖與歐陽鋒所在的石屋。

此時周郭兩人已知其餘三人是誰，但三人的呼聲爲門外廝殺激鬥之聲淹沒，歐陽鋒與裘千仞卻還認不出對方。歐陽鋒尙知此人是周伯通的對頭，裘千仞卻認定屋中兩人必是一路。周、裘、歐陽三人武功卓絕，而郭靖與歐陽鋒鬥了這數十日後，刻苦磨練，驟然已可與三人並駕齊驅。這四大高手密閉在這漆黑一團、兩丈見方的斗室之中，目不見物，耳不聽聞，言語不通，四人都似突然變成又聾又啞又瞎。

郭靖心想：「我擋住歐陽鋒，讓周大哥先結果了裘千仞。那時咱兩人合力，殺歐陽鋒不難。」一算計已定，雙掌虛劈出去，右掌打空，左掌卻與一人的手掌碰到。郭靖在桃花島上與周伯通拆解有素，雙手一交，已知是他，當即縱上前去，待要拉他手臂示意，那知周伯通童心忽起，左臂疾縮，右手斗然出拳，一下擊在郭靖肩頭，這一拳並沒使上內勁，但郭靖絕無提防，倒給他打得隱隱作痛。周伯通道：「好兄弟，你要試試大哥的功夫來著？小心了！」左手跟著一掌。郭靖雖未聽到他的話聲，卻已有備，當下揮臂格開。

這時歐陽鋒與裘千仞也已拆了數招，均已從武功中認出對方。他兩人倒無仇怨，但想到日後華山論劍，勢須拚個你死我活，此時相逢，若能傷了對手，自是大妙，是以手上竟也毫不放鬆。鬥了片刻，只覺面上背後疾風掠來掠去，一愕之下，立時悟到周伯通在與郭靖過招。兩人心中奇怪，但想周伯通行事顛三倒四，人所難測，有此良機，如何不喜？不約而同的攻了上去。

周伯通與郭靖拆了十餘招，覺他武功已大非昔比，又驚又喜，連問：「兄弟，你從那裏學來的功夫？」但門外廝殺正酣，郭靖怎能聽見？周伯通怒道：「好啊，你不肯說，賣甚麼關子？」只覺勁風撲面，歐陽、裘兩人同時攻到，足下一點，躍上屋樑，叫道：「讓你一人鬥鬥他們兩個。」

歐陽鋒與裘千仞從他袍袖拂風之勢中，察覺周伯通上樑暫息，心想正好合力斃了這傻小子，一左一右，分進合擊。郭靖先前給周伯通纏住了，連變四五般拳法始終無法抽身，好容易待他退開，兩個強敵卻又攻上，不禁暗暗叫苦，只得打起精神，以左右互搏術分擋二人。鬥得片刻，歐陽鋒與裘千仞暗暗稱奇。均知以郭靖功力，單就歐裘一人便能勝他，那知兩人聯手，他竟左擋西毒、右拒鐵掌，兩人一時竟奈何他不得。

周伯通在樑上坐了一陣，心想再不下去，只怕郭靖受傷，悄悄從牆壁溜下，雙手亂抓，一下子恰好抓到歐陽鋒後心。他蹲在地下，正以蛤蟆功向郭靖猛攻，突覺背後有人，急忙回掌抵擋。郭靖乘機向裘千仞踢出一腿，躍入屋角，不住喘氣，倘若周伯通到來稍遲，歐陽鋒這一推他多半擋架不住。

四人在黑暗中倏分倏合，一時周伯通與裘千仞鬥，一時郭靖與裘千仞鬥，一時歐陽鋒與裘千仞鬥，一時周伯通與歐陽鋒鬥，一時郭靖又和周伯通交手數招。四人這一場混戰，就中周伯通最為興高采烈，但覺得生平大小數千戰，好玩莫逾於此。鬥到分際，他忽然纏住郭靖不放，說道：「我兩隻手算是兩個敵人，歐陽鋒、裘千仞兩個臭賊自然也是兩個敵人。你以一敵四，試試成不成？這新鮮玩意兒你可從來沒玩過罷？」

郭靖聽不到他說話，忽覺三人同時向自己猛攻，只得拚命閃躲。周伯通不住鼓勵：「別怕，別怕。危險時我會幫你。」但在這漆黑一團之中，只要著了任誰的一拳一足，都有性命之憂，周伯通縱然事後相救，又怎來得及？

再拆數十招，郭靖累得筋疲力盡，但覺歐裘兩人的拳招越來越沉，只得邊架邊退，要待躍到樑上暫避，卻始終給周伯通的掌力罩住了無法脫身，驚怒交集之下，再也忍耐不住，破口罵道：「周大哥你這傻老頭，儘纏住我幹甚麼？」

但苦於屋外殺聲震天，說出來的話別人一句也聽不見。郭靖又退幾步，忽在地下的大石上一絆，險些跌倒。他彎著腰尚未挺直，裘千仞的鐵掌已拍了過來。郭靖百忙之中不及變招，順手抱起大石擋在胸前。裘千仞一掌擊在石上，郭靖雙臂運勁，往外推出，接了他這一掌。只覺左側風響，歐陽鋒掌力又到，郭靖力透雙臂，大喝一聲，將大石往頭頂擲了上去，跟著側身避過來掌。

大石穿破屋頂飛出，磚石泥沙如雨而下，天空星星微光登時從屋頂射了進來。周伯通怒道：「瞧得見了，還有甚麼好玩？」

郭靖疲累已極，雙足力登，從屋頂的破洞中穿了出去。歐陽鋒急忙飛身追出。周伯通大叫：「別走，別走，陪我玩兒。」長臂抓他左足。歐陽鋒一驚，忙右足迴踢，破解了他這一抓，身子不能留空，又復落下。裘千仞不待他著地，飛足往他胸間踢去。歐陽鋒胸口微縮，伸指點他足踝。三人連環邀擊，又惡鬥起來。此時人影已隱約可辨，門外殺聲也漸消滅，遠不如適才黑戰胡鬥時的驚險。周伯通大為掃興，一口惡氣都出在兩人身上，拳法陡變，向兩敵連下殺手。

郭靖逃出石屋，眼裏見人馬來去奔馳，耳中聽金鐵鏗鏘撞擊，不時夾著一聲雙方士卒著刀中箭時的慘呼號叫。他衝過人叢，飛奔出村，在一處小樹林裏躺下休息。惡鬥了這半夜，這一躺下來，只覺全身筋骨酸痛欲裂，雖然記掛周伯通的安危，但想以他武功，至不濟時也可脫身逃走，躺了一陣，便即沉沉睡去。

睡到第二日清晨，忽覺臉上冰涼，有物蠕蠕而動。他不及睜開眼睛，立即躍起，只聽一聲歡嘶，原來適才是小紅馬在舐他的臉。郭靖大喜，抱住紅馬，一人一馬劫後重逢，親熱了一陣。他爲歐陽鋒囚在石屋之時，這馬自行在草地覓食，昨晚大軍激戰，牠仗著捷足機敏，居然逃過了禍殃，此刻又把主人找到。

郭靖牽了紅馬走回村子，只見遍地折弓斷箭，人馬屍骸枕藉，偶而有幾個受傷未死的士兵發出幾聲慘呼。他久經戰陣，見慣死傷，但這時想起黃蓉，不禁傷痛欲絕。悄悄回到石屋，在屋外側耳聽去，寂無人聲，再從門縫向內張望，屋中早已無人。推門入內前後察看，周伯通、歐陽鋒、裘千仞三人早已不知去向。

他呆立半晌，上馬東行。小紅馬奔跑迅速，不久就追上了成吉思汗大軍。

此時花剌子模各城或降或破，數十萬雄師如土崩瓦解。花剌子模國王摩訶末素來傲慢暴虐，衆叛親離之餘，帶了一羣殘兵敗將，狼狽西遁。成吉思汗令大將速不台與哲別統帶兩個萬人隊窮追，自己率領大軍班師。速不台與哲別直追到今日莫斯科以西、第聶伯河畔基輔城附近，大破俄羅斯和欽察聯軍數十萬人，將投降的基輔大公及十一個俄羅斯王公盡數以車轅壓死。這一戰史稱「迦勒迦河之役」，俄羅斯大片草原自此長期呻吟於蒙古軍鐵蹄之下。摩訶末日暮途窮，後來病死於裏海中的一個荒島之上。

成吉思汗那日在撒麻爾罕城忽然不見了郭靖，甚是憂急，擔心他孤身落單，死於亂軍之中，見他歸來，不禁大喜。華箏公主自更歡喜。

丘處機隨大軍東歸，一路上力勸大汗恤民少殺。成吉思汗雖和他話不投機，但知他是有道之士，也不便過拂其意，因是戰亂之中，百姓憑丘處機一言而全活的不計其數。

花剌子模與蒙古相距數萬里，成吉思汗大軍東還，歷時甚久，回到斡難河畔後大宴祝捷，休養士卒。丘處機與魯有腳等丐幫幫衆先後告辭南歸。又過數月，眼見金風肅殺，士飽馬騰，成吉思汗又興南征之念，這一日大集諸將，計議伐金。

郭靖自黃蓉死後，忽忽神傷，常自一個兒騎著小紅馬，攜了雙鵰，在蒙古草原上信步漫遊，痴痴呆呆，每常接連數日不說一句話。華箏公主溫言勸慰，他就似沒有聽見。衆人得悉情由，知他心中悲苦，無人敢提婚姻之事。成吉思汗忙於籌劃伐金，自也無暇理會。這日在大汗金帳之中計議南征，諸將各獻策略，郭靖卻始終不發一言。

成吉思汗遣退諸將，獨自在山岡上沉思了半天，次日傳下將令，遣兵三路伐金。其時他長子朮赤、次子察合台均在西方統轄新征服諸國，伐金的中路軍由三子窩闊台統率，左軍由四子拖雷統率，右軍由郭靖統率。

成吉思汗宣召三軍統帥進帳，命親衛暫避，對窩闊台、拖雷、郭靖三人說道：「金國精兵都在潼關，南據連山、北限大河，難以遽破。諸將所獻方策雖各有見地，但正面強攻，不免曠日持久。現下我蒙古和大宋聯盟，我軍取了金國中都燕京之後，最妙之策，莫如借道宋境，自唐州、鄧州進兵，直擣金國都城大梁。」

窩闊台、拖雷、郭靖三人聽到此處，同時跳了起來，互相擁抱，大叫：「妙計！」成吉思汗向郭靖微笑道：「你善能用兵，深得我心。我問你，攻下大梁之後怎樣？」郭靖沉思良久，搖頭道：「不攻大梁。」

窩闊台與拖雷明明聽父王說直擣大梁，怎地郭靖卻又說不攻，心下疑惑，一齊怔怔的望著他。成吉思汗仍臉露微笑，問道：「不攻大梁便怎樣？」郭靖道：「既不是攻，也不是不攻；是攻而不攻，不攻而攻。」這幾句話把窩闊台與拖雷聽得更加胡塗了。成吉思汗笑道：『攻而不攻，不攻而攻。』這八個字說得很好，你跟兩位兄長說說明白。」

郭靖道：「我猜測大汗用兵之策，是佯攻金都，殲敵城下。大梁乃金國皇帝所居之地，可是駐兵不多，一見我師迫近，金國自必從潼關急調精兵回師相救。中華的兵法上說：『卷甲而趨，日夜不處，倍道兼行，百里而爭利，則擒三將軍。勁者先，疲者後，其法十一而至。』百里疾趨，士卒尚且只能趕到十分之一。從潼關到大梁，千里赴援，精兵銳卒，十停中到不了一停，加之人馬疲敝，雖至而弗能戰。我軍在大梁城外休兵養銳，以逸待勞，必可大破金兵。金國精銳盡此一役而潰，大梁不攻自下。倘若強攻大梁，急切難拔，反易腹背受敵。」成吉思汗拊掌大笑，叫道：「說得好！」

他取出一幅地圖，攤在案上，三人看後，盡皆驚異。原來那是一幅大梁附近的地圖，圖上畫著敵我兩軍的行軍路線，如何拊敵之背，攻敵腹心，如何誘敵自潼關勞師遠來，如何乘敵之疲，聚殲城下，竟與郭靖所說的全無二致。窩闊台與拖雷瞧瞧父王，又瞧瞧郭靖，又驚又佩。郭靖心下欽服：「我從武穆遺書學得用兵之法，這是匯集中華名將數千年的智慧，不算希奇。大汗不識字不讀書，那是天縱奇才，天生的英明。」

成吉思汗道：「這番南征，破金可必。這裏有三個錦囊，各人收執一個，待攻破大梁之後，你們三人在大金皇帝的金鑾殿上聚會，共同開拆，依計行事。」從懷裏取出錦囊，每人交付一個。郭靖接過一看，見囊口用火漆密封，漆上蓋了大汗的印章。成吉思汗又道：「未入大梁，不得擅自拆開。啓囊之前，三人相互檢驗囊口有無破損。」三人一齊拜道：「大汗之命，豈敢有違？」

成吉思汗問郭靖道：「你平日行事極爲遲鈍，何以用兵卻又如此機敏？」郭靖將熟讀《破金要訣》之事說了。成吉思汗問起岳飛的故事，郭靖將岳飛如何在朱仙鎭大破金兵、金兵如何稱他爲「岳爺爺」、如何說「撼山易，撼岳家軍難」等語一一述說。成吉思汗不語，背著手在帳中走來走去，嘆道：「恨不早生百年，跟這位大英雄交一交手。今日世間，能有誰是我敵手？」言下竟大有寂寞之意。

郭靖從金帳辭出，想起連日軍務倥傯，未與母親相見，明日誓師南征，以報大宋歷朝世仇，今日這一日該當陪伴母親了，走向母親營帳。卻見帳中衣物俱已搬走，只賸下一名老軍看守，一問之下，原來他母親李氏奉了大汗之命，已遷往另一座營帳。

郭靖問明所在，走向彼處，見那座營帳比平時所居的大了數倍，揭帳進內，吃了一驚，只見帳內金碧輝煌，花團錦簇，盡是蒙古軍從各處掠奪來的珍貴寶物。華箏公主陪著李萍，正在閒談郭靖幼年時的趣事。她見郭靖進來，微笑著站起迎接。

郭靖道：「媽，這許多東西那裏來的？」李萍道：「大汗說你西征立了大功，特地賞你的。其實咱們清寒慣了，那用得著這許多物事？」郭靖點點頭，見帳內又多了八名服侍母親的婢女，都是大軍擄來的女奴。

三人說了一會閒話，華箏告辭出去。她想郭靖明日又有遠行，今日跟她必當有許多話說，那知她在帳外候了半日，郭靖竟不出來。

李萍道：「靖兒，公主定是在外邊等你，你也出去和她說一會話兒。」郭靖答應了一聲，卻坐著不動。李萍嘆道：「咱們在北國一住二十年，雖多承大汗眷顧，我卻想家得緊。但願你此去滅了金國，母子倆早日回歸故鄉。咱倆就在牛家村你爹爹的舊居住下，你也不是貪圖榮華富貴之人，這北邊再也休來了。只公主之事，卻不知該當如何，這中間實有許多難處。」

郭靖道：「孩兒當日早跟公主言明，蓉兒既死，孩兒是終生不娶的了。」李萍嘆道：「公主或能見諒，但我推念大汗之意，卻甚躭心。」郭靖道：「大汗怎樣？」李萍道：「這幾日大汗忽然對咱娘兒優遇無比，金銀珠寶，賞賜無數。雖說是酬你西征之功，但我在漠北二十年，大汗性情，頗有所知，看來此中另有別情。」郭靖道：「媽，你瞧是甚麼事？」李萍道：「我是女流之輩，有甚高見？只細細想來，大汗是要逼咱們做甚麼事。」郭靖道：「嗯，他定是要我和公主成親。」李萍道：「成親是件美事，大汗多半不知你心中不願，也不須相逼。我看啊，你統率大軍南征，大汗是怕你忽起異心叛他。」郭靖搖頭道：「我無意富貴，大汗深知。我叛他作甚？」

李萍道：「我想到一法，或可探知大汗之意。你說我懷念故鄉，想與你一同南歸，你去稟告大汗，瞧他有何話說。」郭靖喜道：「媽，你怎不早說？咱們共歸故鄉，原是美事，大汗定然允准。」他掀帳出來，不見華箏，想是她等得不耐煩，已怏怏離去。

郭靖去了半晌，垂頭喪氣的回來。李萍道：「大汗不准，是不是？」郭靖道：「這個我可不懂啦，大汗定要留你在這兒幹甚麼？」李萍默然。郭靖道：「大汗說，待破金之後，讓我再奉母回鄉，那時衣錦榮歸，豈非光采得多？我說母親思鄉情切，但盼早日南歸。大汗忽有怒色，只搖頭不准。」

李萍沉吟道：「大汗今日還跟你說了些甚麼？」郭靖將大汗在帳中指點方略、傳交錦囊等情說了。李萍道：「唉，若你二師父和蓉兒在世，定能猜測得出。只恨我是個蠢笨的鄉下女子，只越想越不安，卻又不知爲了何事。」

郭靖將錦囊拿在手裏玩弄，道：「大汗授這錦囊給我之時，臉上神色頗爲異樣，只怕與此有關也未可知。」李萍接過錦囊，細細檢視，隨即遣開侍婢，說道：「拆開來瞧瞧。」郭靖驚道：「不！破了火漆上金印，那可犯了死罪。」李萍笑道：「臨安府織錦之術，天下馳名。你媽媽是臨安人，自幼學得此法。又何須弄損火漆，只消挑破錦囊，回頭織補歸原，決無絲毫破綻。」郭靖大喜。李萍取過細針，輕輕挑開錦緞上的絲絡，從縫中取出一張紙來，母子倆攤開一看，面面相覷，不由得都身上涼了半截。

原來紙上寫的是成吉思汗一道密令，命窩闊台、拖雷、郭靖三軍破金之後，立即移師南向，以迅雷不及掩耳手段攻破臨安，滅了宋朝，自此天下一統於蒙古。密令中又說，郭靖若能建此大功，便即封爲大蒙古國宋王，以臨安爲都，統御宋朝山河。但若懷有異心，不遵詔命或棄軍逃遁，窩闊台與拖雷已奉有令旨，立即將其斬首，其母亦必凌遲處死。密令用蒙古新字書寫，郭靖在蒙古日久，也已學識。

郭靖呆了半晌，方道：「媽，若不是你破囊見此密令，我母子性命不保。想我是大宋之人，豈能賣國求榮？」李萍道：「爲今之計，該當如何？」郭靖道：「媽，你老人家只好辛苦些，咱倆連夜逃回南邊。」李萍道：「正是，你快去收拾，可別洩露了形跡。」

郭靖點頭，回到自己帳中，取了隨身衣物，除小紅馬外，又挑選八匹駿馬。倘若大汗點兵追趕，便可和母親輪換乘坐，以節馬力，易於脫逃。

他於大汗所賜金珠一介不取，連同那柄虎頭金刀也留在帳中，除下那顏的元帥服色，換上了尋常皮裘。他自幼生長大漠，今日一去，永不再回，心中不禁難過，對著居住日久的舊帳篷怔怔的出了會神，眼見天色已黑，又回母親帳來。

掀開帳門，心中突的一跳，只見地下橫著兩個包裹，母親卻已不在。郭靖叫了兩聲：「媽！」不聞應聲，心中微感不妙。待要出帳去找，突然帳門開處，光火耀眼，大將赤老溫站在帳門外叫道：「大汗宣召金刀駙馬！」他身後軍士無數，均手執長矛。郭靖見此情勢，心中大急，若憑武功強衝，料那赤老溫攔阻不住，但尋思：「母親既已為大汗擒去，我豈能一人逃生？」跟著赤老溫走向金帳。見帳外排列著大汗的無數箭筒衛士，手執長矛大戟，隊伍遠遠伸展出去。赤老溫道：「大汗有令將你綁縛。這可要得罪了，駙馬爺莫怪。」郭靖點點頭，反手就縛，走進帳中。

帳內燃著數十枝牛油巨燭，照耀有如白晝。成吉思汗虎起了臉，猛力在案上一拍，叫道：「我待你不薄，自小將你養大，又將愛女許你為妻。小賊，你膽敢叛我？」

郭靖見那隻拆開了的錦囊放在大汗案上，知道今日已有死無生，昂然道：「我是大宋臣民，豈能聽你號令，攻打自己邦國？」成吉思汗聽他出言挺撞，更加惱怒，喝道：「推出去斬了。」郭靖雙手給粗索牢牢綁著，八名刀斧手舉刀守在身旁，無法反抗，大叫：「你與大宋聯盟攻金，中途背棄盟約，言而無信，算甚麼英雄？」成吉思汗大怒，飛腳踢翻金案，喝道：「待我破了金國，與趙宋之盟約已然完成。那時南下攻宋，豈是背約？快快斬了！」諸將雖多與郭靖交好，但見大汗狂怒，都不敢求情。

郭靖更不打話，大踏步出帳。忽見拖雷騎馬從草原上急奔而來，大叫：「刀下留人！」他上身赤裸，下身套著一條皮褲，想是睡夢中得到訊息，趕來求情。他直闖進帳，叫道：「大汗父王，郭靖安答立有大功，曾經救你救我性命，雖犯死罪，不可處斬。」成吉思汗想起郭靖之功，叫道：「帶回來。」刀斧手將郭靖押回。

成吉思汗沉吟半晌，道：「你心念趙宋，有何好處？你曾跟我說過岳飛之事，他如此盡忠報國，到頭來仍然處死。你爲我平了趙宋，我今日當著衆人之前，答應封你爲宋王，讓你統御南朝江山。你是南朝人，做南朝的大王，好好對待南朝人，並非叛國、背棄自己宗族。」郭靖昂然道：「我非敢不奉大汗號令。但要我攻打自己邦國，雖受千刀萬箭，亦不能遵命。」成吉思汗道：「帶他母親來。」兩名親兵押著李萍從帳後出來。

郭靖見了母親，叫道：「媽！」走上兩步，刀斧手舉刀攔住。郭靖心想：「此事只我母子二人得知，不知如何洩漏。」

成吉思汗道：「若能依我之言，你母子俱享尊榮，否則先將你母親一刀兩段，這可是你害的。你害死母親，先做不孝之人。」郭靖聽了他這幾句話，只嚇得心膽俱裂，垂頭沉思，不知如何是好。

拖雷勸道：「安答，你自小生長蒙古，就跟蒙古人一般無異。趙宋貪官勾結金人，害死你父親，逼得你母親無家可歸，若非父王收留，焉有今日？你不能做個害死母親之人。盼你回心轉意，遵奉大汗令旨，以後反可善待宋人，讓南朝百姓過太平日子。」

郭靖望著母親，就欲出口答應，但想起母親平日教誨，又想起西域各國為蒙古征服後百姓家破人亡的慘狀，委實左右為難。

成吉思汗一雙老虎般的眼睛凝望著他，等他說話。金帳中數百人默無聲息，目光全都集於郭靖身上。郭靖道：「我……」走上一步，卻又說不下去了。

李萍忽道：「大汗，只怕這孩子一時想不明白，待我勸勸他如何？」成吉思汗大喜，連說：「好，你快勸他。」李萍走上前去，拉著郭靖臂膀，走到金帳的角落，兩人一齊坐下。李萍將兒子摟在懷裏，輕輕說道：「二十年前，我在臨安府牛家村，身上有了你這孩子。一天大雪，丘處機丘道長與你爹結識，贈了兩把短劍，一把給你爹，一把給你楊叔父。」一面說，一面從郭靖懷中取出那柄短劍，指著柄上「郭靖」兩字，說道：「丘道長給你取名郭靖，給楊叔父的孩子取名楊康，你可知是甚麼意思？」郭靖道：「丘道長是叫我們不可忘了靖康之恥。」

李萍道：「是啊。楊家那孩子認賊作父，落得身敗名裂，那也不用多說了，只可惜楊叔父一世豪傑，身後子孫卻玷污了他的英名。」嘆了口氣，又道：「想我當年忍辱蒙垢，在北國苦寒之地將你養大，所爲何來？難道爲的是要養大一個賣國奸賊，好叫你父在黃泉之下痛心疾首麼？」郭靖叫了聲：「媽！」眼淚從面頰上流了下來。

李萍說的是漢語，成吉思汗與拖雷、諸將都不知她語中之意，但見郭靖流淚，只道李萍貪生怕死，已將兒子說動，均各暗喜。

李萍又道：「人生百年，轉眼即過，生死又有甚麼大不了？只要一生行事無愧於心，也就不枉了在這人世走一遭。倘若別人負了我們，也不必念他過惡。你記著我的話罷！」她凝目向郭靖望了良久，神色極是溫柔，說道：「兒子，你好好照顧自己！」說著舉起短劍割斷他手上繩索，不待郭靖轉身，便即轉過劍尖，刺入自己胸膛。

郭靖雙手脫縛，急來搶奪，但那短劍鋒銳異常，早已直沒至柄。成吉思汗吃了一驚，叫道：「快拿！」那八名刀斧手不敢傷害駙馬，拋下手中兵刃，縱身撲上。

郭靖傷痛已極，抱起母親，一個掃堂腿，兩名刀斧手飛跌出去。他左肘後挺，撞正在一名刀斧手胸口。諸將大呼，猱身齊上。郭靖急撲後帳，左手扯住帳幕用力拉扯，將半座金帳拉倒，罩在諸將頭上。混亂之中，他抱起母親直奔而出。

但聽得號角急吹，將士紛紛上馬追來。郭靖哭叫數聲：「媽！」不聽母親答應，探她鼻息，早已斷氣。他抱著母親屍身在黑暗中向前急闖，但聽四下裏人喊馬嘶，火把如繁星般亮了起來。他慌不擇路的奔了一陣，眼見東南西北都是蒙古將士，他縱然神勇，但孤身一人，如何能敵十多萬蒙古精兵？倘若騎在小紅馬背上，憑著寶馬腳力或能遠遁，現下抱了母親的屍身步行，可萬難脫險了。

他一言不發，邁步疾奔，心想只要能奔到懸崖之下，施展輕功爬上崖去，蒙古兵將雖多，卻無人能爬得上來，當可暫且一避，再尋脫身之計。正奔之間，前面喊聲大振，一彪軍馬衝到，火光中看得明白，當先一員大將紅臉白鬚，正是開國四傑之一的赤老溫。郭靖側身避開赤老溫砍來的一刀，不轉身奔逃，反而直衝入陣。蒙古兵齊聲大呼。

郭靖左手前伸，拉住一名什長右腿，同時右足一點，人已縱起。他翻身騎上馬背，放穩母親屍身，隨手將那什長摔在馬下，搶過他手中長矛。上馬、放母、摔敵、搶矛，四件事一氣呵成，此時如虎添翼，雙腿一挾，搖動長矛，從陣後直衝了出去。赤老溫大聲發令，揮軍追來。

敵陣雖已衝出，但縱馬所向，卻與懸崖所在恰恰相反，越奔相距越遠。該當縱馬南逃，還是先上懸崖？心下計議未定，大將博爾忽又已領軍殺到。此時成吉思汗暴跳如雷，傳下將令，不可放箭傷人，務須活捉郭靖。大隊人馬一層一層的圍上，更有數千軍馬遠遠向南奔馳，先行布好陣勢，防他逃逸。

郭靖衝出博爾忽所領的千人隊，衣上馬上，全是斑斑血跡。若不是大汗下令必須活捉，蒙古兵將不敢放箭，廝殺時又均容讓三分，否則郭靖縱然神勇，又怎能突出重圍？他手上只覺母親身子已然冰涼，強行忍淚，縱馬南行。後面追兵漸遠，但天色也已明亮。身處蒙古腹地，離中土萬里，匹馬單槍，如何能擺脫追兵，逃歸故鄉？

行不多時，前面塵土飛揚，一彪軍馬衝來，郭靖忙勒馬向東。但那坐騎衝殺了半夜，已支持不住，忽地前腿跪倒，再也無力站起。是時情勢危急已極，但他仍不肯捨卻母親屍身，當下左手抱母，右手持矛，反身迎敵。

眼見軍馬奔近，煙塵中颼颼聲響，一箭飛來，正中長矛。這一箭勁道極猛，郭靖只覺手中長矛一震，矛頭竟給射斷。接著又是一箭射向前胸。郭靖拋開長矛，伸手接住，卻見那箭箭頭已然折去。他一怔之下，抬起頭來，只見一名將軍勒住部屬，單騎過來，正是當年教他箭法的神箭將軍哲別。郭靖叫道：「師父，你來拿我回去麼？」哲別道：「正是。」

郭靖心想：「反正今日難脫重圍，與其爲別人所擒，不如將這場功勞送給師父。」便道：「好，讓我先葬了母親。」四下一望，見左首有個土岡，抱著母親走上岡去，用斷矛掘了個坑，把母親屍身放入，眼見短劍深陷胸口，他不忍拔出，跪下拜了幾拜，捧沙土掩上，想起母親一生勞苦，撫育自己成人，不意竟葬身於此，傷痛中伏地大哭。

哲別躍下馬來，跪在李萍墓前拜了四拜，將身上箭壺、鐵弓、長槍，盡數交給郭靖，又牽過自己坐騎，把馬韁塞在他手裏，說道：「你去罷，咱們只怕再也不能相見了。」郭靖愕然，叫道：「師父！」哲別道：「當年你捨命救我，難道我不是男子漢大丈夫，就不會捨命救你？」郭靖道：「師父，你干犯大汗軍令，爲禍不小。」哲別道：「我東征西討，立下不少汗馬功勞。大汗最多打我軍棍，不至砍頭。你快快去罷。」郭靖猶自遲疑。哲別道：「我只怕部屬不聽號令，這番帶來的都是你西征舊部。你且過去問問，他們肯不肯貪圖富貴拿你？」

郭靖牽著馬走近，衆兵將一齊下馬，拜伏在地，叫道：「小人恭送那顏南歸。」郭靖舉目望去，果然盡是曾隨他出生入死、衝鋒陷陣的舊部將士，心下感動，說道：「我得罪大汗，當受嚴刑。你們放我逃生，給大汗知道了，必受重罰。」衆軍道：「將軍待我等恩義如山，不敢有負。」郭靖嘆了口氣，舉手向衆軍道別，持槍上馬。

正要縱馬而行，忽然前面塵頭起處，又有一路軍馬過來。哲別、郭靖與衆軍盡皆變色。哲別心道：「我拚受重責，放走郭靖，但若與本軍廝殺，那可是公然反叛了。」叫道：「郭靖快走！」只聽前軍中發喊：「莫傷了駙馬爺。」

衆人一怔，只見來軍奔近，打著四王子的旗號。

煙塵中拖雷快馬馳來，倏忽即至，騎的是郭靖的小紅馬。他策馬馳近，翻身下馬，說道：「安答，你沒受傷麼？」郭靖道：「沒有。哲別師父正要擒我去見大汗。」他故意替哲別掩飾，以免成吉思汗知曉內情。

拖雷向哲別橫了一眼，說道：「安答，你騎了這小紅馬快去罷。」又將一個包袱放在鞍上，道：「這裏是黃金千兩，你我兄弟後會有期。」

豪傑之士，當此時此情，也不須多言。郭靖翻身上了小紅馬馬背，說道：「你叫華箏妹子多多保重，另嫁他人，勿以我爲念。」拖雷長嘆一聲，說道：「華箏妹子是永遠不肯另嫁別人的。我瞧她定會南下找你，那時我自當派人護送。」郭靖忙道：「不，不用來找我。且別說天下之大，難以找著，即令相逢，也只徒增煩惱。」拖雷默然，兩人相顧無語。隔了半晌，拖雷道：「走罷，我送你一程。」

兩人並騎南馳，直行出三十餘里。郭靖道：「安答，送君千里，終須一別，你請回罷！」拖雷道：「我再送你一程。」又行十餘里，兩人下馬互拜，摟抱了一會，洒淚而別。

拖雷眼望著郭靖的背影漸行漸小，在大漠中縮成一個黑點，終於消失，悵望南天，悄立良久，這才鬱鬱而回。

這是華山極險處之一，叫做「捨身崖」，這一躍下去自是粉身碎骨。黃蓉急忙縱前，一把抓住郭靖背心衣衫，手上一使勁，蹬足從他肩頭躍過，站在崖邊。

第三十九回　是非善惡

郭靖縱馬急馳數日，已離險地。緩緩南歸，天時日暖，青草日長，沿途兵革之餘，城破戶殘，屍骨滿路，所見所聞，盡皆怵目驚心。一日在一座破亭中暫歇，見壁上題著幾行字道：「唐人詩云：『水自潺潺日自斜，盡無鷄犬有鳴鴉。千村萬落如寒食，不見人煙盡見花。』我中原錦繡河山，竟成胡虜鏖戰之場。生民塗炭，猶甚於此詩所云矣。」郭靖瞧著這幾行字怔怔出神，悲從中來，不禁淚下。

他茫茫漫遊，不知該赴何處，只一年之間，母親、黃蓉、恩師，世上最親厚之人，一個個的棄世而逝。歐陽鋒害死恩師與黃蓉，原該去找他報仇，但一想到「報仇」二字，花剌子模屠城的慘狀立即湧上心頭，自忖父仇雖復，卻害死了這許多無辜百姓，心下如何能安？看來這報仇之事，未必就是對了。

諸般事端，在心頭紛至沓來：「我一生苦練武藝，練到現在，又怎樣呢？連母親和蓉兒都不能保，練了武藝又有何用？我一心要做好人，但到底能讓誰快樂了？母親、蓉兒因我而死，華箏妹子因我而終生苦惱，給我害苦了的人可著實不少。

「完顏洪烈、摩訶末他們自然是壞人。但成吉思汗呢？他殺了完顏洪烈，該說是好人了，卻又命令我去攻打大宋；他養我母子二十年，到頭來卻又逼死我母親。

「我和楊康義結兄弟，然而兩人始終懷有異心。穆念慈姊姊是好人，為甚麼對楊康卻又死心塌地的相愛？拖雷安答和我情投意合，但如他領軍南攻，我是否要在戰場上跟他兵戎相見，殺個你死我活？不，不，每個人都有母親，都是母親十月懷胎、辛辛苦苦的撫育長大，我怎能殺了別人的兒子，叫他母親傷心痛哭？他不忍心殺我，我也不忍心殺他。然而，難道就任由他來殺我大宋百姓？

「學武是為了打人殺人，看來我過去二十年全都錯了，我勤勤懇懇的苦學苦練，到頭來只有害人。早知如此，我一點武藝不會反而更好。如不學武，那麼做甚麼呢？我這個人活在世上，到底是為甚麼？以後數十年中，該當怎樣？活著好呢，還是早些死了？倘若活著，此刻已煩惱不盡，此後自必煩惱更多。但若早早死了，當初媽媽又何必生我？又何必這麼費心盡力的把我養大？」翻來覆去的想著，越想越胡塗。

接連數日，他白天吃不下飯，晚上睡不著覺，在曠野中躑躅來去，儘是思索這些事情。又想：「母親與衆位恩師一向教我爲人該當重義守信，因此我雖愛極蓉兒，但始終不背大汗婚約，結果不但連累母親與蓉兒枉死，大汗、拖雷、華箏他們，心中又那裏快樂了？江南七俠七位恩師都是俠義之士，竟沒一人能獲善果。洪恩師爲人這樣好，偏偏重傷難愈。歐陽鋒與裘千仞多行不義，卻又逍遙自在。世間到底有沒有天道天理？老天爺到底生不生眼睛？管不管正義、邪惡？」

他在曠野中信步而行，小紅馬緩緩跟在後面，有時停下來在路邊咬幾口青草，他心中只是琢磨：「我爲救撒麻爾罕城數十萬男女老小的性命，害死了蓉兒，到底該是不該？這些人跟我無親無故，從不相識。爲了蓉兒，我自己死了也不懊悔。我求大汗饒了這幾十萬可憐之人，大汗惱怒之極，幾乎要殺我的頭，而我的同袍部屬又個個惱恨我不堪，因爲他們辛辛苦苦的攻城破敵，卻因我一句話而失了搶劫擄掠的樂趣。我爲這些不相識的人害了蓉兒，幾乎害了自己性命，得罪了大汗、部下、好朋友，是不是蠢笨之極？蠢當然是蠢的，但該不該呢？

「六位師父、洪恩師、我媽媽，總是教我該當行俠仗義、救人危困，不該爲了自己的好處，見人危難而袖手不顧，有人殘殺無辜、傷害良民，該當奮不顧身的救援。金人來侵我國家、害我同胞，必須爲國爲民，奮起抵抗，自己生死禍福，不可放在心上。如果大汗要屠的是臨安城，要清洗的是濟南城，他下命要殺的都是我中國百姓，這千千萬萬轉眼便死的都是我中華同胞，我不顧蓉兒，不顧自己性命而去救他們，當然是對的。大丈夫該有仁人義士之心。洪恩師常常說的：『義所當爲，死則死耳！』有甚麼了不起？然而花刺子模不是中國，撒麻爾罕城中的男女老幼不是中國人，他們說的話跟我不同，寫的字跟我不同，眼睛、頭髮的顏色、相貌全跟我不同，跟我有甚麼相干？我爲甚麼見到蒙古兵提槍揮刀要殺他們，心裏就不忍？就此拚了自己性命，害了蓉兒的性命？我是不是大大的錯了？是不是見到有人遭逢危難，是自己父母、師父、朋友，是我心愛的蓉兒，就該奮身相救？不相干的人就不必救？

「洪恩師甚至見到西毒叔姪這樣的大壞蛋在海裏遇難，也要出手相救。該做的就是該做，是中國人該救，外國人也是人，也應當救，救了之後對自己利不利，就不該理會。洪恩師明知救了西毒之後，對自己不利，他還是要救，後來果然給西毒打得重傷，險些喪命。他一點也不懊悔，對我們總是說：見人有難，必須相救，後果如何，在所不計。他常說：所謂行俠仗義，所謂是非善惡，只是在這個『俠』字，在這個『義』字，是便是『是』，善就是『善』，俠士義士，做的只是求心之所安，倘若斤斤計較於成敗利鈍、有利有害、還報多少、損益若干，那是做生意，不是行善做好事了。凡是『善』事，必定是對人有利而對自己未必有利的。咱們做人講究『義氣』，『義』就是『義所當爲』，該做的就去做。對！師父教訓得是！中國人有危難該救，外國人有危難也該救！該做就要去做，不可計算對自己是否有利，有多少利益？

「如果我在大沙漠中渴得快乾死了，一個撒麻爾罕的牧人騎了駱駝經過我身邊，他水袋中清水很多，他會不會給我喝一點？雖然素不相識，他還是會給我喝的。這就是『義所當為』！

「我救了撒麻爾罕人，害死了蓉兒，該不該呢？不，蓉兒不是我害死的，是歐陽鋒追她追入了沼澤流沙。我拚了性命要救她，不過救不到。我寧可用自己性命來換她的命，不過她死的時候不知道，現下她死了，她在天有靈，該當知道了。我不是為了要娶華箏而求大汗饒了撒麻爾罕城幾十萬人性命，她知道我想娶的是她，她知道的，她知道的！」想到黃蓉一死，或在天上，或在陰世，便甚麼都明白了，知道自己眞心愛她，不會錯怪了自己；倘若她沒有死，那當然更好，錯怪了自己也不打緊。「最好蓉兒沒死，心裏怨我怪我，都不要緊，從此不理我，我也情願，她去嫁了別人，我也情願。總之她沒死就好了！」想通了這一節，糾纏不清的煩惱便理清了不少。

這日來到山東濟南府的一個小鎭，他在一家酒家中要了座頭，自飲悶酒，剛吃了三杯，忽然一條漢子奔進門來，指著他破口大罵：「賊韃子，害得我家破人亡，今日跟你拚了。」說著揮拳撲面打來。

郭靖吃了一驚，左手翻轉，抓住他手腕，輕輕一帶，那人一交俯跌下去，竟絲毫不會武功。郭靖見無意中將他摔得頭破血流，甚是歉仄，忙伸手扶起，說道：「大哥，你認錯人了！」那人哇哇大叫，只罵：「賊韃子！」門外又有十餘條漢子擁進店來，撲上來拳打足踢。郭靖這幾日來常覺武功禍人，打定主意不再跟人動手，兼之這些人既非相識，又不會武，只一味蠻打，當下東閃西避，全不還招。但外面人衆越來越多，擠在小酒店裏，他身上終於還是吃了不少拳腳。

他正欲運勁推開衆人，闖出店去，忽聽得門外有人高聲叫道：「靖兒，你在這裏幹甚麼？」郭靖抬頭見那人身披道袍，長鬚飄飄，正是長春子丘處機，心中大喜，叫道：「丘道長，這些人不知爲甚麼打我。」丘處機雙臂推開衆人，拉著郭靖出去。

衆人隨後喝打，但丘郭二人邁步疾行，郭靖唿哨招呼紅馬，片刻之間，兩人一馬已奔到曠野，將衆人抛得影蹤不見。郭靖將一衆市人無故聚毆之事說了。丘處機笑道：「你穿著蒙古人裝束，他們只道你是蒙古韃子。」接著說起，蒙古兵與金兵在山東一帶鏖戰，當地百姓久受金人之苦，初時出力相助蒙古，那知蒙古將士與金人一般殘虐，以暴易暴，燒殺擄掠，也害得衆百姓苦不堪言。蒙古軍大隊經過，衆百姓不敢怎樣，但官兵只要落了單，往往爲百姓打死。

丘處機又問：「你怎由得他們踢打？你瞧，鬧得身上這許多瘀腫。」郭靖長嘆一聲，將大汗密令南攻、逼死他母親等諸般情事一一說了。

丘處機驚道：「成吉思汗既有攻宋之計，咱們趕快南下，好叫朝廷早日防備。」郭靖搖頭道：「那有甚麼好處？結果只有打得雙方將士屍如山積，衆百姓家破人亡。」丘處機道：「倘若宋朝亡了給蒙古，百姓可更加受苦無窮了。」郭靖道：「丘道長，我有許多事情想不通，要請你指點迷津。」丘處機牽著他手，走到一株槐樹下坐了，道：「你說罷！」

郭靖於是將這幾日來所想的是非難明、武學害人種種疑端說了，最後嘆道：「弟子立志終生不再與人爭鬥。恨不得將所學武功盡數忘卻，不過積習難返，適才一個不小心，又將人摔得頭破血流。」

丘處機搖頭道：「靖兒，你這就想得不對了。數十年前，武林秘笈九陰眞經出世，江湖上不知有多少人爲此而招殺身之禍，後來華山論劍，我師重陽眞人獨魁羣雄，奪得眞經。他老人家本擬將之毀去，但隨即說道：『水能載舟，亦能覆舟，是福是禍，端在人之爲用。』終於將經書保全下來。天下的文才武略、堅兵利器，無一不能造福於人，亦無一不能爲禍於世。你只要一心爲善，武功愈強愈好，何必將之忘卻？」

郭靖沉吟片刻，道：「道長之言自然不錯，想當今之世，武學之士都稱東邪、西毒、南帝、北丐四人武功最強。弟子仔細想來，武功要練到跟這四位前輩一般，固已千難萬難，但即令如此，於人於己又有甚麼好處？」

丘處機呆了一呆，說道：「黃藥師行爲乖僻，雖然出自憤世嫉俗，心中實有難言之痛，但自行其是，極少爲旁人著想，我所不取。歐陽鋒作惡多端，那不必說了。段皇爺慈和寬厚，倘君臨一方，原可造福百姓，可是他爲了一己小小恩怨，就此遁世隱居，亦算不得是大仁大義之人。只洪幫主行俠仗義，扶危濟困，我對他才佩服得五體投地。華山二次論劍之期轉瞬即至，即令有人在武功上勝過洪幫主，可是天下豪傑之士，必奉洪幫主爲當今武林中的第一人。」

郭靖聽到「華山論劍」四字，心中一凜，問道：「我恩師的傷勢痊愈了麼？他老人家是否要赴華山之會？」丘處機道：「我從西域歸來後亦未見過洪幫主，不論他是否出手，華山是定要去的。我也正爲此而路過此地，你就隨我同去瞧瞧如何？」

郭靖這幾日心灰意懶，對這等爭霸決勝之事甚感厭煩，搖頭道：「講武論劍之地，弟子不想去了，請道長勿怪。」丘處機道：「你要去那裏？」郭靖木然道：「弟子不知。走到那裏算那裏罷啦！」

丘處機見他神情頹喪，形容枯槁，宛似大病初愈，了無生意，很是躭憂，雖百般開導，郭靖總搖頭不語。丘處機尋思：「他素來聽洪幫主的言語，若去到華山，師徒相見，或能使他重行振作，好好做人。但怎能勸他西去？」忽然想起一事，說道：「靖兒，你要盡數忘卻學會的武功，倒有法子。」郭靖道：「當眞？」丘處機道：「世上有一個人，無意中學會九陰眞經中的上乘武功，後來想起此事違背誓約，負人囑託，終於強行將這些功夫忘卻。你要學他榜樣，非去請教他不可。」

郭靖一躍而起，叫道：「對，周伯通周大哥。」隨即想起周伯通是丘處機的師叔，自己脫口而叫他大哥，豈非比丘處機還僭長一輩，不禁甚是尷尬。

丘處機微微一笑，說道：「周師叔向來也不跟我們分尊卑大小，你愛怎麼稱呼就怎麼稱呼，我毫不在乎。」郭靖問道：「他在那裏？」丘處機道：「華山之會，周師叔定是要去的。」郭靖道：「好，那我隨道長上華山去。」

兩人行到前面市鎭，郭靖取出銀兩，爲丘處機買了一匹坐騎。兩騎並轡西去，不一日來到華山腳下。

那華山在五嶽中稱爲西嶽，古人以五嶽比喻五經，說華山如同《春秋》，主威嚴肅殺，天下名山之中，最是奇險無比。兩人來到華山南口的山蓀亭，只見亭旁生著十二株大龍籐，夭矯多節，枝幹中空，就如飛龍相似。郭靖見了這古籐枝幹騰空之勢，猛然想起了「飛龍在天」那一招來，只覺依據九陰眞經的總旨，大可從這十二株大龍籐的姿態之中，創出十二路古拙雄偉的拳招出來。正自出神，忽然驚覺：「我只盼忘去已學的武功，如何又去另想新招、鑽研傷人殺人之法？我陷溺如此之深，委實不可救藥。」

忽聽丘處機道：「華山是我道家靈地，這十二株大龍籐，相傳是希夷先生陳搏老祖所植。」郭靖道：「陳搏老祖？那就是一睡經年不醒的仙長麼？」丘處機道：「陳搏老祖生於唐末，中歷梁唐晉漢周五代，每聞換朝改姓，必愀然不樂，閉門高臥。世間傳他一睡經年，其實只是他憂心天下紛擾，百姓受苦，閉門不出而已。及聞宋太祖登基，他哈哈大笑，喜歡得從驢子背上摔了下來，說道天下從此太平了。宋太祖仁厚愛民，天下百姓確是得了他不少好處。」

郭靖道：「陳搏老祖如若生於今日，少不免又要窮年累月的閉門睡覺了。」丘處機長嘆一聲，說道：「蒙古雄起北方，蓄意南侵，宋朝君臣又昏庸若斯，眼見天下事已不可爲。然我輩男兒，明知其不可亦當爲之。希夷先生雖是高人，但爲憂世而袖手高臥，卻大非仁人俠士的行徑。」郭靖默然。

兩人將坐騎留在山腳，緩步上山，經桃花坪，過希夷峽，登莎夢坪，山道愈行愈險，上西玄門時須援鐵索而登，兩人一身上乘輕功，自是頃刻即上。行七里而至青坪，坪盡，山石如削，北壁下大石當路。丘處機道：「此石叫作回心石，再上去山道奇險，遊客至此，就該回頭了。」遠遠望見一個小小石亭。丘處機道：「這便是賭棋亭了。相傳宋太祖與希夷先生曾弈棋於此，將華山作爲賭注，宋太祖輸了，從此華山上的土地就不須繳納錢糧。」郭靖道：「成吉思汗、花剌子模國王、大金大宋的皇帝他們，都似是以天下爲賭注，大家下棋。」丘處機點頭道：「正是。靖兒，你近來潛思默念，頗有所見，已不是以前那般渾渾噩噩的一個傻小子了。」又道：「這些帝王元帥們以天下爲賭注，輸了的不但輸去了江山，輸去了自己性命，可還害苦了天下百姓。」

再過千尺峽、百尺峽，行人須側身而過。郭靖心想：「若是有敵人在此忽施突擊，那可難以抵擋。」心念方動，忽聽前面有人喝道：「丘處機，煙雨樓前饒你性命，又上華山作甚？」丘處機忙搶上數步，佔住峯側凹洞，這才抬頭，只見沙通天、彭連虎、靈智上人、侯通海等四人並排擋在山道盡頭。

丘處機上山之時，已想到此行必將遇到歐陽鋒、裘千仞等大敵，但周伯通、洪七公、黃藥師等齊至，也儘可抵敵得住，卻不料到沙通天等人竟也有膽上山。他站身之處雖略寬闊，地勢仍然極險，若受擠迫，不免墮入萬丈深谷，事當危急，不及多想，唰的一聲拔出長劍，一招「白虹經天」，猛向侯通海刺去，眼前四敵中以侯通海最弱，又已斷了一臂，這一劍正是攻敵之弱。侯通海見劍招凌厲，側身略避，單手舉三股叉招架。彭連虎的判官筆與靈智上人的銅鈸左右側擊，硬生生要將丘處機擠入谷底。

丘處機長劍與侯通海的三股叉一黏，勁透劍端，借力騰身，已從侯通海頭頂躍過。彭連虎與靈智上人的兵刃擊上山石，火花四濺。沙通天在嘉興鐵槍廟中失去一臂，此刻臂傷已然痊愈，見師弟誤事，立施「移形換位」之術，想擋在丘處機身前。丘處機劍光閃閃，疾刺數招。沙通天晃身沒擋住，已為他急步搶過。沙彭兩人呼喝追去。丘處機回劍擋架數招，靈智上人揮鈸而上。三般兵刃，綿綿急攻。

眼見丘處機情勢危急，郭靖本當上前救援，但總覺與人動武是件極大壞事，見雙方鬥得猛烈，甚覺煩惡，當下轉過頭不看，攀籐附葛，竟從別處下山。他信步而行，內心兩個念頭不住交戰：「該當前去相助丘道長？還是當眞從此不跟人動武？」

他越想越胡塗，尋思：「丘道長若給彭連虎等害死，豈非是我的不是？但如上前相助，將彭連虎等人擊下山谷，又到底該是不該？」他越行越遠，終於不聞兵刃相接之聲，獨自倚在石上，呆呆出神。

過了良久，忽聽身旁松樹後簌的一響，一人從樹後探出身來。郭靖轉過身來，見那人白髮紅臉，原來是參仙老怪梁子翁，當下也不理會，仍自苦苦思索。梁子翁卻大吃一驚，知道郭靖武功大進，自己早非敵手，立即縮回，藏身樹後。躲了一會，見他並不追來，又見他失魂落魄，愁眉苦臉，不斷喃喃自語，似乎中邪著魔一般，心想：「今日這小子怎地如此怪模怪樣，且試他一試。」他不敢走近，拾起一塊石子向郭靖背後投去。郭靖聽到風聲，側身避過，仍不理會。

梁子翁膽子大了些，從樹後出來，走近幾步，輕聲叫道：「郭靖，你在這裏幹甚麼？」郭靖道：「我在想，我用武功傷人，是否應該？」梁子翁一怔，隨即大喜，心想：「這小子當眞傻得厲害。」又走近幾步，道：「傷人是大大惡事，自然不該。」郭靖道：「你也這麼想？我眞盼能把學過的功夫盡數忘了。」

梁子翁見他眼望天邊出神，緩步走到他背後，柔聲道：「我也正在盡力要忘了自己的武功，待我助你一臂之力如何？」郭靖說道：「好啊，你說該當如何？」梁子翁道：「嗯，我有妙法。」雙手猛出，突以大擒拿手扣住了他後頸「天柱」和背心「神堂」兩大要穴。郭靖一怔，只感全身酸麻，已無法動彈。梁子翁獰笑道：「我吸乾你身上鮮血，你就全然不會武功了。」一張口，已咬住郭靖咽喉，用力吮吸血液，心想自己辛苦養育的一條蟒蛇給這小子吸去了寶血，以致他武功日強，自己卻全無長進，不飲他的鮮血，難以補償。雖事隔已久，蟒蛇寶血的功效未必尙在，卻也不必理會了。

這一下變生不測，郭靖只感頸中劇痛，眼前金星亂冒，忙運勁掙扎，可是兩大要穴爲敵人緊緊拿住，全身竟使不出半點勁力。但見梁子翁雙目滿布紅絲，臉色狠惡之極，咬住自己頭頸，越咬越狠，只要喉管給他咬斷，那裏還有性命？情急之下，再沒餘暇思索與人動武是否應當，立即使出「易筋鍛骨章」中的功夫，一股眞氣從丹田中衝上，猛向「天柱」「神堂」兩穴撞去。

梁子翁雙手抓得極緊，那知對方穴道中忽有一股力量自內外鑠，但覺兩手虎口大震，不由自主的滑脫。郭靖低頭聳肩，腰脅使力，凡人腰力之強，尤勝於手臂、腿腳，梁子翁立足不住，身子突從郭靖背上甩過，慘呼聲中，直墮入萬丈深谷，慘呼聲山谷鳴響，四下回音愈傳愈多，愈傳愈亂，郭靖聽了不由得毛骨悚然。

直過好半晌，他驚魂方定，撫著頸中創口，才想起無意中又以武功殺了一人，但想：「我若不殺他，他必殺我。我殺他若是不該，他殺我難道就該了麼？」探頭往谷底望去，山谷深不見底，參仙老怪已不知葬身何處。

郭靖坐在石上，撕下衣襟包住頸中創傷，忽聽鐸、鐸、鐸，數聲斷續，一個怪物從山後轉了出來。他嚇了一跳，定睛看時，原來是一個人。只是這人頭下腳上的倒立而行，雙手各持一塊圓石，以手代足，那鐸、鐸、鐸之聲就是他手中圓石與山道撞擊而發出。郭靖詫異萬分，蹲下身子去瞧那人面貌，驚奇更甚，這怪人竟是西毒歐陽鋒。

他適才受到襲擊，見歐陽鋒這般裝神弄鬼，心想定有詭計，當下退後兩步，嚴神提防。只見歐陽鋒雙臂先彎後挺，躍到一塊石上，以頭頂地，雙臂緊貼身子兩側，筆直倒立，竟似殭屍一般。郭靖好奇心起，叫道：「歐陽先生，你在幹甚麼？」歐陽鋒不答，似乎渾沒聽到他問話。郭靖退後數步，離得遠遠的，左掌揚起護身，防他忽出怪招，這才細看動靜。

過了一盞茶時分，歐陽鋒只倒立不動。郭靖欲知原委，苦於他全身上下顛倒，不易查看他臉色，當下雙足分開，低頭從自己胯下倒望出去，只見歐陽鋒滿頭大汗，臉上神色痛苦異常，似是在修習一門怪異內功，突然之間，他雙臂平張，向外伸出，身子就如一個大陀螺般轉將起來，越轉越快，但聽呼呼聲響，衫袖生風。

郭靖心想：「他果然是在練功，這門武功倒轉身子來練，可古怪得緊。」但想修習這等上乘內功最易受外邪所侵，其時精力內聚，對外來侵害無絲毫抗禦之力，修習時若不是有武功高強的師友在旁照料，便須躲於僻靜所在，以免不測。歐陽鋒獨自在此修習，似乎無人防護，委實大違常理。眼下是華山二次論劍之期，高手雲集，人人對他極爲相忌，即令善自防護，尚不免招人暗算，怎敢如是大膽，在這處所獨自練功？當此之時，別說高手出招加害，只要一個尋常壯漢上前一拳一腳，他也非受重傷不可。眼見歐陽鋒如肉在俎，靜候宰割，他是殺師害蓉兒的大仇人，此時再不報仇，更待何時？只是他剛殺了梁子翁，正大感內疚，走上兩步後便即站定，竟下不了殺人決心。

歐陽鋒轉了半晌，漸轉漸緩，終於不動，僵直倒立片刻，翻半個觔斗，挺身直立，雙目直視，邁步從原路回去。郭靖好奇心起，悄悄跟隨。

歐陽鋒上山登峯，愈行愈高。郭靖跟著他一路上山，來到一座青翠秀冶的峯前，見他走到一個山洞之前，停下不動。

郭靖躲在一塊大石後面，忽聽歐陽鋒厲聲喝道：「哈虎文砵英，星爾吉近，斯古耳。你解得不對，我練不妥當。」郭靖大奇，心想這幾句明明是九陰眞經總旨中的梵語，自己那日在海舟中被逼默經，洪恩師教他不可改動怪文奇句，因此這些怪話並未改動，歐陽鋒也一字不錯的背了出來，卻不知他是在與誰說話？

洞中傳出一個淸脆的女子聲音：「你功夫未到，自然不成。我沒解錯！」

郭靖一聽這聲音，險些兒驚呼出聲，卻不是他日夜感懷悼念的黃蓉是誰？莫非她並未喪生大漠？難道此刻是在夢中，是在幻境？難道自己神魂顚倒，竟把聲音聽錯了？

歐陽鋒道：「我依你所說而練，絕無錯失，何以任脈與陽維脈竟爾不能倒轉？」那女子道：「火候若未足，強求也枉然。」

這聲音明明白白是黃蓉，更無絲毫可疑，郭靖驚喜交集，身子搖晃，幾欲暈去，激奮之下，竟將頸中創口迸破，鮮血從包紮的布片下不絕滲出，卻全然不覺。

只聽歐陽鋒怒道：「明日正午，便是論劍之期，我怎等得及慢慢修習？快將全部經文盡數譯與我聽，不得推三阻四。」郭靖這才明白他所以干冒奇險修習內功，實因論劍之期迫在眉睫，無可延緩。

只聽黃蓉笑道：「你跟我靖哥哥有約，他饒你三次不死，你就不能逼我，須得任我樂意之時方才敎你。」郭靖聽她口中說出「我靖哥哥」四字，心中舒暢甜美，莫可名狀，恨不得縱起身來大叫大嚷，以抒胸中狂喜。

歐陽鋒冷然道：「事機緊迫，縱然有約在先，今日之事也只好從權。」說著拋下手中圓石，大踏步跨進洞去。黃蓉叫道：「不要臉，我偏不教你！」歐陽鋒連聲怪笑，低聲道：「我瞧你教是不教。」

只聽得黃蓉驚呼一聲：「啊喲。」接著嗤的一聲響，似是衣衫破裂，當此之時，郭靖那裏還想到該不該與人動武，大叫：「蓉兒，我在這裏！」左掌護身，搶進山洞。

歐陽鋒左手抓住黃蓉手中竹棒，右手正要伸出去拿她左臂，黃蓉使一招「棒挑癲犬」，前伸斜掠，忽地將竹棒從他掌中奪出。歐陽鋒喝一聲采，待要接著搶攻，猛聽得郭靖在洞外呼叫。他是武學大宗師，素不失信於人，此時爲勢所逼，才不得不對黃蓉用強，忽聽得郭靖到來，不由得面紅過耳，料想他定會質問自己爲何棄信背約，袍袖拂起，遮住臉面，從郭靖身旁疾閃而過，與他更不朝相，出洞急竄，頃刻間人影不見。

郭靖奔過去握住黃蓉雙手，叫道：「蓉兒，眞想死我了！」心中激動，不由得全身發顫。黃蓉兩手甩開，冷冷的道：「你是誰？拉我幹麼？」郭靖一怔，道：「我……我是郭靖啊。你……你沒有死，我……我……」黃蓉道：「我不識得你！」逕自出洞。郭靖趕上去連連作揖，求道：「蓉兒，蓉兒，你聽我說！」黃蓉哼了一聲，道：「蓉兒的名字，是你叫得的麼？你是我甚麼人？」郭靖張大了口，一時答不出話來。

黃蓉向他晃了一眼，但見他身形枯槁，容色憔悴，與前大不相同，心中忽有不忍之意，隨即想起他累次背棄自己，恨恨啐了一口，邁步向前。

郭靖大急，拉住她衣袖，顫聲道：「你聽我說一句話。」黃蓉道：「說罷！」郭靖道：「我在流沙中見到你的金環貂裘，只道你……」黃蓉道：「你要我聽一句話，我已聽到啦！」回奪衣袖，轉身便行。

郭靖又窘又急，見她決絕異常，生怕從此再也見不著她，但實不知該當說些甚麼話方能表明自己心意，見她衣袂飄飄，一路上山，只得悶聲不響的跟隨在後。

黃蓉乍與郭靖相遇，心情也激盪之極，回想自己拋棄金環貂裘，在流沙中引開歐陽鋒的追蹤，兇險萬狀；從西域東歸，獨個兒孤苦伶仃，只想回桃花島去和父親相聚，在山東卻生了場大病。病中無人照料，更加淒苦，病榻上想到郭靖的薄情負義，真恨父母不該將自己生在世上，受盡這許多苦楚。待得病好，在魯南又給歐陽鋒追到，被逼隨來華山，譯解經文。回首前塵，盡是恨事，卻聽得郭靖的腳步一聲聲緊跟在後。

她走得快，郭靖跟得快，走得慢，郭靖也跟得慢。她走了一陣，忽地回身，大聲道：「你跟著我幹麼？」郭靖道：「我永遠要跟著你，一輩子也不離開的了。」

黃蓉冷笑道：「你是大汗的駙馬爺，跟著我這窮丫頭幹麼？」郭靖道：「大汗害死了我母親，我怎能再做他駙馬？」黃蓉大怒，一張俏臉兒脹得通紅，道：「好啊，我道你當眞還記著我一點兒，原來是給大汗攆了出來，當不成駙馬，才又來找我這窮丫頭。難道我是低三下四之人，任你要就要，不要就不要麼？」說到這裏不禁氣極而泣。

郭靖見她流淚，更加手足無措，欲待說幾句辯白之言、慰藉之辭，卻不知如何啓齒，呆了半晌，才道：「蓉兒，我在這裏，你要打要殺，全憑你就是。」

黃蓉淒然道：「我幹麼要打你殺你？算咱們白結識了一場，求求你，別跟著我啦。」郭靖見她始終不肯相諒，臉色蒼白，叫道：「你要怎麼，才信我對你的心意？」黃蓉道：「今日你跟我好了，明兒甚麼華箏妹子、華箏姊姊一來，又將我拋在腦後。除非你眼下死了，我才信你的話。」

郭靖胸中熱血上湧，一點頭，轉過身子，大踏步就往崖邊走去。這正是華山極險處之一，叫做「捨身崖」，這一躍下去自是粉身碎骨。黃蓉知他性子戇直，只怕說幹就幹，急忙縱前，一把抓住他背心衣衫，手上一使勁，蹬足從他肩頭躍過，站在崖邊，又氣又急，流淚道：「好，我知道你一點也不體惜我。我隨口說句氣話，你也不肯輕易放過。跟你說，你不用這般惱我，乾脆永不見我面就是。」

她身子發顫，臉色雪白，憑虛淩空的站在崖邊，就似一枝白茶花在風中微微晃動。郭靖當時管不住自己，憑著一股蠻勁，眞要踴身往崖下跳落，這會兒卻又怕她失足滑下，忙道：「你站進來些。」

黃蓉聽他關懷自己，不禁愈是心酸，哭道：「誰要你假情假意的說這些話？我在山東生病，沒人理會，那時你就不來瞧我？我給歐陽鋒那老賊撞到了，使盡心機也逃不脫他掌握，你又不來救我？我媽不要我，她撇下我自顧自死了。我爹不要我，他也沒來找我。你自然更加不要我啦！這世上沒一個人要我，沒一個人疼我！」說著連連頓足，放聲大哭，這些日子來的孤苦傷心，至此方得盡情一洩。

郭靖心中萬般憐愛，但覺她說得句句不錯，越聽越惱恨自己。一陣風來，黃蓉只覺身上一寒，身子一縮。郭靖解下外衣要給她披上，忽聽崖邊有人大喝：「誰敢大膽，欺侮咱們黃姑娘？」一人長鬚長髮，從崖邊轉了上來，卻是老頑童周伯通。

郭靖只凝望著黃蓉，是誰來了，全不理會。黃蓉正沒好氣，喝道：「老頑童，我叫你去殺裘千仞，人頭呢？」周伯通嘻嘻一笑，沒法交代，只怕她出言怪責，要想個法兒哄她歡喜，說道：「黃姑娘，誰惹你惱啦？老頑童替你出氣。」

黃蓉向郭靖一指道：「不是他是誰？」

周伯通一意要討好黃蓉，更不打話，反手一記，順手一記，啪啪兩下，重重的打了郭靖兩個耳光。郭靖正當神不守舍之際，毫沒防備，老頑童出手又重，只感眼前一黑，雙頰立時紅腫。周伯通道：「黃姑娘，夠了麼？倘若不夠，我給你再打。」

黃蓉見郭靖兩邊面頰上都腫起了五個紅紅的指印，滿腔怒意登時化爲愛憐，愛憐之情又轉爲對周伯通大感惱怒，嗔道：「我自生他的氣，又關你甚麼事？誰叫你出手打人了？我叫你去殺裘千仞，幹麼你不聽我吩咐？」

周伯通伸出了舌頭，縮不回來，尋思：「老頑童拍馬屁拍在馬腳上。」正自狼狽，忽聽身後崖邊兵刃聲響，隱隱夾著呼叱之聲，此時不溜，更待何時？叫道：「多半是裘千仞那老兒來了，我這就去殺他。」一語音甫畢，已一溜煙的奔到了崖後。

倘若裘千仞當眞趕到，周伯通避之惟恐不及，那敢前去招惹？那日他與裘千仞、歐陽鋒、郭靖三人在西域石屋中盲目混戰，郭靖與歐陽鋒先後脫身，裘千仞終於也俟機衝了出去。周伯通仍緊追不捨。裘千仞給他迫得筋疲力盡，恚恨交迸，心想自己是武林大幫的幫主，竟然遭此羞辱，只盼尋個痛快法兒自戕而死，免得落入他的手中慘遭荼毒，一眼瞥見沙石裏盤著幾條毒蛇。他知道這類蛇劇毒無比，只要給咬中一口，立時全身麻木，死得最無痛苦，當即抓起一條，伸指捏住毒蛇七寸，叫道：「周伯通老賊，你好！」正要將蛇口放向自己手腕，那知周伯通生平怕極了蛇，大叫一聲，轉身便逃。

裘千仞一怔，過了半晌，方始會意他原來怕蛇。這一來，局面逆轉，裘千仞左手再捉了一條蛇，大喊大叫趕來。周伯通嚇得心膽俱裂，發足狂奔。裘千仞號稱「鐵掌水上飄」，輕身功夫還在他之上，若非對他心有忌憚，不敢過份逼近，早已追上。兩人一逃一追，鬧到天黑，周伯通才得乘機脫身。裘千仞其實是以進爲退，心中暗暗好笑，卻不敢當真追逐。第二日周伯通搶到一匹駿馬，加鞭東歸，只怕給裘千仞追上了。

黃蓉見周伯通溜走，向郭靖凝望一會，嘆了口氣，低下頭不再言語。郭靖叫了聲「蓉兒！」黃蓉輕輕「嗯」了一聲。郭靖欲待說幾句謝罪告饒的話，但自知笨拙，生怕一句話說錯了，卻又惹得她生氣。兩人迎風而立，黃蓉忽然打了個噴嚏。郭靖本已解下外衣，當即給她披在身上。黃蓉低下了頭，只不理會。

猛聽得周伯通哈哈大笑，大叫：「妙極，妙極！」黃蓉伸出手來，握住了郭靖的手，低聲道：「靖哥哥，咱們瞧瞧去。」郭靖喜極而涕，說不出話來。黃蓉伸衣袖給他抹去淚水，笑道：「臉上又是眼淚，又是手指印，人家還道是我把你打哭了呢。」郭靖道：「是你把我打哭了最好！」黃蓉盈盈一笑，兩人就此言歸於好。

兩人手拉著手轉過山崖，只見周伯通坐在一塊大石上，抱腹翹足，大是得意。丘處機按劍侍立在旁。沙通天、彭連虎、靈智上人、侯通海四人或持兵器撲擊，或縮身退避，神態各不相同，但都似泥塑木彫般動也不動，原來均讓周伯通點中了穴道。

周伯通道：「那時我推下身上泥垢，做成丸藥給你們服下，你們這幾個臭賊倒也鬼機靈，瞧出無毒，竟不聽你爺爺的話，哼哼，今日怎麼樣了？」他雖將這四人制住，一時卻也想不出處置之法，見靖蓉二人過來，說道：「黃姑娘，這四個臭賊我送給你罷！」

黃蓉道：「我要來有甚麼用？哼，你不想殺人，又不想放人，捉住了臭賊卻沒法使喚，你叫我三聲好姊姊，我就教你個乖。」周伯通大喜，連叫兩聲：「好姊姊！」每叫一聲，又加上一個揖。第三聲加料，叫作：「好阿姨！」黃蓉抿嘴一笑，指著彭連虎道：「你搜他身上。」周伯通依言搜檢，從彭連虎身上搜出一枚上裝毒針的指環，兩瓶解藥。黃蓉道：「他曾用這針刺你師姪馬鈺，你在他身上戳幾下罷。」

彭連虎等耳中聽得清清楚楚，只嚇得魂不附體，苦於穴道被點，動彈不得，但覺身上連連劇痛，已各自讓周伯通用指環上毒針戳刺了幾下。

黃蓉道：「解藥在你手裏，你叫他們幹甚麼，瞧他們敢不敢違抗？」周伯通大喜，側頭一想，從身上又推下不少污垢，將解藥倒在裏面，搓成一顆顆小丸，交給丘處機道：「你押這四個臭賊，到終南山重陽宮去幽禁二十年。他們路上倘若乖乖的，就給一丸我的靈丹妙藥，否則讓他們毒發罷，這叫做自作自受，不用慈悲！」丘處機躬身答應。黃蓉笑道：「老頑童，你這幾句話倒說得挺好，一年不見，你大有長進了啊！」

周伯通一向佩服黃蓉，得她稱讚，甚是得意，將彭連虎等人穴道解了，說道：「你們到重陽宮去，給我安安穩穩的住上二十年，如誠心改過，日後還可做個好人。如仍不學好，哼哼，我全眞教的道爺們個個是殺人不眨眼、抽筋不皺眉的老手，將你這四個臭賊先用解藥解了毒，再做成人肉丸子，分來吃了，瞧你們還作得成甚麼怪？」彭連虎等那敢多說，諾諾連聲。丘處機忍住了笑，向周伯通行禮作別，仗劍押著四人下山。

黃蓉笑道：「老頑童，你幾時學會教訓別人了？前面的話倒還有理，到後來可越說越不成體統。」周伯通仰天大笑，忽見左側高峯上白光閃動，顯是兵刃為日光所映，叫道：「咦，那是甚麼？」靖蓉二人抬起頭來，閃光卻已不見。

周伯通只怕黃蓉追問他裘千仞之事，說道：「我去瞧瞧。」健步如飛，搶上峯去。

靖蓉二人都有滿腹言語要說，找了一個山洞，互訴別來之情。這一說直說到日落西山，意猶未盡。郭靖背囊中帶著乾糧，取出來分與黃蓉。

她邊吃邊笑，說道：「歐陽鋒那老賊逼我教他九陰眞經，你那篇經文本就寫得顚三倒四，我再給他胡亂一解，他信以為眞，已苦練了幾個月。我說這上乘功夫要顚倒來練，他果眞頭下腳上的練功，強自運氣叫周身經脈逆行。這廝本領也當眞不小，把陰維、陽維、陰蹻、陽蹻四脈練得順逆自如。若他全身經脈都逆行起來，不知會怎生模樣？」說著格格而笑。郭靖也笑道：「難怪我見他顚倒行路，這功夫可不易練。」（數百年來天竺有一門瑜珈之術，其中頭下腳上的倒練之法，流傳全球，健身作用甚強，《射鵰》讀者聲稱此術傳自宋代西域歐陽鋒云。異術源流，眞相難考，不必深究矣。）

黃蓉道：「你到華山來，想是要爭那『武功天下第一』的名號了？」郭靖道：「蓉兒，你怎麼又來取笑？我是要向周大哥請教一個法子，怎生將已會的武功盡數忘卻。」

將這些日來自己所思各節一一說了。

黃蓉側過頭想了一陣，道：「唉，忘了也好。咱倆武功越練越強，心裏卻越來越不快活，反不如小時候甚麼也不會，倒無憂無慮。」她那想到一個人年紀大了，必有不少煩惱愁苦，跟武功高低殊不相干。她又道：「聽歐陽鋒說，明日是論劍之期，我爹爹定要上山，你既不想爭這第一，那麼咱們怎生想個法兒，助我爹爹獨冠羣雄。」郭靖道：「蓉兒，非是我不聽你言語，但我想洪恩師大仁大義，爲人勝過了你爹爹。」

黃蓉本來與他偎倚在一起，聽他說自己爹爹不好，一怒將他推開。郭靖一呆，黃蓉忽然笑道：「嗯，洪恩師待咱倆原也不錯。這樣罷，咱倆誰也不幫，好不好？」郭靖道：「你爹爹與洪恩師都是光明磊落的君子，若知咱們暗中設法相助，反不喜歡。」黃蓉道：「好啊，我起心弄鬼，那就是奸惡小人了？」說著板起了臉。郭靖道：「糟糕，我這蠢才，淨是說錯話，又惹你生氣。」不由得滿臉惶恐之色。

黃蓉噗哧一笑，道：「往後我不知要生你多少氣呢。」郭靖不解，搔頭呆望著她。黃蓉道：「倘若你當眞不再拋了我，咱倆以後在一起的日子才長呢。我眞想不出你會有多少傻話要說。」郭靖大喜，握住她雙手，連說：「我怎麼會拋了你？我怎麼會？」黃蓉道：「人家公主不要你，你自然只好要我這窮丫頭啦。」

郭靖給黃蓉這一語引動了心事，想起母親慘死大漠，黯然不語。此時新月初上，銀光似水，照在兩人身上。黃蓉見他臉色有異，知道自己也說錯了話，忙岔開話題道：「靖哥哥，過去的事誰也別提啦。我跟你在一起，心中也歡喜得緊呢。我讓你親親我的臉，好不？」

郭靖臉上一紅，竟不敢去親她。黃蓉嫣然一笑，自覺不好意思，又轉換話題，說道：「你說明日論劍，誰能得勝？」郭靖道：「那眞難說得緊，不知一燈師伯來不來？」黃蓉道：「大師出家遁世，與人無爭，決不會來搶這個虛名兒。」郭靖點頭道：「我也這麼想。你爹爹、洪恩師、周大哥、裘千仞、歐陽鋒五人，個個有獨擅技藝。但不知洪恩師是否已全然康復？是否武功如昔？」說著慼然有憂。黃蓉道：「按理說，原是老頑童武功最強，但若他決計不使九陰眞經上的功夫，卻又不及另外四人了。」

兩人談談說說，黃蓉漸感疲倦，輕輕倚在郭靖懷中睡著了。她一向身穿軟蝟甲，凡靠在郭靖身上，必慣於使得甲上尖刺不會刺痛郭靖，這姿勢好久不擺了，久別重作，心中說不出的舒暢開心。郭靖正也有矇矓之意，忽聽腳步聲響，兩個黑影一前一後的從崖後急奔而出。

那二人衣襟帶風，跑得極爲迅捷，看那身形步法，前一人是老頑童周伯通，後面追的竟是裘千仞。郭靖不知裘千仞用毒蛇威嚇取勝，不禁大奇，心想在西域時裘千仞給周大哥逼得亡命而逃，怎麼現下變得反其道而行？輕推黃蓉，在她耳邊低聲道：「你瞧！」

黃蓉抬起頭來，月光下見周伯通東奔西竄，始終不敢站定身子，聽他叫道：「姓裘的老賊，我在這兒伏下捉蛇的幫手，你還不快逃！」裘千仞笑道：「你當我是三歲孩兒？」周伯通大叫：「郭兄弟，黃姑娘，快來幫我捉蛇。」郭靖待要躍出，黃蓉倚在他懷裏，輕聲道：「別動！」

周伯通轉了幾個圈子，不見靖蓉二人出來，叫道：「臭小子，鬼丫頭，再不出來，我可要罵你們十八代祖宗啦。」黃蓉站起身子，笑道：「我偏不出來，你有本事就罵我爹爹。」周伯通見裘千仞雙手各握一條昂頭吐舌的毒蛇，嚇得腳都軟了，央求道：「黃姑娘，快來，快來，我罵自己周家十八代祖宗如何？」

裘千仞見靖蓉二人候在一邊，暗暗吃驚，尋思須得乘早溜走，否則這三人合力，自己決討不了好去，一到明日正午，那是單打獨鬥的爭雄賭勝，就不怕他們了，當下雙足一點，猛竄而前，舉起毒蛇往周伯通臉上挨去。周伯通揮袖急擋，向旁閃避，突然間頭頂一聲輕響，只覺頸中一下冰涼，一個活東西從衣領中鑽到了背後，在衣服內亂蹦亂跳，又滑又膩。這一下他嚇得魂不附體，大叫：「死啦，死啦！」又不敢伸手到衣內去將毒蛇掏出來，只不住狂奔翻躍，忽覺那蛇似乎在背心上咬了一口，心想這番再也沒命了，全身發麻，委頓在地。靖蓉兩人大驚，一齊飛步來救。

裘千仞見周伯通突然狼狽不堪，大感詫異，正要尋路下山，猛見樹叢中走出一個黑影，冷冷的道：「裘老賊，今日你再也逃不走啦。」這人背向月光，面目無法看清，裘千仞心中一凜，喝道：「你是誰？」

周伯通迷迷糊糊的縮在地下，只道正在走向陰曹地府，忽覺一人扶起了他，說道：「周老爺子，別怕，那不是蛇。」周伯通一楞，急忙站起，只覺背上那冰冷之物又在亂跳，不禁尖聲狂呼：「又在咬我啦，是蛇，是蛇！」那人道：「是金娃娃，不是蛇。」

這時靖蓉二人已看清那人容貌，卻是一燈大師座下漁樵耕讀四大弟子之一的漁人，他伸手探入周伯通頸後衣領，抓了一條金娃娃出來。原來他在華山山溪中見到一對金娃娃，捉住了放在懷中，卻給一條溜了出來，爬上了樹，無巧不巧，正好跌入了周伯通衣領。那金娃娃其實不會咬人，但周伯通一心念著毒蛇，認定這冰涼滑膩之物在自己背心猛咬射毒，那漁人再遲來一步，只怕他要嚇得暈過去了。

周伯通睜開眼來，見到那漁人，此時驚魂未定，只覺眼前之人曾經見過，卻想不起是誰，一回頭，猛見裘千仞不住倒退，一個黑影正向他慢慢逼近。周伯通微一定神，只驚得魂飛魄散，這黑影正是大理國皇宮中的劉貴妃瑛姑。

裘千仞本以爲當今之世，只周伯通的武功高過自己，若以毒蛇將他驚走，次日比武，大有獨魁羣雄之望，不料在這論劍前夕瑛姑斗然出現。那日青龍灘上，他曾見她發瘋蠻打，心想若為這瘋婆抱住，大敵環伺在旁，定當性命不保，祇聽她嘶啞著嗓子叫道：「還我兒子的命來！」裘千仞心中一凜，當年自己喬裝改扮，夜入皇宮傷她孩子，原意是要段皇爺耗費功力，那知他竟忍心不加救治，只不知怎的給她識破了眞相？強笑道：「瘋婆子，你儘纏著我幹麼？」

瑛姑叫道：「還我兒子的命來！」裘千仞道：「甚麼兒子不兒子？你兒子喪命，跟我有甚相干？」瑛姑道：「哼，那晚上我沒瞧見你面貌，可記得你的笑聲。你再笑一下！笑啊，笑啊！」

裘千仞見她雙手伸出，隨時能撲上來抱住自己，又退兩步，身子微側，左掌在右掌上一拍，右掌斜飛而出，直擊瑛姑小腹。這是他鐵掌功的十三絕招之一，叫作「陰陽歸一」，最是猛惡無比。瑛姑眼見厲害，正要用泥鰍功化開，不料敵招來得奇快，自己腳步尚未移動，他手掌距身已不及半尺。

瑛姑心中一痛，自知報仇無望，拚著受他這一掌，縱上去要抱著他身子滾下山谷，同歸於盡，忽然一股拳風從耳畔擦過，刮面如刀。裘千仞這一掌未及打實，急忙縮回手臂，架開從旁襲來的一拳，怒道：「老頑童，你又來啦。」卻是周伯通見瑛姑勢危，施展九陰眞經中的上乘功夫，解開了他這鐵掌絕招。

周伯通不敢直視瑛姑，背向著她，說道：「瑛姑，你不是這老兒的對手，快快走罷。我去也！」正欲飛奔下山，瑛姑叫道：「周伯通，你怎不給你兒子報仇？」周伯通一楞，道：「甚麼，我的兒子？」瑛姑道：「正是，害了你兒子的，就是這裘千仞。」

周伯通尚不知自己與瑛姑歡好數日，竟已生下一子，心中迷迷糊糊，一時難解，回過頭來，見瑛姑身旁多了數人，除郭靖、黃蓉外，一燈大師與他四弟子都站在自己背後。

此時裘千仞離崖邊已不及三尺，眼見身前個個都是勁敵，形勢之險，生平從所未遇，雙掌一拍，昂然道：「我上華山，爲的是爭武功天下第一的名號。哼哼，你們竟想合力傷我，好先去了一個勁敵，這等奸惡行徑，虧你們幹得出來。」

周伯通心想這廝的話倒也有幾分在理，說道：「好，那麼待明日論劍之後，再取你狗命。」瑛姑卻厲聲叫道：「死冤家，我怎能等到明日？」黃蓉也道：「老頑童，跟信義之人講信義，跟奸詐之人就講奸詐。現下是擺明了幾個打他一個，瞧他又怎奈何得咱們？」

裘千仞臉色慘白，眼見凶多吉少，叫道：「你們憑甚麼殺我？」那書生道：「你作惡多端，人人得而誅之。」裘千仞仰天打個哈哈，說道：「若論動武，你們恃衆欺寡，我獨個兒不是對手。可是說到是非善惡，嘿嘿，裘千仞孤身在此，那一位生平沒殺過人、沒犯過惡行錯事的，就請上來動手。在下引頸就死，皺一皺眉頭的也不算好漢。」

一燈大師長嘆一聲，首先退後，盤膝低頭而坐。各人給裘千仞這句話擠兌住了，分別想到自己一生之中所犯的過失。漁樵耕讀四人當年在大理國爲大臣時都曾殺過人，雖說是秉公行事，但終不免有所差錯。周伯通與瑛姑對望一眼，想起生平恨事，各自內心有愧。郭靖西征之時戰陣中殺人不少，本就在自恨自咎。黃蓉想起近年來累得父親心驚擔憂，大是不孝，至於騙人上當、欺詐作弄之事，更加屈指難數。

裘千仞幾句話將衆人說得啞口無言，心想良機莫失，大踏步向郭靖走去。眼見他側身避讓，裘千仞足上使勁，正要竄出，突然山石後飛出一根竹棒，迎面劈到。

這一棒來得突兀之極，裘千仞左掌飛起，正待翻腕帶住棒端，這棒連戳三下，竟在霎時之間分點他胸口三處大穴。裘千仞大驚，見竹棒來勢如風，擋無可擋，閃無可閃，只得又退回崖邊。山石後一條黑影身隨棒至，站在當地。

郭靖黃蓉齊叫：「師父！」正是九指神丐洪七公到了。

裘千仞罵道：「臭叫化，你也來多事。論劍之期還沒到啊。」洪七公道：「我是來鋤奸，誰跟你論劍？」裘千仞道：「好，大英雄大俠士，我是奸徒，你是從來沒作過壞事的大大好人。」洪七公道：「不錯。老叫化一生殺過二百三十一人，這二百三十一人個個都是惡徒，若非貪官污吏、土豪惡霸，就是大奸巨惡、負義薄倖之輩。我們丐幫查得淸淸楚楚，證據確實，一人查過，二人再查，決無冤枉，老叫化這才殺他。老叫化貪飲貪食，小事胡塗，可是生平從來沒錯殺過一個好人。裘千仞，你是第二百三十二人！」

這番話大義凜然，裘千仞聽了不禁氣爲之奪。

洪七公又道：「裘千仞，你師父鐵掌幫上代幫主上官劍南何等英雄，一生盡忠報國，是一條鐵錚錚的好漢子。你接你師父當了幫主，卻去與金人勾結，通敵賣國，死了有何面目去見你師父？你上華山來，妄想爭那武功天下第一的榮號，莫說你武功未必能獨魁羣雄，縱然當世無敵，天下英雄能服你這賣國奸徒麼？」

這番話只把裘千仞聽得如痴如呆，數十年來往事，一一湧向心頭，想起師父素日的教誨，後來自己接任鐵掌幫幫主，師父在病榻上傳授幫規遺訓，諄諄告誡該當如何爲國爲民，「鐵掌」二字，原是鐵面無私、辣手鋤奸之意，那知自己年歲漸長，武功漸強，越來越與本幫當日忠義報國、殺敵禦侮的宗旨相違。陷溺漸深，幫衆流品日濫，忠義之輩潔身引去，奸惡之徒蠭聚羣集，竟把大好一個鐵掌幫變成了藏垢納污、爲非作歹的邪惡淵藪。一抬頭，只見明月在天，低下頭來，見洪七公一對眸子凜然生威的盯住自己，猛然間天良發現，但覺一生行事，不少皆爲傷天害理，不禁全身冷汗如雨，嘆道：「洪幫主，你教訓得是。」轉過身來，踴身便往崖下躍去。

洪七公手持竹棒，只防他羞愧之餘，忽施突擊，此人武功非同小可，這一出手必是極厲害的絕招，萬料不到他竟會忽圖自盡。正自錯愕，忽然身旁灰影閃動，一燈大師身子已移到了崖邊，他本來盤膝而坐，這時仍盤膝坐著，左臂伸出，攬住裘千仞雙腳，硬生生將他拉回，說道：「善哉，善哉！苦海無邊，回頭是岸，你既痛悔前非，重新爲人，尚且不遲。」

裘千仞放聲大哭，向一燈跪倒，心中有千言萬語，卻一句也說不出來。

瑛姑見他背向自己，正是復仇良機，從懷中取出利刃，猛往他背心插落。

周伯通道：「且慢！」伸手在她手腕上一架。瑛姑大怒，厲聲道：「你幹甚麼？」周伯通自她出現，一直膽戰心驚，給她這麼迎面一喝，叫聲：「啊喲！」轉身急向山下奔去。瑛姑道：「你到那裏去？」隨後趕來。周伯通大叫：「我肚子痛，要拉屎。」瑛姑微微一怔，不加理會，仍發足急追。周伯通大驚，又叫：「啊喲，不好啦。我褲子上全是屎，臭死啦，你別來。」瑛姑尋了他二十年，心想這次再給他走脫，此後再無相見之期，不理他拉屎是眞是假，不停步的追趕。周伯通嚇得魂飛天外，本來他口叫拉屎是假，只盼將瑛姑嚇得不敢走近，就可乘機溜走，不料惶急之下，大叫一聲，當眞屎尿齊流。

郭靖與黃蓉見這對冤家越奔越遠，先後轉過了山崖，均感好笑，回過頭來，見一燈大師在裘千仞耳邊低聲說話，裘千仞不住點頭。一燈說了良久，站起身來，道：「走罷！」靖蓉二人上前拜見，又與漁樵耕讀四人點首爲禮。

一燈伸手撫了撫兩人頭頂，臉現笑容，神色甚是慈祥，向洪七公道：「七兄，故人無恙，英風勝昔，又收得兩位賢徒，當眞可喜可賀。」洪七公躬身道：「大師安好。多謝你救了我徒兒小命！」一燈微笑道：「山高水長，後會有期。」雙手合什行禮，轉身便走。洪七公叫道：「明日論劍啊，大師怎麼就走了？」

一燈轉過身來，笑道：「想老衲乃方外閒人，怎敢再與天下英雄比肩爭先？老衲今日來此，爲的是要化解這場糾纏二十年的冤孽，幸喜功德圓滿。七兄，當世豪傑捨你更有其誰？你又何必自謙？」說著又合什行禮，攜著裘千仞的手，逕自下山去了。大理四大弟子齊向洪七公躬身下拜，跟著師父而去。

那書生經過黃蓉身邊，見她暈生雙頰、喜透眉間，笑吟道：「隰有萇楚，猗儺其枝！」黃蓉聽他取笑自己，也吟道：「鷄棲於塒，日之夕矣。」那書生哈哈大笑，一揖而別。

郭靖聽得莫名其妙，問道：「蓉兒，這又是甚麼梵語麼？」黃蓉笑道：「不，這是詩經上的話。」郭靖聽說他們是對答詩文，也就不再追問。黃蓉笑吟吟的瞧著他，心想：「這位朱相爺果眞聰明，猜到了我心事。他引的那兩句詩經，下面有『樂子之無知，樂子之無家，樂子之無室』三句，本是少女愛慕一個未婚男子的情歌，用在靖哥哥身上，倒也合適，說他這冒冒失失的傻小子，還沒成家娶妻，我很歡喜。」想到此處，突然輕叫：「啊喲！不對。」郭靖忙問：「怎麼？」黃蓉微笑道：「我引這兩句詩經，下面接著是『羊牛下來，羊牛下括』，說時候不早，羊與牛下山坡回羊圈、牛欄去啦，本是罵這朱相爺爲畜生。但這可將一燈師伯也一併罵進去啦！那就無禮之極。」

郭靖不去理會她這些不打緊的機鋒嘲謔，只是想著適才洪七公斥罵裘千仞的一番言語，這些日來苦惱他折磨他的重重疑團，由此片言而解，豁然有悟：「師父說他生平殺過二百三十一人，但這二百三十一人個個都是惡徒。只要不殺錯一個好人，那就問心無愧。瞧師父指斥裘千仞之時，何等神威凜凜。這裘千仞的武功未必就在師父之下，只因邪不勝正，氣勢先就餒了。只要我將一身武功用於仗義爲善，又何須將功夫抛棄忘卻？」這番道理其實平易淺白，丘處機也曾跟他說過，只他對丘處機並不如何信服，而他隨成吉思汗西征，眼見屠戮之慘，戰陣之酷，生民之苦，母親又慘死刀下，心中對刀兵征戰大爲憎惡，方有這番苦思默想。他素來敬服洪七公，恩師這番言行，比之丘處機的空言開導，自有效得多。經此一反一覆，他爲善之心卻更堅一層了。

靖蓉二人上前拜見師父，互道別來之情。原來洪七公隨黃藥師同赴桃花島養傷，當地僻靜之極，又有黃藥師這大高手在旁護持相助，他順順利利的以九陰眞經總旨中所載上乘內功自通經脈，經半年而內傷痊愈，又半年而神功盡復。黃藥師因掛念女兒，待他傷勢一愈，即行北上尋女。洪七公反而離島較遲，他日前曾與魯有腳相遇，因而於靖蓉二人之事已得知大略。

三人談了一陣，郭靖道：「師父，你休息一會罷，天將破曉，待會論劍比武，使勁必多。」洪七公笑道：「我年紀越老，好勝之心越強，想到即將與東邪西毒過招，心中竟惴惴不安，說來大是好笑。蓉兒，你爹爹近年來武功大進，你倒猜猜，待會比武，你爹爹和你師父兩人，到底誰強誰弱？」

黃蓉道：「您老人家和我爹爹向來難分上下，現下你會了九陰神功，我爹爹怎麼還是你對手？待會見到爹爹，我就跟他說乾脆別比了，早些兒回桃花島是正經。」

洪七公聽她語氣之中有些古怪，微一沉吟，已明白了她心意，哈哈大笑，說道：「你不用跟我繞彎兒說話，九陰神功是你們倆的，你就不激我，老叫化也不會老著臉皮使將出來。待會跟黃老邪比武，我只用原來的武功就是。」

黃蓉正要他說這句話，笑道：「師父，如你輸在我爹爹手裏，你別氣悶，我燒一百樣好菜給你吃，有些是我新近想出來的，教你贏了固然歡喜，輸了卻也開心。」洪七公吞了一口饞涎，哼了一聲，道：「你這女孩兒心地不好，又是激將，又是行賄，刁鑽古怪，一心就盼自己爹爹得勝。」

黃蓉一笑，尚未答話，洪七公忽然站起身來，指著黃蓉身後叫道：「老毒物，你到得好早啊！」

郭靖與黃蓉急忙躍起，站在洪七公身旁，回過頭來，只見歐陽鋒高高的身軀站在當地。他悄沒聲的忽爾掩至，兩人竟沒知覺，都大為驚異。

成吉思汗取下鐵胎畫弓，扣上長箭，對著雌鵰射去。雌鵰側過身子，左翼橫掃，竟將長箭拍落。雄鵰大怒，縱聲長唳，向成吉思汗頭頂撲擊下來。

第四十回　華山論劍

歐陽鋒冷冷的道：「早到早比，遲到遲比。老叫化，你今日跟我是比武決勝呢，還是性命相拚？」洪七公道：「既賭勝負，亦決死生，你下手不必容情。」歐陽鋒道：「好！」他左手本來放在背後，突然甩將出來，手裏握著蛇杖，將杖尾在山石上重重一登，道：「就在這兒呢，還是換個寬敞的所在？」

洪七公尚未回答，黃蓉接口道：「華山比武不好，還是到船裏去比。」洪七公一怔，問道：「甚麼？」黃蓉道：「好讓歐陽先生再來一次恩將仇報、背後襲擊啊！」洪七公哈哈大笑，道：「上一次當，學一次乖，你別指望老叫化再能饒你。」

歐陽鋒聽黃蓉出口譏嘲，絲毫不動聲色，雙腿微曲，杖交右手，左掌緩緩運起蛤蟆功的勁力。

黃蓉將打狗棒交給洪七公，說道：「師父，打狗棒加九陰神功，跟這老奸賊動手，不必講甚麼仁義道德。」洪七公心想：「單憑我原來武功，要勝他原極不易，待會尚要與黃老邪比武，倘跟老毒物鬥了個筋疲力盡，就不能敵黃老邪了。」點了點頭，接過打狗棒，左一招「打草驚蛇」，右一招「撥草尋蛇」，分攻兩側。

歐陽鋒與他對敵數次，從未見他使過打狗棒法，當日在大海火船中性命相搏，情勢緊迫，洪七公也一直未用。歐陽鋒曾見黃蓉使這棒法時招數精奇，早就不敢小覷了，這時見洪七公兩招打出，棒夾風聲，果然非同小可，蛇杖抖處，擋左避右，直攻敵人中宮。他的蛇杖已失落兩次，現下手中所持的是第三次新製，杖上人頭彫得更加詭奇可怖，只是兩條怪蛇馴養未久，臨敵之時卻不如最初那兩條這般熟習靈動。

洪七公當日後頸爲他怪蛇咬中，又受他狠力掌擊，險些送命，直養了將近兩年方始康復。那是他一生從所未有之大敗，亦是從所未遇之奇險，此仇豈可不報？當下運棒成風，奮力進攻。

兩人首次華山論劍，爭的是榮名與九陰眞經；第二次在桃花島過招，是爲了郭靖與歐陽克爭婚；均是只決勝負，不關生死。第三次海上相鬥，生死只隔一線，但洪七公手下尚自容讓；現下第四次惡戰，才眞正各出全力，再無半點留情。兩人均知對方年齒雖增，武功卻較前更加狠辣，只要稍有疏神，中了對方一招半式，難免命喪當地。

兩人翻翻滾滾的鬥了兩百餘招，忽然月亮隱沒，天色轉黑。這是黎明之前的昏黯不明，轉瞬隨即破曉。兩人生怕黑暗中著了對方毒手，各自嚴守門戶，不敢搶攻。

郭靖與黃蓉不禁擔心，踏上數步，若見洪七公有甚差失，立即出手相助。郭靖瞧著二人惡鬥，思潮起伏：「這二人是當今難分上下的高手，但一個行俠仗義，一個恃強為惡，可見武功本身並無善惡，端在人之為用。行善則武功愈強愈善，肆惡則愈強愈惡。」到後來天色陰暗，兩人招式已瞧不清楚，但聞兵刃破空和竄撲呼喝之聲，心中怦怦亂跳，暗想：「師父因運功療傷，躭誤了兩年進修。高手功勁原本差不得分毫，這一進一退，莫要由此而輸在歐陽鋒手裏。若眞如此，當初實不該三次相饒。」又想起丘處機曾解說「信義」兩字，該分大信大義與小信小義，倘顧全一己的小信小義而虧大節，就算不得是信義了。想到此處，熱血上湧，心道：「雖然師父與他言明單打獨鬥，但如他害了師父，從此橫行天下，不知有多少好人要傷在他手裏。我從前不明『信義』二字的眞意，以致做了不少胡塗事出來。」心意已決，雙掌一錯，就要上前相助。

忽聽黃蓉叫道：「歐陽鋒，我靖哥哥和你擊掌相約，饒你三次不死，那知你仍然恃強欺我。你言而無信，尚不及武林中一個無名小卒，怎有臉來爭武功天下第一的名號？」

歐陽鋒一生惡行幹了不計其數，可是始終極重然諾，說一是一，說二是二，從無反悔，生平也一直以此自負，若非事勢迫切，他決不致違約強逼黃蓉，此時與洪七公鬥得正緊，忽聽她提起此事，不禁耳根子發燒，心神大亂，出杖稍偏，險些爲打狗棒戳中。

黃蓉又叫道：「你號稱西毒，行事奸詐原也不在話下，可是要一個後生小輩饒你三次不死，已丟盡了臉面，居然還對後輩食言，眞叫江湖上好漢笑歪了嘴巴。歐陽鋒啊歐陽鋒，有一件事，普天下當眞無人及得上你老人家，那就是不要臉天下第一！」

歐陽鋒大怒，但隨即想到這是黃蓉的詭計，有意引得自己氣惱慚愧，只要內力運轉微有不純，立時便敗在洪七公手下，便給她來個聽而不聞。那知黃蓉越罵越刁鑽古怪，武林中許多出名的壞事與他本來全無干係，卻都栽在他的名下。給她這麼東拉西扯的一陣胡說，似乎普天下就只他一個歹人，世間千千萬萬樁惡事皆是他一人所作所爲。倘若單是說他大做陰毒壞事，歐陽鋒本來也不在乎，他原本以「毒」爲榮，可是黃蓉數說他做的盡是江湖上諸般下流的下三濫勾當，說見他向靈智上人苦苦哀求，又叫沙通天做「親叔叔」，硬要拜彭連虎爲「乾爹」，爲的是乞求他指環毒針的毒藥秘方，種種肉麻無恥，匪夷所思；說聽得他一再向完顏洪烈自薦，要做他的親兵隊長，得以每晚在趙王府中守夜。至於郭靖在西域如何饒他三次不死，如何從流沙、冰柱、和糞坑中放他出來，如何脫了褲子躍下冰峯，屁股上連中三箭，留下老大箭疤，硬要抵賴，不妨脫下褲子在華山絕頂展示，由衆公決，更加上了十倍油鹽醬醋，說得他不堪已極。

初時歐陽鋒尚能忍耐，到後來聽得她有些話實在太過不近情理，忍不住反駁幾句。

黃蓉正是要惹他與自己鬥口，越加的跟他歪纏胡鬧。這麼一來，歐陽鋒拳腳兵刃是在與洪七公惡鬥，與黃蓉卻另有一場口舌之爭，說到費心勞神，與黃蓉的鬥口似猶在與洪七公角力之上。

又過半晌，歐陽鋒心智漸感不支，心想：「我如再不使出九陰眞經的功夫來，定難取勝。」他雖未能依照黃蓉所說將全身經脈逆轉，但修習了半年，憑著武學淵深，內功渾厚，竟爾已有小成，當下蛇杖揮動，忽變怪招。洪七公吃了一驚，凝神接戰。

黃蓉叫道：「源思英兒，巴巴西洛著，雪陸文兵。」歐陽鋒一怔：「這幾句話是甚麼意思？」他那知黃蓉全是在信口胡說，捲起舌頭，將一些全無意義的聲音亂喊亂叫，模仿九陰眞經中的梵文怪話，但叫嚷的語氣卻變化多端，有時似憤怒喝罵，有時似誠懇勸誡，忽爾驚歎，忽爾歡呼，突然之間，她用追問的語氣連叫數聲，顯是極迫切的質問。歐陽鋒雖欲不理，卻不由自主的道：「你問甚麼？」

黃蓉以假梵語答了幾句。歐陽鋒茫然不解，竭力往郭靖所寫的「經文」中去追尋，一時之間，腦中各種各樣雜亂無章的聲音、形貌、招數、秘訣，紛至沓來，但覺天旋地轉，竟不知身在何處。洪七公見他杖法中忽然大露破綻，叫聲：「著！」一棒打在他的天靈蓋上。

這一棒是何等勁力，歐陽鋒腦中本已亂成一團，經此重擊，更加七葷八素，不知所云，大叫一聲，倒拖了蛇杖轉身便走。郭靖叫道：「往那裏跑？」縱身趕上，歐陽鋒忽然躍起，在半空連翻三個觔斗，轉瞬間連滾帶爬的轉入崖後，不知去向。

洪七公、郭靖、黃蓉三人相顧愕然，駭極而笑。

洪七公嘆道：「蓉兒，今日打敗老毒物，倒是你的功勞大。只不過咱師徒聯手，以二敵一，未免勝之不武。」黃蓉笑道：「師父，這功夫不是你教的罷？」洪七公笑道：「你這功夫是天生的。有你爹爹這麼鬼精靈的老子，才有你這麼鬼精靈的女兒。」

忽聽山後有人叫道：「好啊，他人背後說短長，老叫化，你羞也不羞？」黃蓉大叫：「爹爹！」躍起奔去。

朝暾初上，陽光閃耀下一人青袍素巾，緩步而來，正是桃花島主東邪黃藥師。

黃蓉撲上前去，父女倆摟在一起。黃藥師見女兒臉上稚氣大消，已長成一個亭亭少女，與亡妻更爲相似，既甚歡喜，又不禁傷感。

洪七公道：「黃老邪，我曾在桃花島上言道：你閨女聰明伶俐，詭計多端，只有別人上她的當，她決不能吃別人的虧，叫你不必躭心。你說，老叫化的話錯了沒有？」

黃藥師微微一笑，拉著女兒的手，走近身去，說道：「恭喜你打跑了老毒物啊。此人一敗，了卻你我一件大心事。」洪七公道：「天下英雄，唯使君與叫化啦。我見了你女兒，肚裏的蛔蟲就亂鑽亂跳，饞涎水直流。咱們爽爽快快的馬上動手，是你天下第一也好，是我第一也好，我只等吃蓉兒燒的好菜。」

黃蓉笑道：「不，要師父敗了，我才燒菜給你吃。」洪七公道：「呸，不怕醜，你想挾制我，是不是？」黃藥師道：「老叫化，你受傷之後躭誤了兩年用功，只怕現下已不是我對手。蓉兒，不論誰勝誰敗，你都須燒天下第一的菜肴相請師父。」洪七公道：「是啊！這才是大宗師的說話，堂堂桃花島島主，那能像小丫頭這般小氣。咱們也別等正午不正午，來罷！」說著竹棒一擺，就要上前動手。

黃藥師搖頭道：「你適才跟老毒物打了這麼久，雖說不上筋疲力盡，卻也大累了一場，黃某豈能撿這個便宜？咱們還是等到正午再比，你好好養力罷。」洪七公雖知他說得有理，但不耐煩再等，堅要立時比武。黃藥師坐在石上，不去睬他。

黃蓉見兩人爭執難決，說道：「爹爹，師父，我倒有個法兒在此。你倆既可立時比武，爹爹又不佔便宜。」洪七公與黃藥師齊道：「好啊，甚麼法兒？」黃蓉道：「你們兩位是多年好友，不論誰勝誰敗，總傷了和氣。可是今日華山論劍，卻又勢須分出勝敗，是不是？」洪黃二人本就想到此事，這時聽她言語，似乎倒有一個妙法竟可三全其美，既能立時動手，又可不讓黃藥師佔便宜，而且還能使兩家不傷和氣，齊問：「你有甚麼好主意？」

黃蓉道：「是這樣：爹爹先跟靖哥哥過招，瞧在第幾招上打敗了他，然後師父再與靖哥哥過招。若是爹爹用九十九招取勝，而師父用了一百招，那就是爹爹勝了。倘若師父只用九十八招，那就是師父勝了。」洪七公笑道：「妙極，妙極！」黃蓉道：「靖哥哥先和爹爹比，兩人都精力充沛，待與師父再比，兩人都已打過了一場，豈不是公平得緊麼？」黃藥師點點頭道：「這法兒不錯。靖兒，來罷，你用不用兵刃？」郭靖道：「不用！」正要上前，黃蓉又道：「且慢，還有一事須得言明。倘若你們兩位前輩在三百招之內都不能打敗靖哥哥，那便如何？」洪七公哈哈大笑，道：「黃老邪，我初時尚羨你生得個好女兒，這般盡心竭力的相助爹爹，咳，那知女生外向，卻是顛撲不破的至理。她一心要傻小子得那武功天下第一的稱號啊！」

黃藥師生性怪僻，但憐愛幼女之心卻素來極強，暗道：「我成全了她這番心願就是。」說道：「蓉兒的話也說得是。咱兩個老頭若不能在三百招內擊敗靖兒，還有甚麼顏面自居天下第一？」轉念又想：「我原可故意相讓，容他擋到三百招，但老叫化卻不肯讓，必能在三百招內敗他。那麼我倒並非讓靖兒，卻是讓老叫化了。」一時沉吟未決。

洪七公在郭靖背後一推，道：「快動手罷，還等甚麼？」郭靖一個踉蹌，衝向黃藥師面前。黃藥師心道：「好，我先試試他的功夫，再定行止。」左掌翻起，向他肩頭斜劈下去，叫道：「第一招！」

當黃藥師舉棋不定之際，郭靖也好生打不定主意：「我決不能佔那天下第一的名號，可是該當讓黃島主得勝，還是讓師父得勝？」正在遲疑，黃藥師已揮掌劈到。他右臂舉起架開，身子一晃，險些摔倒，心道：「我好胡塗，竟想甚麼讓不讓的？我縱出全力，也決擋不了三百招。」眼見黃藥師第二招又到，便凝神接戰，此時心意已決，任憑二人各用眞功夫將自己擊敗，誰快誰慢，由其自決，自己絕無絲毫偏袒。

數招一過，黃藥師大爲驚異：「這傻小子的武功，怎麼竟練到了這等地步？我如稍有容讓，莫說讓他擋到三百招之外，說不定還得輸在他手裏。」高手比武，實讓不得半分。黃藥師初時出手只使了七分勁，不料郭靖全力奮抗，竟給壓在下風。他心中一急，忙展開桃華落英掌法，身形飄忽，力爭先著。

郭靖的武功確已大非昔比，黃藥師連變十餘種拳掌，始終難以反先，待拆到一百餘招，他倏施詭招，郭靖料不到他竟會使詐，險些給他左腳踢中，只得退開兩步，這才扳成平衡之局。黃藥師舒了一口氣，暗叫：「慚愧！」欲待乘機佔到上風，不料郭靖守得堅穩之極，儘管他攻勢有如驚風駭浪，始終不求有功，但求無過，拳腳上竟沒半點破綻。耳聽得女兒口中已數到「二百零三，二百零四」，黃藥師大爲焦躁：「老叫化出手剛猛，倘若他在一百招內敗了靖兒，我這張臉往那裏擱去？」招勢一變，掌影飄飄，出手快捷無倫。

這一來，郭靖登處下風，只感呼吸急促，有似一座大山重重壓向身來，眼前金星亂冒，堪堪要抵擋不住。黃藥師出手加快，攻勢大盛，黃蓉口中，卻也跟著數得快了。郭靖唇乾舌燥，手足酸軟，越來越難擋，只憑著一股堅毅之氣硬挺下來，正危急間，忽聽黃蓉大叫一聲：「三百！」黃藥師臉色一變，向後躍開。

此時郭靖已給逼得頭暈眼花，身不由主的向左急轉，接連打了十多個旋子，眼見再轉數下，就要摔倒，危急中左足使出了「千斤墜」功夫，要待將身子定住。可是黃藥師內力的後勁極大，人雖退開，拳招餘勢未衰，郭靖竟定不住身子，只得彎腰俯身，右手用力在地下撥動，借著「降龍十八掌」的猛勁，滴溜溜的向右打了十多個旋子，腦中方得清明，呆了一呆，向黃藥師道：「岳父爹爹，你再出一招，我非摔倒不可。」黃蓉大喜，笑道：「靖哥哥，你叫我爹爹，叫得挺好！」

黃藥師見郭靖居然有此定力，抗得住自己以十餘年之功練成的「奇門五轉」，不怒反喜，笑道：「老叫化，天下第一的稱號是你的啦。」雙手一拱，轉身欲走。

洪七公道：「慢來，慢來，我也未必能成。你的鐵簫借給靖兒罷。」黃藥師的玉簫已然折斷，腰帶裏插著一根鐵簫，當下拔出來遞給郭靖。洪七公對郭靖道：「你用兵刃，我空手跟你過招。」郭靖一愕，道：「這個……」洪七公道：「你掌法是我教的，拳腳有甚麼比頭？上罷！」左手五指如鉤，一把抓住他手腕，將鐵簫奪了過來。郭靖沒懂他用意，脫手放簫，竟未抵禦。洪七公罵道：「傻小子，咱們是在比武哪！」左手將鐵簫還給了他，右手卻又去奪。郭靖這才迴簫避開。黃蓉數道：「一招！」

高手比武，手上有無兵刃相差其實不多，洪七公將降龍十八掌使將開來，掌風掃到一丈開外，郭靖雖有鐵簫，又那能近身還擊？他本不擅使用兵器，但自在西域石屋之中給歐陽鋒逼著過招，劍法已大有進益。自來武功必定攻守兼習，郭靖的兵刃功夫練的卻是八成守禦，二成攻敵。要知江南六怪授他的兵刃招數不能算是極上乘武功，他習得九陰眞經後再此進修，卻是在西域石屋之中，那時他但求自保，不暇傷敵，以鐵劍抵擋歐陽鋒的鐵棍，鑽研出不少防身消勢之法，此刻以簫作劍，用以抵擋洪七公凌厲無倫的掌風，便也大見功效。

洪七公見他門戶守得極爲緊密，心下甚喜，暗道：「這孩子極有長進，也不枉了我教導一場，但我如在二百招之內敗他，黃老邪臉上須不好看。過得二百招後，我再施展重手便是。」依著降龍十八掌的招式，自一變以至九變順序演將下去，疾風呼呼，掌影已將郭靖全身裹住。

此時洪七公若猛下重手，郭靖兵刃功夫未至登峯造極，原難抵擋，但洪七公要在二百招後再行取勝，卻想錯了一著。郭靖正當年富力壯，練了「易筋鍛骨章」後內力更加渾厚，洪七公年歲卻不輕了，中了歐陽鋒的蛇咬掌擊，功力雖復，究亦大見摧傷，降龍十八掌招招須使眞力，到九變時已是一百六十二掌，勢道雖仍剛猛狠辣，後勁卻已漸見衰減。

待拆到兩百招外，郭靖鐵簫上的劍招倒還罷了，左手配合的招勢卻漸見強勁。洪七公暗想不妙，若與他以力相拚，說不定會輸在他手裏，傻小子可以智取，不必力敵，當下雙掌外豁，門戶大開，郭靖一怔，心想：「這招掌法師父卻從沒教過。」若與敵人對敵，自可直進中宮，攻敵前胸，但眼前對手是自己恩師，豈能用此殺手？微一遲疑間，洪七公笑道：「你上當啦。」左足倏起，將他手中鐵簫踢飛，右掌斜翻，拍中他左肩。

這一掌手下容情，不欲相傷，只使了八成力，準以爲他定要摔倒，那就算勝了。不料郭靖這幾年來久歷風霜，身子練得極爲粗壯，受了這一掌只晃得幾晃，肩頭雖一陣劇痛，竟未跌倒。洪七公見他居然硬挺頂住，不禁大吃一驚，道：「你吐納三下，調勻呼吸，莫要受了內傷。」郭靖依言吐納，胸氣立舒，說道：「弟子輸了。」洪七公道：「不，適才你故意不攻我前胸，讓我在先，倘若就此認輸，黃老邪如何能服？接招！」說著又發掌劈去。

郭靖手中沒了兵刃，見來招勢道鋒銳，當下以周伯通所授的空明拳化開。那空明拳是天下至柔的拳術，是周伯通從《道德經》中化出來的，《道德經》中有言道：「兵強則滅，木強則折。堅強處下，柔弱處上。」又云：「天下莫柔弱於水，而攻堅強者莫之能勝，其無以易之。弱之勝強，柔之勝剛，天下莫不知，莫能行。」那降龍十八掌卻是武學中至剛至堅的拳術。古語有云：「柔能克剛」，但也須視「柔」的功力是否勝「剛」而定，以洪七公的修為，縱然周伯通以至柔之術對敵，卻也未必能勝。但郭靖習了那左右互搏的法子，右手出的是空明拳，左手出的卻是降龍掌，剛柔相濟，陰陽為輔，洪七公的拳招雖剛猛莫京，竟也奈何他不得。

黃蓉在旁數著拳招，眼見三百招將完，郭靖全無敗象，心中甚喜，一招一招的數著。洪七公耳聽得她數到二百九十九招，不禁好勝心起，突然一掌「亢龍有悔」，排山倒海般直擊過去，此招既出，只怕郭靖抵擋不住，受了重傷，大叫：「小心啦！」

郭靖聽到叫聲，掌風已迎面撲到，但覺來勢猛烈之極，知道無法以空明拳化解，危急之下，右臂劃個圓圈，呼的一聲，也是一招「亢龍有悔」拍出。砰的一響，雙掌相交，兩人都全身大震。黃藥師與黃蓉齊聲驚呼，走近觀看。

兩人雙掌相抵，膠著不動。郭靖有心相讓，但知師父掌力厲害，若此刻退縮，給他順勢推來，自己必受重傷，決意先運勁抵擋一陣，待他掌勁稍殺，再行避讓認輸。洪七公見郭靖居然擋得住自己畢生精力之所聚的這一掌，不由得又驚又喜，憐才之意大盛，好勝之心頓滅，決意讓他勝此一招，以成其名，當下留勁不發，緩緩收力。

便在這雙方不勝不敗、你退我讓之際，忽聽山崖後一人大叫三聲，三個觔斗翻將出來，正是西毒歐陽鋒。

洪七公與郭靖同時收掌，向後躍開。只見歐陽鋒全身衣服破爛，滿臉血痕斑斑，大叫：「我九陰眞經上的神功已然練成，我的武功天下第一！」蛇杖向四人橫掃過來。

洪七公拾起打狗棒，搶上去將他蛇杖架開，數招一過，四人無不駭然。歐陽鋒的招術本就奇特，此時更如怪異無倫，忽爾伸手在自己臉上猛抓一把，忽爾反足在自己臀上狠踢一腳，每一杖打將出來，中途方向必變，實不知他打將何處。洪七公驚奇萬分，只得使開打狗棒法緊守門戶，那敢貿然進招？

鬥到深澗，歐陽鋒忽然反手啪啪啪連打自己三個耳光，大喊一聲，雙手各從懷中摸出一塊圓石，按在地下，身子倒立，竄將過來。洪七公又吃驚，又好笑，心想：「我這棒法最擅長打狗，你忽作狗形，豈非自投羅網？」竹棒伸處，向他腰間挑去。不料歐陽鋒忽地翻身一滾，將竹棒半截壓在身下，隨即順勢滾去，洪七公拿揑不定，竹棒脫手。歐陽鋒驟然間飛身躍起，雙足連環猛踢。洪七公大驚，向後急退。

這時黃蓉早已拾起地下鐵簫，還給父親。黃藥師挺簫斜刺而出。歐陽鋒叫道：「段皇爺，我不怕你的一陽指！」說著縱身撲上。黃藥師見了他的舉止，已知他神智錯亂，只心中雖瘋，出手卻比未瘋時更加厲害。饒是他智慧過人，一時也想不明其中道理，怎知歐陽鋒苦讀郭靖默寫的假經，本已給纏得頭昏腦脹，黃蓉更處處引他走入歧路，盲練瞎闖，適才頭頂遭洪七公擊以一棒，更加胡塗了，然他武功本強，雖走了錯道，錯有錯著，出手離奇荒誕，竟教洪黃兩大宗師錯愕難解。

數十招一過，黃藥師又敗下陣來。郭靖搶上迎敵。歐陽鋒忽然哭道：「我的兒啊，你死得好慘！」抛去蛇杖，張開雙臂，撲上來便抱。郭靖知他將自己認作了姪兒歐陽克，聽他叫聲悽慘，發掌要將他推開。歐陽鋒左腕陡翻，已抓住郭靖手臂，右臂將他牢牢抱住。郭靖心下悵惘，忙運勁掙扎，但歐陽鋒力大無窮，抱得他絲毫動彈不得。

洪七公、黃藥師、黃蓉大驚，三人搶上救援。洪七公伸指疾點歐陽鋒背心「鳳尾穴」，要迫他鬆手。不料他此時全身經脈倒轉，穴道全已變位，洪七公挺指戳將下去，他茫然未覺，全不理會。黃蓉回身撿起一塊石頭，向他頭頂砸落。歐陽鋒右手握拳，自下揮擊上來。黃蓉拿揑不住，石頭脫手飛落山谷。郭靖乘歐陽鋒鬆了右手，用力猛掙，向後躍開，定了定神，只見歐陽鋒與黃藥師鬥得正猛。黃藥師插簫於腰，空手而搏。

此時歐陽鋒所使的招數更爲希奇古怪，詭異絕倫，身子時而倒豎，時而直立，甚而有時一手撐地，身子橫挺，只以一手與敵人對掌。黃藥師全神貫注的發招迎敵，倒還不覺得怎樣，洪七公、郭靖、黃蓉三人卻看得心搖神馳。黃蓉見父親連遇險招，叫道：「師父，對付這瘋子不必依武林規矩，咱們齊上！」

洪七公道：「若在平時，咱們原可合力擒他。但今日華山論劍，天下英雄都知須得單打獨鬥，咱們以衆敵寡，須惹江湖上好漢恥笑。」但見歐陽鋒瘋勢更增，口吐白沫，挺頭猛撞。黃藥師抵擋不住，不住倒退。

突然之間，歐陽鋒俯身疾攻，上盤全然不守。黃藥師大喜，心想：「這瘋子畢竟胡塗了。」運起「彈指神通」功夫，急彈他鼻側的「迎香穴」。這一指去勢快極，不料剛觸到他臉皮，歐陽鋒微微側頭，一口咬住他食指。黃藥師大驚，急出左手拍他「太陽穴」，逼他鬆口。歐陽鋒右手揮出，將他招術化開，牙齒卻咬得更加緊了。

郭靖見黃藥師遇險，更不思慮，和身撲上，右臂彎過，扣到歐陽鋒頸中，使的是蒙古的摔跤之術。歐陽鋒果然忌憚，側頭閃避，便鬆口放開了黃藥師的手指。黃藥師與黃蓉見郭靖這一下志在救援岳父，已不顧自身安危，用心極佳，黃藥師微微一笑，黃蓉叫道：「靖哥哥，做女婿的該當如此，好得很啊！」見歐陽鋒猛向郭靖攻擊，搶上助戰。

歐陽鋒十指往黃蓉臉上抓去，日光直射之下，但見他面容獰惡，滿臉是血，黃蓉心下害怕，驚呼逃開。郭靖忙發掌救援。歐陽鋒回手抵敵，黃蓉方得脫身。

只十餘合，郭靖肩上腿上接連中招。洪七公道：「靖兒退下，再讓我試試。」空手搶上。兩人這一番激鬥，比適才更加猛惡。洪七公當歐陽鋒與黃藥師、郭靖對掌之時，在旁留神觀看，見他出招雖怪異無比，其中實也有理路可尋，主要是將他常用的掌法逆轉運使，上者下之，左者右之，雖並非盡皆如此，卻也是十中不離八九，心中有了個大概，對戰之時雖仍處下風，卻已有攻有守，三招中能還得一招。

黃蓉取出手帕，爲父親包紮指上創口。黃藥師更瞧出許多路子來，接連叫道：「七兄，踢他環跳。」「上擊巨闕！」「反掌倒劈天柱。」黃藥師旁觀者淸，洪七公依言施爲，片刻間便將戰局拉平。兩人心中都暗自慚愧：「這是合東邪、北丐二人之力，合拚西毒一人了。」眼見即可取勝，歐陽鋒忽然張嘴，一口唾沫往洪七公臉上吐去。

洪七公忙側身避開，歐陽鋒竟料敵機先，發掌擊向他趨避的方位，同時又是一口濃痰吐來。洪七公處境窘迫，欲待不避，可是那口痰勢挾勁風，倘若打中眼珠，就算不致受傷，定也十分疼痛，而敵人必乘機猛攻，那就難以抵擋，百忙中伸右手將痰抄在掌中，左手還了一招。戰不數合，歐陽鋒又是一口唾沫急吐，他竟將痰涎唾沫也當作了攻敵利器，夾在拳招之中使用，令人眼花繚亂，心意煩躁。

洪七公見他顯然輕辱於己，不由得怒氣勃發，同時右手握著一口濃痰，滑膩膩的極不好受，又不想抹在自己身上，鬥到分際，他突然張開右掌，叫聲：「著！」疾往歐陽鋒臉上抹去。這一招明裏是用痰去抹他的臉，暗中卻另藏厲害殺著。歐陽鋒神智雖亂，耳目四肢只有比平時更爲靈敏，見洪七公手掌抹到，立即側臉微避。洪七公手掌翻轉，直戳過去，歐陽鋒斗然張口急咬。

這正是他適才用以擊敗黃藥師的絕招，看來滑稽，但他張口快捷，教人難以躲閃，以黃藥師如此登峯造極的武功竟也著了道兒。黃藥師、黃蓉、郭靖看得分明，但見洪七公的手掌已伸到他嘴邊，相距不及一寸，而他驀地張口，一副白牙在日光下一閃，已向洪七公手上咬落，不禁叫道：「小心！」「啊喲，不好！」

豈知他們三人與歐陽鋒竟都忘了一事。洪七公號稱九指神丐，當年為了饞嘴貪吃，誤了時刻，來不及去救一個江湖好漢的性命，大恨之下，將自己食指發狠砍下。歐陽鋒這一咬又快又準，倘若換了旁人，食指定會給他咬住，偏生洪七公沒有食指，只聽喀的一響，他兩排牙齒自相撞擊，卻咬了個空。洪七公少了食指，歐陽鋒原本熟知，但他這時勢如瘋虎般亂打亂撲，那裏還想得到這些細微末節？

高手比武，若雙方武功都到了爐火純青的地步，往往對戰竟日，仍然難分上下，唯一取勝之機端在對方偶犯小錯，此刻歐陽鋒一口咬空，洪七公那能放過？立即一招「笑言啞啞」，中指已戳在他嘴角的「地倉穴」上。

旁觀三人見洪七公得手，正待張口叫好，不料一個「好」字還未出口，洪七公已一個觔斗倒翻出去。歐陽鋒踉踉蹌蹌的倒退幾步，有如醉酒，但終於站穩身子，仰天大笑。原來他經脈倒轉，洪七公這一指雖戳中他「足陽明胃經」的大穴，他只全身微微一麻，立即如常，卻乘機一掌擊在洪七公的肩頭。好在他中招在先，這一掌的力道已不如何凌厲，洪七公順著來勢倒翻觔斗，將他掌力消去大半，百忙中還回了一招「見龍在田」，也將歐陽鋒打得倒退幾步。洪七公幸而消解得快，未受重傷，但半身酸麻，一時之間已無法再上。他是大宗師身分，若不認輸那就跡近無賴，同時確也佩服對方武功了得，抱拳說道：「歐陽兄，老叫化服了你啦，你是武功天下第一！」

歐陽鋒仰天長笑，雙臂在半空亂舞，向黃藥師道：「段皇爺，你服不服我？」黃藥師心中不忿，暗想：「武功天下第一的名號，竟教一個瘋子得了去，我跟老叫化二人豈不教天下好漢恥笑？」但若上前再鬥，自忖又難取勝，只得點了點頭。

歐陽鋒向郭靖道：「孩兒，你爹爹武藝蓋世，天下無敵，你喜不喜歡？」歐陽克是他與嫂子私通所生的孩子，名是叔姪，實是父子，此時他神智半迷半醒，把郭靖當作歐陽克，竟將藏在心中數十年的隱事說了出來。郭靖心想這裏各人都不是他對手，他天下第一的名號當之無愧，說道：「咱們都打不過你！」

歐陽鋒嘻嘻傻笑，問黃蓉道：「好媳婦兒，你喜不喜歡？」黃蓉見父親、師父、郭靖三人相繼敗陣，早在苦思對付這瘋漢之法，但左思右想，實無妙策，這時聽他相問，又見他手舞足蹈，神情怪異，日光映照之下，他身後的影子也是亂晃亂搖，靈機忽動，說道：「誰說你是天下第一？有一個人你就打不過。」

歐陽鋒大怒，搥胸叫道：「是誰？是誰？叫他來跟我比武。」黃蓉說道：「此人武功了得，你定然打他不過。」歐陽鋒道：「是誰？是誰？叫他來跟我比武。」黃蓉道：

「他名叫歐陽鋒。」歐陽鋒搔搔頭皮，遲疑道：「歐陽鋒？」黃蓉道：「不錯，你武功雖好，卻打不過歐陽鋒。」

歐陽鋒心中越加胡塗，只覺「歐陽鋒」這名字好熟，定是自己最親近之人，可是自己是誰呢？脫口問道：「我是誰？」

黃蓉冷笑道：「你就是你。自己快想，你是誰啊？」

歐陽鋒心中一寒，側頭苦苦思索，但腦中混亂一團，愈要追尋自己是誰，愈是想不明白。智力超異之人，有時獨自瞑思，常會想到：「到底我是誰？我在生前是甚麼？死後又是甚麼？」等等疑問。古來哲人，常致以此自苦。歐陽鋒才智卓絕，這些疑問有時亦曾在腦海之中一閃而過，此時連鬥三大高手而獲勝，而全身經脈忽順忽逆，心中忽喜忽怒，驀地裏聽黃蓉這般說，不禁四顧茫然，喃喃道：「我，我是誰？我在那裏？我怎麼了？」

黃蓉道：「歐陽鋒要找你比武，要搶你的九陰眞經。」歐陽鋒道：「他在那裏？」黃蓉指著他身後的影子道：「喏，他就在你背後。」歐陽鋒急忙回頭，見到了石壁上映出來的自己影子。

他身後恰好是一塊平整光滑的白色山壁，他轉身回頭，陽光自他身後照來，將他影子映得淸淸楚楚。他出拳發掌，影子也出拳發掌，他飛腳踢出，影子也飛腳踢出。他一腳重重踢在山壁上，好不疼痛，急忙縮腳，怔了一怔，奇道：「這……這……他……他……」黃蓉道：「他要打你了！」

歐陽鋒蹲低身子，發掌向影子劈去。影子同時發出一掌，雙掌相對，歐陽鋒只覺來掌力堅，對自己剛猛的掌力毫不退縮。歐陽鋒大急，左掌右掌，連環邀擊，那影子也雙掌連發，掌力越強，對方打過來也相應而強，絕不示弱。歐陽鋒見對方來勢厲害，轉身相避，他面向日光，影子已在身後。他發覺敵人忽然不見，大叫：「往那裏逃？」向左搶上數步。

左邊也是光禿禿的山壁，日光將他影子映在壁上，甚像是個直立的敵人。歐陽鋒右掌猛揮，擊在石上，只疼得他骨節欲碎，大叫：「好厲害！」隨即左腳飛出。山壁上的影子也舉腳踢來，雙足相撞，歐陽鋒奇痛難當，不敢再鬥，轉身便逃。

此時他是迎日而奔，果然不見了敵人，竄出丈餘，回頭返望，只見影子緊隨在後，其時影子平鋪在地，已不似有人追逐，但他心智混亂，嚇得大叫：「讓你天下第一，我認輸便是。」那影子動也不動。歐陽鋒轉身再奔，微一回頭，仍見影子緊緊跟隨。他驅之不去，鬥之不勝，只嚇得心膽欲裂，邊叫邊號，直往山下逃去。過了半刻，隱隱聽到他的叫聲自山坡上傳來，仍是：「我輸了！別追我，別追我！」

黃藥師與洪七公眼見這位一代武學大師竟落得如此下場，不禁相顧嘆息。此時歐陽鋒的叫聲時斷時續，已在數里之外，但山谷間回音不絕，有如狼嗥鬼叫，四人身旁雖陽光明亮，心中卻都微微感到寒意。洪七公嘆道：「此人命不久矣。」

郭靖忽然自言自語：「我？我是誰？」黃蓉知他是直性子之人，只怕他苦思此事，竟致著魔，忙道：「你是郭靖。靖哥哥，快別想自己，多想想人家的事罷。」郭靖凜然驚悟，道：「正是。師父，黃島主，咱們下山去罷。」

洪七公罵道：「傻小子，你還叫他黃島主？我劈面給你幾個老大耳括子。」

黃蓉臉現紅暈，似笑非笑的說道：「靖哥哥，你剛才叫過了，再叫！」郭靖一凜，大聲叫道：「岳父爹爹！」

黃藥師哈哈大笑，一手挽了女兒，一手挽著郭靖，向洪七公道：「七兄，武學之道無窮無盡，今日見識到老毒物的武功，實令人又驚又愧。自重陽眞人逝世，從此更無武功天下第一之人了。」

洪七公道：「蓉兒的烹調功夫天下第一，這個我卻敢說。」

黃蓉抿嘴笑道：「不用讚啦，咱們快下山去，我給你燒幾樣好菜就是。」

洪七公、黃藥師、郭靖、黃蓉四人下得華山，黃蓉妙選珍肴，精心烹飪，讓洪七公吃了個酣暢淋漓。當晚四人在客店中宿了，黃藥師父女住一房，郭靖與洪七公住一房。

次晨郭靖醒來，對榻上洪七公已不知去向，桌面上抹著三個油膩的大字：「我去也」，也不知是用鷄腿還是豬蹄寫的。

郭靖心下悵惘，忙去告知黃藥師父女。黃藥師嘆道：「七兄一生行事，宛似神龍見首不見尾。」向靖蓉二人望了幾眼，道：「靖兒，你母亡故，世上最親之人就是你大師父柯鎭惡了，你隨我回桃花島去，請你大師父主婚，完了你與蓉兒的婚事如何？」郭靖悲喜交集，說不出話來，只連連點頭。黃蓉抿嘴微笑，想出口罵他「傻子」，但向父親瞧了一眼，便忍住了不說。

黃藥師沉默寡言，不喜和小兒女多談無謂之事，同行了一兩日便即分手。郭靖將小紅馬給黃蓉乘坐，另行買了一匹白馬自乘，兩騎連轡緩緩而行。

黃蓉說道：「爹爹眞好，放咱倆小夫妻自由自在的胡鬧，他眼不見爲淨。」兩人商量行程，黃蓉說要沿途遊山玩水，自西而東，要從京兆府路東經南京路而至洛陽、開封，然後南下淮南、江南而至浙西。黃蓉道：「難得無心無事，開開心心，跟靖哥哥遊遍天下，人生一大樂事也。靖哥哥，你說好不好？」郭靖自然說：「好！」這條路雖要在金國地界而行，但金國近年來對蒙古每戰必敗，一到潼關以東，已全無管束之力。兩人縱馬而行，並無金兵胥吏查問。

不一日過了江南東路的廣德，忽然空中鵰鳴聲急，兩頭白鵰自北急飛而至。郭靖大喜，長聲呼嘯，雙鵰撲了下來，停在他肩頭，見到黃蓉在旁，更增歡喜，輕啄兩人身臂，十分親熱。郭靖離蒙古時走得倉皇，未及攜帶雙鵰，此時相見，欣喜無已，伸手不住撫摸鵰背，忽見雄鵰足上縛著一個皮革捲成的小筒，忙解下打開，但見革上用刀尖刻著幾行蒙古文字道：

「我師南攻，將襲大宋，我父雖知君南返，但攻宋之意不改。知君精忠爲國，冒死以聞。我累君母慘亡，愧無面目再見，西赴絕域以依長兄，終身不履故土矣。諺語云駱駝雖壯，難負千夫，挺身負重，雖死無益。願君善自珍重，福壽無極。」

那革上並未寫上下款，但郭靖一見，即知是華箏公主的手筆，當下將革上文字譯給黃蓉聽了，問道：「蓉兒，你說該當如何？」

黃蓉問道：「她說駱駝難負千夫，那是甚麼意思？」郭靖道：「這是蒙古人的諺語，等如咱們說『獨木難支大廈』。」黃蓉道：「蒙古兵要攻宋，咱們早就知道了，不過她飛鵰傳訊，總是對你的一番好意。」

這一日兩人進了兩浙西路，將到長興，這一帶雖是太湖南岸的膏腴之地，但離江淮戰區不遠，百姓亦多逃難，抛荒了田地不耕。行入山間，山道上長草拂及馬腹，不見人跡，眼見前面黑壓壓的一片森林。正行之間，兩頭白鵰突在天空高聲怒鳴，疾衝而下，瞬息間隱沒在林後。靖蓉二人心知有異，忙催馬趕去。繞過林子，只見雙鵰盤旋飛舞，正與一人鬥得甚急，看那人時，原來是丐幫的彭長老。但見他舞動鋼刀，護住全身，刀法迅狠，雙鵰雖勇，卻也難以取勝。鬥了一陣，那雌鵰突然奮不顧身的撲落，抓起彭長老的頭巾，在他頭上猛啄了一口。彭長老鋼刀揮起，削下牠不少羽毛。

黃蓉見彭長老頭上半邊光禿禿的缺了大塊頭皮，不生頭髮，登時醒悟：「當日這鵰兒胸口中了一支短箭，原來是這壞叫化所射。後來雙鵰在青龍灘旁與人惡鬥，抓下一塊頭皮，那就是這惡丐的了。」大聲叫道：「姓彭的，你瞧我們是誰。」彭長老抬頭見到二人，只嚇得魂飛天外，轉身便逃。雄鵰疾撲而下，向他頭頂啄去。

彭長老舞刀護住頭頂，雌鵰從旁急衝而至，長嘴伸處，已啄瞎了他的左眼。彭長老大叫一聲，拋下鋼刀，衝入了身旁的荊棘叢中，那荊棘生得極密，彭長老性命要緊，那顧得全身刺痛，連滾帶爬的鑽進了荊棘深處。這一來雙鵰倒也沒法再去傷他，只是不肯干休，兀自在荊棘叢上盤旋不去。

郭靖招呼雙鵰，叫道：「他已壞了一眼，就饒了他罷。」忽聽身後長草叢中傳出幾聲嬰兒呼叫。郭靖叫聲：「啊！」躍下白馬，撥開長草，只見一個嬰兒坐在地下，身旁露出一雙女子的腿腳，忙再撥開青草，見一個青衣女子暈倒在地，卻是穆念慈。

黃蓉驚喜交集，大叫：「穆姊姊！」俯身扶起。郭靖抱起了嬰兒。那嬰兒目光炯炯的凝望著他，也不怕生。黃蓉在穆念慈身上推拿數下，又在她鼻下人中用力一捏。

穆念慈悠悠醒來，睜眼見到二人，疑在夢中，顫聲道：「你……你是郭大哥……黃家妹子……」郭靖道：「穆世妹，你怎麼會在這裏？你沒受傷嗎？」穆念慈掙扎著要起身，未及站直，又已摔倒，只見她雙手雙足都爲繩索縛住。黃蓉忙過來給她割斷繩索。穆念慈忙不迭的從郭靖手中接過嬰兒，定神半晌，才含羞帶愧的述說經過。

原來穆念慈在鐵掌峯上失身於楊康，竟然懷孕，只盼回到臨安故居，千辛萬苦的向東行到長興郊外，已支持不住，在樹林中一家無人破屋中住了下來，不久生了一子。她不願見人，索性便在林中捕獵採果爲生，幸喜那孩子聰明伶俐，解了她不少寂寞淒苦。

這一天她帶了孩子在林中撿拾柴枝，恰逢彭長老經過，見她姿色，上前意圖非禮。穆念慈武功雖也不弱，但彭長老是丐幫四大長老之一，在丐幫中可與魯有腳等相頡頏，何況他又會懾心術，能以目光迷人心智，穆念慈自不是他對手，不久即給他以目光迷倒綁縛，驚怒交集之下，暈了過去。若不是靖蓉二人適於此時到來，而雙鵰目光銳利，在空中發現了仇人，穆念慈一生苦命，勢必又受辱於惡徒了。

這晚靖蓉二人歇在穆念慈家中。黃蓉說起楊康已在嘉興鐵槍廟中逝世，眼見穆念慈淚如雨下，大有舊情難忘之意，便不敢詳述眞情，只說楊康是中了歐陽鋒之毒，心道：「我這也不是說謊，他難道不是中了老毒物的蛇毒而死嗎？」

郭靖見那孩兒面目英俊，想起與楊康結義之情，深爲嘆息。穆念慈垂淚道：「郭大哥，請你給這孩兒取個名字。」郭靖想了一會，道：「我與他父親義結金蘭，只可惜沒好下場，我未盡朋友之義，實爲生平恨事。但盼這孩子長大後有過必改，力行仁義。蓉兒，我文字上不通，請你給取個名字。」黃蓉眼望穆念慈，看她意願。

穆念慈道：「蓉妹妹，請你照著郭大哥說的意思，給孩兒取個名兒。」黃蓉道：「我給他取個名字叫作楊過，字改之，你說好不好？」穆念慈謝道：「好極了！但願如郭大哥和蓉妹妹所說。」

黃蓉邀穆念慈同去桃花島，郭靖自告奮勇，願收楊過爲徒，傳他武功。穆念慈見靖蓉二人神情親密，對己一片眞情好意，但想到自己淒苦，心酸更甚，只是推辭，說道：「郭大哥肯收這孩子爲弟子，眞是他的福氣。咱們先拜師父！」抱了楊過，向郭靖拜了幾拜，說道：「孩子太小，現下來桃花島不很方便。日後一定來投靠師父、師娘。」

次晨，郭靖黃蓉再邀穆念慈同去桃花島，穆念慈只說要去臨安故居自己家裏。郭靖曾得拖雷贈以千兩黃金，便贈了穆念慈不少銀兩。穆念慈謝了，輕聲道：「我母子二人，得先去嘉興鐵槍廟，瞧瞧他爹爹的墳墓。」三人互道珍重，黯然而別。

這日晚間投宿，兩人飯後在燈下閒談。

郭靖懷裏藏著華箏刻著字的那塊皮革，想到兒時與華箏、拖雷同在大漠遊戲，種種情狀宛在目前，對華箏雖無兒女之情，但想她以如花年華，在西域孤身依朮赤而居，自必鬱鬱寡歡，心頭甚有黯然之意。又想到蒙古大軍南侵，宋朝主昏臣庸，兵將腐朽，難以抵擋，千萬百姓勢必遭劫。蒙古南侵，如去向朝廷稟告，朝廷亦必無對策，只怕促使早日向蒙古投降，有損無益。黃蓉任他呆呆出神，自行在燈下縫補衣衫。

郭靖忽道：「蓉兒，華箏說累我母親慘亡，愧無面目見我，那是甚麼意思？」黃蓉道：「她爹爹逼死你母親，她自然心中過意不去。」郭靖「嗯」了一聲，低頭追思母親逝世前後的情景，突然躍起，伸手在桌上用力一拍，叫道：「我知道啦，原來如此！」

黃蓉給他嚇了一跳，針尖在手指上刺出了一滴鮮血，笑問：「怎麼啦？大驚小怪的，知道了甚麼？」郭靖道：「我與母親偷拆大汗的密令，決意南歸，當時帳中並無一人，大汗卻立即知曉，將我母子捕去，以致我母自刎就義。這消息如何洩漏，我一直思之不解，原來，原來是她。」黃蓉搖頭道：「華箏公主對你誠心相愛，她決不會去告密害你。」郭靖道：「她不是要害我，而是要留我。她在帳外偷看到我媽私拆錦囊，抽出大汗的密令，又見到我媽和我收拾行李，要悄悄別去，於是去告知了爹爹，只道大汗定會留住我在大漠不放，就遂了她心願。她不知私拆錦囊乃是大罪，那知卻生出這等大禍來。」說著連連嘆息。

黃蓉道：「既是她無心之過，你就該到西域去尋她啊！」郭靖道：「我與她只有兄妹之情，她現下依長兄而居，在西域尊貴無比，我去相尋幹麼？」黃蓉嫣然一笑，心下甚喜。

次晨兩人縱馬南行，當晚在湖州一家大客棧「招商安寓」中歇宿。黃昏時分，兩人在客店大堂中用飯，聽得鄰桌七八名大漢飲酒縱談，都是山東口音，談論山東益都府青州「忠義軍」抗金殺敵之事。郭靖聽得關心，叫了五斤酒、八大碗菜請客，移座過去請教詢問。

這些大漢是從青州南逃的客商，一向做兩浙的絲綢生意，最近青州危急，他們便逃到浙西來暫避兵亂，見郭靖請吃酒菜，甚是殷勤有禮，便告知山東青州的情狀。益都府青州是魯南要地，近年來金兵對蒙古連吃敗仗，聲勢衰弱，地方上的漢人揭竿起事，佔了不少地方，稱爲「忠義軍」，奉濰州人李全爲首。那李全甚是能幹，他夫人楊妙眞更爲了得，當時號稱「二十年梨花槍，天下無敵手」。再加上李全的哥哥李福，三人將金兵打得落花流水，山東義民紛紛來歸，聲勢浩大。近幾個月來連打勝仗，將淮南與山東的金兵趕得只好西退，自從岳飛、劉錡、虞允文以來，宋人從未如此大勝金兵過。

臨安朝廷得訊後大喜，其時丞相史彌遠當政，便任命李全爲京東路總管（其時京東東西路早已屬金國該管，但宋朝仍任命京東路的官員），部下軍隊正式稱爲「忠義軍」，以楚州

（淮安）爲總部。宋朝在江北有了一支軍隊，似乎有所振作。但朝廷雖對忠義軍發一些糧餉，其實對之十分猜忌。後來金兵渡淮，攻向長江邊，李全率軍打得金兵一敗再敗，一蹶不振。朝廷升李全爲保寧軍節度使兼京東路鎭撫副使，儼然是大將大官了。但朝廷在李全之上，又派了一名大將許國任淮東制置使，以作牽制。許國過去在襄樊、棗陽打仗，軍功卓著，但他爲人昏暴，對李全、楊妙眞夫婦不加禮遇。忠義軍與宋軍（正規部隊）如發生磨擦糾紛，許國必定處分忠義軍，十分不公。其時李全在山東青州前線作戰，後方忠義軍氣憤不平，便即作亂，殺了許國全家，許國自殺。其時蒙古兵擊敗金兵，打到了山東，起始進攻青州。

這一帶的百姓有的做過忠義軍，有的是忠義軍的親友，那幾個青州客商也把李全和楊妙眞夫婦吹得天花亂墜。黃蓉聽得這位女將竟如此了得，說道：「靖哥哥，我想瞧瞧這二十年天下無敵手的梨花槍，到底如何了得！」郭靖道：「好！這是咱們大宋收復的土地，雖在江北，一尺一寸也都是大宋的江山。咱們既然撞到了，總得助那李全夫婦一臂之力。」兩人商議了幾句，便向北往山東益都府而去。

見到李全、楊妙眞夫婦後，說起來意。李全做了大官，已有了官架子，對金兵連打勝仗，不免有些驕傲，同時內亂未靖，心下正自憂急，見靖蓉二人年紀輕輕，男的純樸，女的美貌，諒無奇才異能，謝了幾句，便吩咐下屬款待酒飯，說道敵兵來時，如我夫婦打不退敵軍，請兩位相助守城。

李全隨即發號施令，卻不是部署守城，而是調兵遣將，去擒殺叛亂的忠義軍下屬，以及將強佔了餉銀庫的宋兵趕出城去。靖蓉二人見他雖剽悍英武，但統兵統得亂糟糟地，屬下互鬥，內部甚為混亂，四分五裂，自己各部之間看來尚有一番生死搏鬥。

郭靖久經戰陣，行軍打仗的首先要務，便是哨探敵情，見李全只隨口訊問：「敵兵有多少，到底是蒙古兵還是金兵？不會是蒙古兵吧？敵軍前鋒已到了那裏？」下屬將士隨口而答，難知眞假。靖蓉也無心去用酒飯，低聲商量了幾句，黃蓉自告奮勇，騎了小紅馬去察看敵情。

傍晚時分，郭靖在北門外引領遙望，見小紅馬絕塵而至，忙迎了上去。黃蓉勒住馬頭，臉現驚恐之色，顫聲道：「蒙古大軍看來有十餘萬之衆，咱們怎抵擋得住？」郭靖吃了一驚，道：「有這麼多？」

黃蓉道：「上次成吉思汗叫你們兵分三路，想一舉滅宋。你不肯幹，旁人卻肯幹啊。」郭靖道：「要請諸葛亮想個妙策。」黃蓉搖頭道：「我已想了很久啦。靖哥哥，若說單打獨鬥，天下勝得過你的只二三人而已，就說敵人有十人百人，自也不在咱倆心上。可是現下敵軍是千人、萬人、十萬人，那有甚麼法子？」郭靖嘆道：「咱們大宋軍民比蒙古人多上數十倍，若能萬衆一心，又何懼蒙古兵精？恨只恨官家膽小昏庸、虐民誤國，忠義軍又有內亂，大敵當前，卻還在自相殘殺。」

黃蓉道：「蒙古兵不來便罷，倘若來了，咱們殺得一個是一個，當眞危急之際，咱們還有小紅馬可賴。天下事原也憂不得這許多。」郭靖正色道：「蓉兒，這話就不是了。咱們既學了武穆遺書中的兵法，又豈能不受岳武穆『盡忠報國』四字之教？他教的是『破金』，其實是『破敵』，用以『破蒙』，那也無妨。咱倆雖人微力薄，卻也要盡心竭力，爲國禦侮。縱然捐軀沙場，也不枉了父母師長教養一場。」黃蓉素明他心意，嘆道：「我原知難免有此一日。罷罷罷，你活我也活，你死我也死就是！」

兩人計議已定，心中反而舒暢，當下回入城中，對酌談論，想到敵軍壓境，面臨生離死別，比往日更增一層親密。直飲到二更時分，忽聽城外號哭之聲大作，遠遠傳來，極是慘厲。黃蓉叫道：「來啦！」兩人奔到城頭，只見城外難民大至，扶老攜幼，人流滾滾不盡。原來忠義軍雖收復了青州，但宋軍反而進攻忠義軍，忠義軍的將領又起叛亂，殺死了李全的哥哥李福，李全夫婦便派兵平亂，衆百姓怕亂，不敢進城，散居於山野之間，現下蒙古兵殺到，只得逃向城中躲避。

那知守城官令軍士緊閉城門，不放難民入城。過不多時，李全加派士卒，彎弓搭箭對住難民，喝令退去。城下難民大叫：「蒙古兵殺來啦！」守城官只不開城門。衆難民在城下號叫呼喊，哭聲震天。

靖蓉二人站在城頭，極目遠望，但見遠處一條火龍蜿蜒而來，顯是蒙古軍的先鋒到了。郭靖久在成吉思汗麾下，熟知蒙古軍攻城慣例，常迫使敵人俘虜先登，眼見數萬難民集於城下，蒙古先鋒一至，青州城內城外軍民，勢非自相殘殺不可。

此時情勢緊急，已無遲疑餘裕，郭靖站在城頭，振臂大呼：「青州城如給蒙古兵打破，沒人能活，是好漢子快跟我殺敵去！」那北門守城官是李全的親信，聽得郭靖呼叫，怒喝：「奸民擾亂人心，快拿下了！」郭靖從城頭躍下，右臂長出，抓住守城官前胸，舉起他身子，自己登上了他坐騎。

守城官兵中原多忠義之士，眼見難民在城下哀哭，許多俱是自己親友，盡懷不忿，見郭靖拿住守城官，不由得驚喜交集，並不上前救護長官。郭靖喝道：「快傳令開城！」那守城官性命要緊，只得依言傳令。北門大開，難民如潮水般湧入。

郭靖將守城官交與黃蓉看押，便欲提槍縱馬出城。黃蓉道：「等一等！」命守城官將甲冑脫下交與郭靖穿戴，在郭靖耳邊輕聲道：「假傳聖旨，領軍出城。」反手拂中了那守城官穴道，將他擲在城門之後。郭靖心想此計大妙，當即朗聲大叫：「奉聖旨：臨安皇上派我守城抗敵，救護百姓！眾軍快隨我出城禦敵！」他內功深湛，這幾句話以丹田之氣叫將出來，雖城內城外叫鬧喧嘩，但人人聽得清楚，剎時間竟爾寂靜半晌。慌亂之際，眾軍那分辨得出眞僞？兼之近來忠義軍自相殘殺，又與朝廷官兵對殺，軍令混亂，莫可適從，當此強敵壓境、驚惶失措之際，聽得有人領軍抗敵，四下裏齊聲歡呼。

郭靖領了六七千人馬出得城來，見軍容不整，隊伍散亂，如何能與蒙古精兵對敵？想起武穆遺書中有云：「事急用奇，兵危使詐。」便傳下將令，命三千餘軍士赴東邊山後埋伏，聽號砲一響，齊聲吶喊，招揚旌旗，卻不出來廝殺；又命三千餘軍士赴西山後埋伏，聽號砲二響，也叫喊揚旗，虛張聲勢；又下令安排了號砲。

兩隊軍士的統領見郭靖胸有成竹，指揮若定，各自接令領軍而去。

待得難民全數進城，天已大明。只聽得金鼓齊鳴，鐵騎奔踐，眼前塵頭大起，蒙古軍先鋒已迫近城垣。

黃蓉從軍士隊中取過一槍一馬，隨在郭靖身後。郭靖朗聲發令：「四門大開！城中軍民盡數躲入屋中，膽敢現身者，立即斬首！」其實他不下此令，城中軍民也早躲得影蹤全無，勇敢請纓的都已在東西兩邊山後埋伏。只聽得背後鑾鈴聲響，兩騎馬馳到，李全夫婦分持刀槍，站在靖蓉二人身側。黃蓉見那楊妙眞頂盔貫甲，英風颯颯，手中一桿梨花槍擦得雪亮，心中暗讚。

蒙古軍鐵騎數百如風般馳至，但見青州城門大開，一男一女兩個少年騎馬綽槍，站在護城河的吊橋之前，身後只男女二人護衛。統帶先鋒的千夫長看得奇怪，不敢擅進，飛馬報知後隊的萬夫長。

那萬夫長久歷戰陣，得報後甚是奇怪，心想世上那有此事，忙縱馬來到城前，遙遙望見郭靖，先自吃了一驚。他西征之時，數見郭靖迭出奇謀，攻城克敵，戰無不勝，飛天進軍攻破撒麻爾罕城之役，尤令他欽佩得五體投地，蒙古軍中至今津津樂道，此時見郭靖擋在城前，城中卻空蕩蕩的沒半個人影，料得他必有妙策，那敢進攻？在馬上抱拳行禮，叫道：「金刀駙馬在上，小人有禮了。」

郭靖還了一禮，卻不說話，那萬夫長勒兵退後，飛報統帥。過了一個多時辰，大纛招展下一隊鐵甲軍鏗鏘而至，擁衛著一位少年將軍來到城前，正是四皇子拖雷。

拖雷飛馬突出衛隊之前，大叫：「郭靖安答，你好麼？」郭靖縱馬上前，叫道：「拖雷安答，原來是你！」他二人往常相見，必互相歡喜擁抱，此刻兩馬馳到相距五丈開外，卻不約而同的一齊勒馬。郭靖道：「安答，你領兵來攻我大宋，是也不是？」拖雷道：「我奉父王大汗之命，身不由主，請你見諒。」

郭靖放眼遠望，見旌旗如雲，刀光勝雪，不知有多少人馬，心想：「這鐵騎衝殺過來，我郭靖今日要畢命於此了。」朗聲說道：「好，那你來取我的性命罷！」

拖雷心裏微驚，暗想：「此人用兵如神，我實非他敵手，何況我與他恩若骨肉，豈能傷了結義之情？」一時躊躇難決。李全夫婦見他二人敘話，心中驚疑不定。

黃蓉回過頭來，右手一揮，城內軍士點起號砲，轟的一聲猛響，東邊山後衆兵將齊聲吶喊，旌旗招動。拖雷臉上變色，但聽號砲連響，西山後又有敵軍叫喊，心道：「不好，我軍中伏。」他隨著成吉思汗東征西討，豈但身經百戰而已，甚麼大陣大仗沒見過，這數千軍士的小小埋伏那在他眼內？但郭靖在西征時大顯奇能，拖雷素所畏服，此時見情勢有異，心下先自怯了，當即傳下將令，後隊作前隊，退兵三十里安營。

郭靖見蒙古兵退去，與黃蓉相顧而笑。黃蓉道：「靖哥哥，恭賀你空城計見功。」郭靖笑容登斂，憂形於色，搖頭道：「拖雷爲人堅忍勇決，今日雖然退兵，明日必定再來，那便如何抵敵？」黃蓉沉吟半晌，道：「計策倒有一個，就怕你顧念結義之情，不肯下手。」郭靖一凜，說道：「你要我去刺殺他？」黃蓉道：「他是大汗最寵愛的幼子，尊貴無比，非同別個統軍大將。四皇子一死，敵軍必退。」郭靖低頭無語，回進城去。

城中軍民雖見敵軍退兵，到處仍亂糟糟地。忠義軍統帥李全夫婦眼見郭靖片言之間就令蒙古大軍退去，料想他必有過人之能，又見到蒙古大軍的聲勢，便隨著靖蓉二人來到客店，要邀兩人去官衙中飲酒慶賀。郭靖與他商量守城之策。李全聽他說蒙古大軍明天還要再來，說道：「閣下既同蒙古兵統帥是好朋友，咱們不妨商量投降，好救救滿城官兵百姓。」郭靖喝了聲：「呸！」說道：「要投降，你自己幹罷，你投降了，也救不得滿城百姓！」李全夫婦討了個沒趣，含愧而去。

郭靖久在蒙古軍中，知道蒙古兵對投降的敵人決不寬待，心中鬱悶不已，酒飯難以入口，天色漸漸黑了下來，耳聽得城中到處大哭小叫之聲，心想明日此時，青州城中只怕更無一個活著的大宋臣民，蒙古軍屠城血洗之慘，他親眼看見過不少，當日撒麻爾罕城殺戮情狀不絕湧向腦中，伸掌在桌上猛力一拍，叫道：「蓉兒，古人大義滅親，我今日豈能再顧朋友之義！」黃蓉嘆道：「這件事本來難得很。」

郭靖心意已決，換過夜行衣裝，與黃蓉共騎小紅馬向北馳去，待至蒙古大軍附近，將紅馬放在山中，步行去尋覓拖雷的營帳。兩人捉到兩名守夜巡邏的軍士，點了穴道，剝下衣甲來換了。郭靖的蒙古話是自幼說慣了的，軍中規程又無一不知，毫不費力的混到了大帳邊上。此時天色全黑，兩人伏在大帳背後，從營帳縫中向裏偷瞧。

只見拖雷在帳中走來走去，神色不寧，口中只是叫著：「郭靖，安答！安答，郭靖！」郭靖不察，只道他已發現自己蹤跡，險些脫口答應。黃蓉早有提防，一見他張口，立即伸手按住他嘴巴。郭靖暗罵自己蠢才，又好笑，又難過。黃蓉在他耳邊道：「動手罷，大丈夫當機立斷，遲疑無益。」

就在此時，遠處馬蹄聲急，一騎快馬奔到帳前。郭靖知有緊急軍情來報，俯在黃蓉耳邊道：「且聽過軍情，再殺他不遲。」見一名黃衣使者翻身下馬，直入帳中，向拖雷磕頭，稟道：「四王子，大汗有令。」

拖雷道：「大汗說甚麼？」那使者呈上文書，跟著跪在氈上，唱了起來。蒙古人開化未久，雖已有文字，但成吉思汗既不識字，更不會寫，有甚旨意，發出文書之外，更常命使者口傳。軍令事關重大，生怕遺漏誤傳，常將旨意編成歌曲，令使者唱得爛熟，覆誦無誤，這才出發。

那使者只唱了三句，拖雷與郭靖一齊心驚，拖雷更流下淚來。原來成吉思汗於滅了西夏後得病，近來病勢日重，自知不起，召拖雷急速班師回去相見。旨意最後說：日來甚是思念郭靖，拖雷在南倘若知他下落，務須邀他北上與大汗訣別；他所犯重罪，盡皆赦免。

郭靖聽到此處，伸匕首劃開篷帳，鑽身進去，叫道：「拖雷安答，我和你同去。」拖雷吃了一驚，見是郭靖，不勝之喜，兩人這才相抱。

那使者認得郭靖，上前磕頭，道：「金刀駙馬，大汗對你日日思念，請你務必赴金帳相見。」

郭靖聽得「金刀駙馬」四字，心頭一凜，生怕黃蓉多心，忙從帳篷裂縫中躍了出去，拉住黃蓉的手，道：「蓉兒，我和你同去同歸。」黃蓉沉吟不答。郭靖道：「你信不信我？」黃蓉嫣然一笑，道：「你若再想做甚麼駙馬駙牛，我也大義滅親，一刀把你宰了，把你的牛腿馬腳割下來，凍在雪峯之上。我爬上雪峯，跳了下來。」

當晚拖雷下令退軍，次晨大軍啓行。郭靖與黃蓉找回紅馬雙鵰，隨軍北上。郭靖道：「這李全甚無骨氣，蒙古兵倘若再來，他必投降。」後來果不出所料，李全爲蒙古大軍包圍，無法得脫，便即投降。

拖雷只怕不及見到父親，令副帥統兵班師，自與靖蓉二人快馬奔馳，未及一月，已來到西夏成吉思汗的金帳。拖雷遙遙望見金帳前的九旄大纛聳立無恙，知道父親安好，歡呼大叫，催馬馳至帳前。

郭靖勒住馬頭，想起成吉思汗撫養之恩、知遇之隆、殺母之仇、屠戮之慘，一時愛恨交迸，低頭不語。忽聽得號角吹起，兩排箭筒衛士在金帳前列成兩行。成吉思汗身披黑貂，扶著拖雷的右肩，從帳中大踏步而出。他腳步雖豪邁如昔，但落地微顫，身子隨著抖動。郭靖搶上前去，拜伏在地。

成吉思汗熱淚盈眶，顫聲道：「起來，起來！郭靖孩兒，你們回來了，好極！我天天想著你們兩個。」郭靖站起身來，見大汗滿頭白髮，滿臉皺紋，兩頰深陷，看來在世之日已然無多，不禁仇恨之心稍減。成吉思汗另一手扶住郭靖左肩，瞧瞧拖雷，又瞧瞧郭靖，嘆了一口長氣，遙望大漠遠處，呆呆出神。郭靖與拖雷不知他心中所思何事，都不敢作聲。

過了良久，成吉思汗嘆道：「當初我與札木合安答結義起事，那知到頭來我卻非殺他不可。我做了天下大汗，他卻死在我手裏。再過幾天那又怎樣呢？我還不是與他一般的同歸黃土？誰成誰敗，到頭來又有甚麼差別？」拍拍二人肩頭，說道：「你們兩人須得始終和好，千萬別自相殘殺。郭靖孩兒不肯跟華箏結親，那也罷了！你終究是漢人，變不成蒙古人。那是誰都沒法子的，勉強不來，這一節我近來也想通了。咱們雖是蒙古人漢人，但一直到死，始終要和好，像一家人一樣。札木合安答是一死完事，我每當想起結義之情，卻常常終夜難以合眼。」

拖雷與郭靖想起在青州城下險些拚個你死我活，都暗叫慚愧。

成吉思汗站了這一陣，但覺全身乏力，正要回帳，忽見一小隊人馬飛馳而至。當先一人白袍金帶，穿的是金國服色。成吉思汗見到敵人，精神一振。

那人在遠處下馬，急步過來，遙遙拜伏在地，不敢走近。親衛報道：「金國使者求見大汗。」成吉思汗怒道：「金國不肯歸降，派人來見我作甚？」

那使者伏在地下說道：「下邦自知冒犯大汗天威，罪該萬死，特獻上祖傳明珠千顆，以求大汗息怒赦罪。這千顆明珠是下邦鎮國之寶，懇請大汗賜納。」使者稟罷，從背上解下包袱，取出一隻玉盤，再從錦囊中倒出無數明珠，跪在地下，雙手托起玉盤。

成吉思汗斜眼微睨，只見玉盤中成千顆明珠，都有小指頭般大小，繞著一顆大母珠滴溜溜的滾動。這些珠子單就一顆已是希世之珍，何況千顆？更何況除了一顆母珠特大之外，其餘的珠子都是差不多大小。但見珍珠光采柔和晶瑩，相輝交映，玉盤上竟似籠罩著一層淡淡虹暈。若在平日，成吉思汗自是歡喜，但這時他眉頭皺了幾下，向親衛道：「收下了。」親衛接過玉盤。那使者見大汗收納禮物，歡喜無限，說道：「大汗許和，下邦自國君而下，同感恩德。」成吉思汗怒道：「誰說許和？回頭就發兵討伐金狗。左右，拿下了！」親衛一擁而上，將那使者擒住。

成吉思汗嘆道：「縱有明珠千顆，亦難讓我多活一日！」從親衛手裏接過玉盤，猛力一擲，連盤帶珠遠遠摔了出去，玉盤撞在石上，登時碎裂。衆人盡皆愕然，那金國使者更嚇得魂不附體。

那些珍珠後來蒙古將士拾起了不少，但仍有無數遺在長草之間，直到數百年後，草原上的牧人尚偶有拾到。

成吉思汗意興索然，回入金帳。黃昏時分，他命郭靖單獨陪同，在草原上閒逛。兩人縱馬而行，馳出十餘里，猛聽得頭頂鵰唳數聲，抬起頭來，只見那對白鵰在半空中盤旋翱翔。成吉思汗取下鐵胎畫弓，扣上長箭，對著雌鵰射去。郭靖驚叫：「大汗，別射！」成吉思汗雖然衰邁，出手仍是極快，待聽到郭靖叫聲，長箭早已射出。

郭靖暗暗叫苦，他素知成吉思汗膂力過人，箭無虛發，這一箭愛鵰必致斃命，豈知那雌鵰側過身子，左翼橫掃，竟將長箭拍落，原來成吉思汗氣力衰了，這一箭已不如何勁急。雄鵰大怒，縱聲長唳，向成吉思汗頭頂撲擊下來。郭靖喝道：「畜生，作死麼？」揚鞭向雄鵰打去。雄鵰見主人出手，振翼凌空，急鳴數聲，與雌鵰雙雙飛遠。

成吉思汗神色黯然，將弓箭拋在地下，說道：「數十年來，今日第一次射鵰不中，想來確是死期到了。」郭靖待要勸慰，卻不知說甚麼好。成吉思汗突然雙腿一夾，縱馬向北急馳。郭靖怕他有失，催馬趕上，小紅馬行走如風，一瞬眼間已追到馬旁。

成吉思汗勒馬四顧，忽道：「靖兒，我所建大國，歷代莫可與比。自國土中心達於諸方極邊之地，東南西北乘馬奔馳，皆有一年行程。你說古今英雄，有誰及得上我？」郭靖沉吟片刻，說道：「大汗武功之盛，古來無人能及。只大汗一人威風赫赫，天下卻不知積了多少白骨，流了多少孤兒寡婦之淚。」成吉思汗雙眉豎起，舉起馬鞭就要往郭靖頭頂劈將下去，但見他凜然不懼的望著自己，馬鞭揚在半空卻不落下，喝道：「你說甚麼？」

郭靖心想：「自今而後，與大汗未必有再見之日，縱然惹他惱怒，心中言語終須說個明白。」昂然說道：「大汗，你養我教我，逼死我母，這些舊事，那也不必說了。你一直當我是親人，愛我、提拔我，我也當你是親人般敬你、愛你。我只想問你一句：人死之後，葬在地下，佔得多少土地？」成吉思汗一怔，馬鞭打個圈兒，道：「那也不過這般大小。」郭靖道：「是啊，那你殺這麼多人，流這麼多血，佔了這麼多國土，到頭來又有何用？」成吉思汗默然不語。

郭靖又道：「自來英雄而為當世欽仰、後人追慕，必是為民造福、愛護百姓之人。以我之見，殺得人多卻未必算是英雄。」成吉思汗道：「難道我一生就沒做過甚麼好事？」郭靖道：「好事自然是有，而且也很大，你叫蒙古人不可自相殘殺，大夥兒的日子都過得好了。你滅卻數十國，歸併千百部族，統率萬國，大家奉你號令，萬國萬姓都有太平日子好過，大家不再你打我，我打你，日子過得太平，人人心裏是很感激你的。只是你南征西伐，積屍如山，那功罪是非，可就難說得很了。」他生性戇直，心中想到甚麼就說甚麼。

成吉思汗一生自負，此際給他這麼一頓說，竟難以辯駁，回首前塵，勒馬回顧，不禁茫然若失，過了半晌，哇的一聲，一大口鮮血噴在地下。

郭靖嚇了一跳，才知自己把話說重了，忙伸手扶住，說道：「大汗，你回去歇歇。我言語多有冒犯，請你恕罪。」

成吉思汗淡淡一笑，一張臉全成蠟黃，嘆道：「我左右之人，沒一個如你這般大膽，敢跟我說幾句真心話。」隨即眉毛一揚，臉現傲色，朗聲道：「我一生縱橫天下，滅國無數，依你說竟算不得英雄？嘿，眞是孩子話！」在馬臀上猛抽一鞭，急馳而回。

當晚成吉思汗崩於金帳之中，臨死之際，口裏喃喃念著：「英雄，英雄……」想是心中一直琢磨著郭靖的那番言語。

郭靖與黃蓉向大汗遺體行過禮後，辭別拖雷，即日南歸。兩人一路上但見骷髏白骨散處長草之間，不禁感慨不已，心想兩人鴛盟雖諧，可稱無憾，但世人苦難方深，不知何日方得太平。正是：

兵火有餘燼，貧村纔數家。
無人爭曉渡，殘月下寒沙！

（全書完。郭靖、黃蓉等事蹟在《神鵰俠侶》中續有敘述。）

附錄一：

成吉思汗家族

祖先

在中國北方很寒冷的地方，山野、草原、沙漠、樹林裏的人以打獵、捕漁和遊牧為生。他們分為許多不同的部族，後來都稱為蒙古人。

有兄弟兩個，哥哥的眼力很好，所以傳說中他有三隻眼睛，額頭中間還有一隻。有一天，兩兄弟站在高山上瞭望，看見一羣人沿著河過來。哥哥對弟弟說：「那邊車上坐著一個美麗的姑娘，可以做你的妻子。」弟弟走過去一看，見那姑娘果然美貌動人。兩兄弟把那姑娘雅蘭花搶了來，做了弟弟的妻子。

雅蘭花生了兩個兒子。後來她丈夫死了。她又生了三個兒子。兩個大兒子暗地裏議論：「爸爸死了，媽媽卻又生了三個兒子。我們家裏只有一個男僕，這三個孩子是他的兒子罷？」雅蘭花知道了兩個大兒子的議論。在春天裏的一天，她煮了臘羊肉給五個兒子吃，然後叫他們並排坐在一邊，每個人給一支箭，叫他們折斷，他們很容易的就折斷了；又把五支箭合起來叫他們折斷，五兄弟輪流著使勁拗箭，都折不斷。

雅蘭花說道：「大孩兒，二孩兒，你們懷疑三個弟弟是怎麼生的，是誰的孩子。我也不怪你們。你們不知道，每天晚上，有一道光從天窗中照射到我帳幕裏，變成了一個淡黃色的男子，來撫摸我的肚皮，後來那人又變成了一道光，從天窗中出去。這三個孩子是天神的兒子。你們五人都是從我肚皮裏生出來的，如果一個個分散開，就會像一支箭那樣給任何人折斷。要是大家相親相愛，同心協力，就像合起來的五支箭那樣堅牢，誰也折不斷你們了。」

然而母親雅蘭花死後，五兄弟並不和睦。四個哥哥說小弟勃端察兒不喜歡說話，是傻子，不分牲畜給他。小弟弟只得騎了一匹禿尾巴生瘡的瘦馬，沿著斡難河出去打獵過活，揀拾野狼吃過後賸下來的殘肉。

但勃端察兒可不是傻子，是狼一樣的厲害人物。他搶劫別人的牲口，搶了一個孕婦做妻子，又娶了別的女人做妻子，俘虜別族的人做奴隸。他是成吉思汗的祖先。

父親母親

孛端察兒和四個哥哥都子孫衆多，一代代的繁衍下來，分成蒙古人的許多部族。

孛端察兒的子孫所組成的許多部族之中，有一部的酋長叫做也速該。有一天，他在野外放鷹捕雀，看見一個男子帶了美麗的新婚妻子經過。也速該就回到家裏，叫了哥哥和弟弟，來追趕這對夫妻。

那男子名叫赤列都，是篾兒乞惕部人，見到三個人惡狠狠的追來，很是害怕，騎了馬急奔，三兄弟在後追趕，赤列都繞著山岡逃了一圈，又回到妻子坐著的車前。他妻子訶額倫（「雲」的意思）說：「那三個人追來，想殺死你。只要保住性命，不難再娶得妻子。每個車座上都有女子，每輛車中都可以找到夫人。你如果想念我，另外娶一個妻子，叫她用我的名字，也叫訶額倫好了。現在你快逃，聞著我的香氣逃走罷。」把身上衫子脫下來給他。赤列都剛接過衫子，見那三人繞過山坳追來，忙拍馬逃走了。

三兄弟追了一會，追他不上，回來把訶額倫帶走。她大聲哭叫，也沒法子。也速該把她帶回家去，和她成親。

也速該和訶額倫生了四個兒子，一個女兒。大兒子生下來的時候，左手掌裏握著一塊凝結的血塊。那時也速該正在和敵人打仗，捉來的俘虜中有一個人名叫鐵木眞，就把兒子取名為鐵木眞，紀念這個勝仗。

鐵木眞就是後來的成吉思汗。

鐵木眞九歲（有的書上說是十三歲）的時候，父親也速該帶他到外婆家去求婚，半路上遇見了一個親戚德薛禪。

德薛禪見鐵木眞眼睛明亮，臉有光采，很是歡喜，說他有個女兒，請他父子去看看。也速該見到小姑娘眉淸目秀，就向德薛禪求婚。德薛禪答應了。那小姑娘名叫蒲兒帖，比鐵木眞大一歲，十歲了。

也速該將帶來的馬匹當作財禮，把兒子留在德薛禪家裏，就回去了。路上遇到一羣塔塔兒人在宴會。塔塔兒人請他喝酒，但想起也速該以前搶掠過他們，便在食物裏放上了毒藥。

也速該在回家途中，覺得很不舒服，勉強支撐著走了三天，回到家中，毒發而死；臨死時把妻子兒女託給親信蒙力克照顧。

蒙力克依著也速該的囑咐，去把鐵木眞領回家來。鐵木眞見父親死了，撲在地下大哭。

也速該是部族的領袖，他死之後，兒子幼小，部族中人拋棄了訶額倫夫人母子，去歸附另一個部族泰亦赤兀惕人。訶額倫夫人趕上去苦苦哀求，也是沒用。有一個忠心的族人勸大家不要走，反給他們用刀砍死了。

訶額倫夫人一家生活很苦，她採拾野果野菜，撫養孩子長大。

也速該另外一個妻子生了兩個兒子，一個叫別克惕，一個叫別勒古台，也跟訶額倫夫人和鐵木眞住在一起。

異母兄弟

有一天，鐵木眞和比他小兩歲的親弟弟合撒兒，還有別克惕、別勒古台四人一起去釣魚。鐵木眞和合撒兒釣到了一條銀魚，另外兩兄弟恃強搶了去。鐵木眞兄弟氣憤得很，回去告訴母親。訶額倫夫人勸他們要和好，說大家同是一個父親的兒子，不應該爭鬧，要齊心合力，向泰亦赤兀惕人報仇。

鐵木眞和合撒兒不聽母親的話，說道：「昨天射到一隻雀兒，給他們搶了去，今天又來搶魚。咱們可不能老是受他們欺侮。」兩兄弟氣憤憤的奔了出去。

別克惕坐在山岡上牧馬，忽然看見鐵木眞從後面掩來，合撒兒從前面過來，手裏都拿著弓箭，知道事情不妙，說道：「咱們正受泰亦赤兀惕人的欺辱，仇還沒有報，你們爲甚麼把我當作眼中釘？我們大家孤另另的，除了影子之外，沒有旁的朋友；除了馬尾之外，沒有旁的鞭子。爲甚麼要自相殘殺？請你們不要殺弟弟別勒古台。」說罷，盤膝而坐，也不抵抗。鐵木眞、合撒兒二人一前一後的把他射殺了。

兩兄弟回家。一進門，訶額倫夫人看了二人的神氣就明白了，大大生氣，狠狠的責罵了他們一頓。

妻子

鐵木眞長大了，泰亦赤兀惕人把他捉了去，想殺死他，但給他逃了出來。

後來鐵木眞去娶了幼年時父親給他定下的妻子蒲兒帖。蒲兒帖帶來一件名貴的黑貂皮襖做嫁妝。鐵木眞將這件貂皮襖拿去送給父親的老朋友王罕。

王罕念著也速該的舊情，對鐵木眞很是照顧，認他爲義子。

有一天半夜裏，篾兒乞惕人忽然前來襲擊，幸虧訶額倫夫人的女僕耳朵好，遠遠就聽見了，忙叫醒衆人逃跑。鐵木眞躲在不兒罕山裏，敵人尋他不到。可是鐵木眞的妻子蒲兒帖沒馬騎，躲在一輛牛車裏，給篾兒乞惕人發現了。

篾兒乞惕人就是訶額倫夫人的前夫赤列都的族人，他們爲了報復訶額倫夫人被奪的仇恨，所以半夜裏來襲擊。他們捉到了年輕美貌的蒲兒帖，怨仇已報，又找不到鐵木眞，就收兵回去，把蒲兒帖給了赤列都的兄弟做妻子。

鐵木眞去向義父王罕求救。王罕點起了兵，又約了另一個義子札木合，和鐵木眞三路會師去攻打篾兒乞惕人。打了很久時候的仗，才把篾兒乞惕部打垮。鐵木眞把妻子奪了回來，很是高興。

蒲兒帖在歸途中生了個兒子，沒有嬰兒襁褓，就把他裹在麵粉裏。這個兒子是篾兒乞惕掠奪者和她生的。鐵木眞也不介意，把孩子當作自己的親兒子，給他取名爲朮赤，那是「客人」的意思。那時蒙古人還處在部落氏族社會，財產公有，妻子兒子的誰屬，並不分得很清楚。

全世界較原始的氏族都是這樣的。

鐵木眞聰明勇敢，很有見識，勢力越來越大，打敗了無數敵人，做了蒙古許多部族的共同領袖。大家尊他爲成吉思汗。「成吉思」是「大海」的意思，頌揚他和海洋一樣偉大。

他的妻子蒲兒帖和他生了三個兒子和幾個女兒。

成吉思汗報了仇，把泰亦赤兀惕部滅了，把害死他父親的塔塔兒部也打垮了。

成吉思汗和部屬商議，怎樣處置塔塔兒部的俘虜。大家說，塔塔兒部的男子，只要高過車軸的，一概殺死，婦女兒童就分給大家做奴隸。

成吉思汗的異母弟別勒古台開完了會，從帳房裏出來。塔塔兒部中有人問他：「你們商量些甚麼？」別勒古台說：「決定將你們高過車軸的男人都殺死。」塔塔兒的俘虜知道後就奮力抵抗，使成吉思汗部下遭到很大損失。成吉思汗很是生氣，下命令說，以後開親族會議，不許別勒古台參加。❶

成吉思汗娶了塔塔兒部美麗的姑娘依速甘❷做妃子。依速甘說：「我的姊姊也遂比我還要美麗。」成吉思汗道：「如果我找到你的姊姊，你肯讓位給她麼？」依速甘說：「肯的。」成吉思汗便派人去找尋。

也遂和她丈夫正在樹林中避難，終於被成吉思汗部下的兵士捉住，她丈夫卻逃跑了。也遂的確美麗非凡，成吉思汗很愛她。

有一天，成吉思汗坐在也遂、依速甘兩姊妹中間飲酒，聽得也遂長嘆一聲，神色鬱鬱不樂。他就起了疑心，把博爾朮和木華黎兩員大將叫來，吩咐說：「把所有的人一部一部的分開。自己部裏不准有別部的人。」

這樣分開之後，剩下一個年輕男子無部可歸，查問出來，原來是塔塔兒人，就是也遂的丈夫。成吉思汗怒道：「這個人心懷惡意，混在我們這裏，想幹甚麼？塔塔兒部中凡是比車軸高的男人都要處死，還有甚麼說的？快快斬了。」就把他殺了。

成吉思汗對也遂還是一樣的寵愛。

叔父

成吉思汗東征西伐，捉了不少俘虜。

他分給母親和幼弟斡赤斤❸一萬戶百姓，作爲奴隸。他母親訶額倫夫人心裏嫌少，但沒有作聲。給長子朮赤九千戶，次子察合台八千戶，三子窩闊台五千戶，幼子拖雷也是五千戶。給二弟合撒兒四千戶，三弟合赤溫❹二千戶，異母弟別勒古台一千五百戶。

他叔父曾經投降過敵人，成吉思汗不分俘虜給他，還想殺了他。大將博爾朮、木華黎等苦苦相勸，說他叔父和他父親從小在一個帳房中居住，在同一隻鍋子裏吃飯。成吉思汗想起了父親，才饒了叔父不殺。

胞弟　後父的兒子

成吉思汗的父親也速該臨死之時，將妻子兒女託給蒙力克照料。蒙力克有七個兒子。他又娶了訶額倫夫人爲妻，成爲成吉思汗的後父。

蒙力克的七個兒子中，有一個名叫闊闊出，是個巫師，在蒙古人中是最有學問的人。「成吉思汗」這個尊號就是他提議的。他裝神作怪，自稱常常騎馬到天上，所以蒙古各部的族長都很尊敬他。闊闊出越來越狂妄，有一次聯合了六個兄弟，把成吉思汗的弟弟合撒兒捉住了，吊起來狠狠的打了一頓。

合撒兒是草原上出名的勇士，據說力氣比三條牯牛還大，射箭能射到五百丈遠。他身材高大，人家說他一餐可以吃完一隻小牛。那當然都是誇張，然而他總是個了不起的好漢。

成吉思汗那時候心情正在不好，聽到了合撒兒被吊打的消息，就罵他道：「人家說，世上凡是活的東西，都打你不過。爲甚麼你給人家打敗了？」合撒兒很難過，流著眼淚走了，三天沒見哥哥的面。

闊闊出向成吉思汗挑撥離間，說道：「上天有指示：這一次讓鐵木眞執掌大權，下一次讓合撒兒執掌大權。所以你如果不提防合撒兒，後患可大得很。」

成吉思汗信了，當即出發去逮捕合撒兒。

訶額倫夫人得到了訊息，急忙乘了白駱駝轎車，連夜奔馳，黎明時候趕到，只見成吉思汗已把合撒兒的衣袖縛住了，除下他的帽子，正在那裏嚴厲審問，想要殺死他。他見母親趕來，就避在一邊。訶額倫夫人怒氣沖沖的下車，親手解開合撒兒的袖子，盤膝坐下，解開衣衫，露出了兩隻乳房，說道：

「鐵木眞孩兒，看見了嗎？你是吃這奶長大的。你三弟、四弟一個奶還沒吃完，你二弟合撒兒已把我兩個奶都吃完了。他吃完了我兩個奶的乳水，使我胸頭舒暢，心裏快活。合撒兒力大無比，箭法了得，打倒了無數敵人。現今敵人打完了，你就不要合撒兒了嗎？」

成吉思汗爲了要使母親息怒，就說：「母親責備得是，我很慚愧，以後我不敢這樣了。」

他雖沒殺死合撒兒，但總擔心合撒兒會搶他的權位，暗中奪取了合撒兒所領的大部份百姓，原來有四千戶百姓，只給他剩下一千四百戶。訶額倫夫人知道了，很是愁悶，老得很快，不久就死了。合撒兒手下的人有許多很害怕，都悄悄逃走了。

巫師闊闊出的勢力漸漸擴大，許多部族都去投奔他，擁他爲領袖。成吉思汗幼弟斡赤斤的奴隸有些逃到闊闊出那裏，斡赤斤派人去討還。闊闊出把他的使者打了一頓，不許使者騎馬，叫他背負了鞍子，徒步回來。

斡赤斤親自去講理。闊闊出七兄弟圍住了要打他。斡赤斤害怕得很，只得認錯。七兄弟強迫他跪在闊闊出的面前悔過。

第二天早晨，成吉思汗還沒起床，斡赤斤就到帳裏跪下哭訴。和成吉思汗睡在一起的蒲兒帖夫人坐起來，拉被子遮住自己赤裸的胸膛，見斡赤斤痛哭，不禁也掉下淚來，對丈夫道：「他們吊打了合撒兒，又逼迫斡赤斤下跪，欺侮你的好兄弟。將來你逝世之後，你留下來的廣大國土，當然就給他們搶去了。」成吉思汗對斡赤斤道：「闊闊出就要過來，你會知道怎麼報仇的。」斡赤斤拭乾了眼淚，走到帳外，布置了三個大力士。

過不多時，成吉思汗的後父蒙力克老翁領著七個兒子，一同走進帳裏。斡赤斤抓住闊闊出的衣領，說道：「昨天你強迫我下跪悔過，現今我們角力去。」闊闊出返身也把斡赤斤的衣領扭住。成吉思汗道：「到外面去，你們摔一場跤。」斡赤斤把闊闊出拉出去，預先伏下的三名大力士迎上來，捉住闊闊出，折斷了他的腰。斡赤斤回進帳去，說道：「闊闊出跟我摔跤，打敗了，要胡賴，躺在地下不肯起來。」

蒙力克老翁明白了原因，對成吉思汗道：「當你廣大的國土還只像小小土塊的時候，我就跟你做同伴。當洶湧的大江還只像小溪的時候，我就跟你相識了。你怎麼不念舊情？」

他六個兒子攔住了帳門，圍繞著火盆，挽起了袖子要打。成吉思汗急了，喝道：「讓開！」衝出帳去，衆衛士便上來保護。

成吉思汗見到闊闊出的屍身，命人取來一頂舊帳幕，搭在屍身上。

第二天早晨，帳幕本來關著的天窗打開了，帳幕的門仍然關著，闊闊出的屍身卻不見了，再也找不到。

成吉思汗對大家說：「巫師闊闊出打我的弟弟，又說壞話離間我們兄弟，違犯了天

意，所以上天把他的性命和屍身都取去了。」❺

成吉思汗又責備蒙力克不對，看在母親的份上，沒有處罰他和他別的兒子。

長子和次子爭吵

成吉思汗率領大軍去討伐花剌子模。那是在蒙古人西方的回教大國，土地廣大，人民衆多，兵力很強。❻花剌子模的蘇丹摩訶末傲慢而胡塗。

成吉思汗出兵的前夕，王妃也遂對他說：「大汗越高山、渡大河，長途遠征。如果你高山似的金身忽然倒塌了，你的蒙古國家由誰來治理？你像樑柱似的金身忽然倒塌了，你的神威大纛由誰來高舉？你四個兒子之中，由誰來執政？請大汗留下旨意。」

這件事大家心中都早已想到了的，但誰也不敢提。也遂是成吉思汗寵愛的王妃，所以她說了出來。

成吉思汗召集衆人，說道：「也遂雖是女子，她這話倒很對。我的弟弟、兒子、博爾朮、木華黎，你們都不說。我倒不知自己已經老了，好像是不會死的，竟把這件事給忘了。朮赤，你是我長子，你怎麼說？」

朮赤還沒開口，次子察合台大聲道：「父王叫朮赤說話，要派他做甚麼？我們能讓著蔑兒乞惕的雜種管轄麼？」

朮赤聽察合台這樣說，跳起來抓住他的衣襟，怒道：「我父王從來不把我當作外人，你爲甚麼老是跟我過不去？你甚麼事勝過我了？你不過暴躁驕傲而已。我和你比箭，要是我輸了，就割下大拇指。我和你比武，要是我輸了，就倒在地上永遠不起來。請父王下令。」兩兄弟互相拉著衣襟。博爾朮搶上去拉住了朮赤的手，木華黎拉住察合台的手。成吉思汗鐵青了臉不作聲。

大臣闊可搠思說道：「察合台，你爲甚麼說這樣的話？你們出生之前，各部各族的人都打得昏天黑地，連睡覺的時候也沒有，大家日夜只是打仗、擄掠。察合台啊，你的話讓你母親傷心。你們同是蒲兒帖夫人的兒子，是同胞親兄弟，你這樣的話，忘了母親的大恩，令她灰心落淚。你們英明的父王建國之初，何等艱難困苦，忍飢挨渴，汗流腳底。你們的母親一同吃苦，把好吃好喝的東西留給你們，淸洗你們的屎尿，直到你們會站立騎馬。你們母親盼望的是愛子幸福，你們千萬不可令她憂愁。」

成吉思汗道：「不能這樣說朮赤。朮赤當然是我的長子，這種話不許再說。」

察合台笑道：「朮赤是有本事的。朮赤和我，都是父王的大兒子。我二人齊心合力爲父王出力。三弟窩闊台仁慈，我推舉他將來繼承父王的大業。」

成吉思汗問朮赤：「你怎麼說？」朮赤知道自己沒有希望繼承大位，便道：「察合台的話不錯。我們二人齊心爲你出力。我也推舉窩闊台。」成吉思汗道：「世界廣大，江河衆多。你們只要出力去攻打外國，地方有的是，你們儘可去佔來做牧場。朮赤、察合台，你們兩個今後一定要和睦，不可讓人恥笑。」兩人都答允了。

成吉思汗問窩闊台：「你有甚麼話說？」窩闊台道：「父王恩賜，兩位兄長推舉，我只有勉力去做。要是我的子孫不行，雖然包著草，牛也不吃，雖然包著油，狗也不吃，那麼自有兄弟們的子孫來高舉父王的大纛。」

成吉思汗點頭稱是，問四子拖雷道：「你有甚麼話說？」拖雷素來和窩闊台很是友愛，說道：「我願全力輔助窩闊台三哥。他忘了的，我提醒他。他睡著了，我叫他起來。他出去征戰，我總在他身旁。」

於是成吉思汗便立窩闊台為繼承人。

在攻打花剌子模之時，朮赤和察合台兩人仍然不和，兩軍不能協調，征戰不利。成吉思汗派窩闊台做總司令，統率兩軍，這才節節勝利。

生兒子的氣

朮赤、察合台、窩闊台攻打花剌子模的首都玉龍傑赤大城。❼三兄弟分取了城中的百姓工匠，沒有留給父王。三兄弟回來時，成吉思汗惱怒得很，三天沒有傳見。

博爾朮、木華黎等大將勸他說：「為了教訓花剌子模的蘇丹，我們已把他打得落花流水。玉龍傑赤的百姓雖然給大汗的三個兒子分了，也和大汗自己所有一樣。我軍大勝，大家都很歡喜，大汗何必發怒？兒子們做錯了事，心裏很害怕，以後一定會小心謹慎，請准許他們謁見罷。」

成吉思汗接受勸告，命三個兒子進見，引述祖言古語，重重責罵。朮赤、察合台、窩闊台三人站著，汗流滿面，又是慚愧，又是害怕。

三名親衛箭筒士勸大汗道：「兒子們打了勝仗，大汗這樣重責，令他們灰心。兒子們已經知錯了。從日出的地方到日落的地方，敵人還很多，讓我們去攻打他們，去攻打巴格達的蘇丹，去搶奪他們的金銀、綢緞。大汗請息怒罷。」

成吉思汗怒氣平息，重賞勸他的大將和三名親衛箭筒士，與三個兒子和好。

皇后和妃子

成吉思汗的皇后妃子很多，他讓她們分住在五個地方，蒙古人在帳幕裏居住，所以稱爲五個斡兒朵，斡兒朵是「宮帳」的意思。

第一斡兒朵的正后是元配蒲兒帖皇后，其下有五個次后，再下面有許多妃子。各斡兒朵的情形都相同，不過后妃的數目有多有少。蒲兒帖皇后生了朮赤、察合台、窩闊台、拖雷四個兒子，五個女兒。

第二斡兒朶的正后是忽蘭皇后。她父親是篾兒乞惕部的一個酋長，本來跟隨乃蠻部的塔陽汗對成吉思汗作戰。塔陽汗敗死後，那個酋長帶了女兒去向成吉思汗投降，要把美麗的女兒獻給他。走在路上，遇到成吉思汗部下的一名將領納牙阿。納牙阿說：「現今戰事激烈，你們父女倆如在路上遇到軍隊，恐怕會遭難，你女兒會受到污辱。你們留在我這裏，等戰事結束，我護送你們去見大汗。」於是父女倆在納牙阿的帳幕裏住了三天，再去見成吉思汗。

成吉思汗大怒，要殺納牙阿，說他不該將這樣美麗的姑娘在帳幕裏留了三天。忽蘭和納牙阿忙說明經過。成吉思汗後來發覺忽蘭果然仍是處女，對她很寵愛，對忠誠的納牙阿也大加重用，覺得這樣美麗的姑娘在他帳幕裏住了三天，居然仍是處女，這人可以付託大事。

成吉思汗很喜歡忽蘭，稱她爲「我那嬌小的美人兒」。忽蘭皇后生了一個兒子，叫做闊列堅。成吉思汗待他如同四個嫡子一樣。後來闊列堅隨拔都西征，在俄羅斯中箭而死。

第二斡兒朶的次后叫做古兒八速，是塔陽汗的後母。當塔陽汗和成吉思汗打仗的時候，古兒八速曾說蒙古人身上很臭。這句話給成吉思汗聽到了，後來將她俘虜了來，就問她：「你說我們蒙古人身上很臭嗎？」當晚就和她同房，大概要她聞聞自己身上臭不臭。古兒八速自然不敢說臭。

第三斡兒朶的正后是也遂皇后。在諸后之中，她和忽蘭皇后兩人最爲得寵。成吉思汗出征，有時帶忽蘭同行，有時帶也遂同行。

第四斡兒朶的正后是依速甘皇后。她是也遂皇后的妹妹。由於她舉薦姊姊，成吉思汗才得到也遂皇后。她嫁給成吉思汗較早，但甘心位居姊姊之下。

第四斡兒朶的三后名叫合答安皇后，是四大功臣之一赤老溫的妹妹。成吉思汗少年時爲泰亦赤兀惕人俘虜，脫逃後躲在赤老溫家裏的羊毛車中，才得免難。後來成吉思汗滅了泰亦赤兀惕部，合答安的丈夫給亂兵殺死，她給蒙古兵俘虜了。她遠遠望見成吉思汗，大叫：「鐵木眞救我。」成吉思汗就收她爲妻。

四大斡兒朶之外，又另有一個「公主斡兒朶」，正后是金國的公主。成吉思汗率兵圍困中都燕京，金國皇帝送女兒岐國公主求和。當時金國皇宮中未嫁的公主共有七人，岐國公主最美麗聰明，宮中稱她爲「小姐姐」。這位「小姐姐」嫁了成吉思汗後，很受到敬重，蒙古人稱她爲「公主皇后」。成吉思汗爲她特別成立一個「公主斡兒朶」。❽

五個斡兒朶分設在不同地方，相隔很遠。❾

死亡

成吉思汗征服西夏，把西夏百姓殺了一大批，於豬兒年（丁亥，一二二七年）七月十二日在西夏去世，年七十三歲。去世的地方在今甘肅東部清水縣。也遂皇后一直陪伴著他。

車子載著大汗的金棺東歸，走到一個地方，車輪陷入了地裏不動，許多駿馬也拖拉不動。一個善歌的歌手唱道：「大汗啊，你棄掉天下而去了，你的皇后、皇子、親族、故土都在等你回去。你所出生的故鄉，還在遙遠的地方。你的蒲兒帖皇后、忽蘭皇后，你的夥伴博爾朮、木華黎他們，都在等你回去。由於西夏的姑娘們美麗，你忘了蒙古的親人麼？」

這樣唱了之後，車子動了，把成吉思汗的遺體送回蒙古。諸將嚴守秘密，路上遇到行人，一概殺卻，免得消息洩漏。

大汗的靈柩在各個皇后的斡兒朵中逐一陳列發喪，最後葬在不兒罕山中。

成吉思汗年輕的時候給篾兒乞惕人追逐，避入不兒罕山，躲過了大難。不兒罕山是斡難河和怯綠連河的發源地。成吉思汗曾在山谷中一株大樹下默思多時，說過要葬在這棵大樹的下面。兒子們遵從他的遺命。葬後不起墳墓，蒙古兵將騎了大羣馬匹踐平土地，後來四周長起密林。至今還沒有發現眞正的所在地。⑩

長子朮赤

成吉思汗所征服的大帝國，從中心騎馬向四方奔跑，據說東南西北都要奔馳一年才到邊界。他把這個大帝國分給四個兒子。

長子朮赤的封地，在今日俄羅斯的鹼海、頓河、伏爾加河一帶，稱爲「欽察汗國」。因爲那時候這些地方叫做欽察。

朮赤是長子，但不得繼承大位，封地又遠，所以怏怏不樂，後來就生病了。成吉思汗派他去征討裏海、黑海北方諸地，朮赤沒有很快的出動，成吉思汗很不高興。後來成吉思汗征伐了西域回蒙古，沿途幾次叫朮赤來相會。朮赤生了病，不能來見。那時有個蒙古人從朮赤的領地到來，成吉思汗問起朮赤的病況。那人說大王子身體很好，行前還見到他帶了大隊人馬在打獵。成吉思汗大怒，便率兵去征討問罪，派窩闊台與察合台作先鋒。大軍剛要出發，朮赤的死訊由快馬傳到。成吉思汗十分悲痛，問起死因，才知他生病已久，那次行獵的其實是朮赤的部將。大汗要將傳假訊的人捉來治罪，那人卻已逃走了。

朮赤死時四十九歲，有十四個兒子。長子鄂爾達，次子拔都。鄂爾達自知才能不及弟弟，兄弟倆又友愛，所以將繼承父位的權利讓給了拔都。

次子察合台

察合台的長子叫做莫圖根。成吉思汗在他的衆多孫子之中，最鍾愛莫圖根。在攻打花剌子模時，有一次圍城，莫圖根給敵人射死。成吉思汗很悲痛，城破之後，屠殺全城百姓，爲孫兒報仇。

那時察合台還不知兒子已死，旁人都不敢告訴他。有一天，成吉思汗和幾個兒子一同吃飯，假裝大發脾氣，說兒子們都不聽話，對察合台尤其惱怒。察合台很惶恐，說道：「我如不聽父王的吩咐，甘願給父王處死。」成吉思汗道：「我不論甚麼吩咐你都聽，是嗎？」察合台道：「是。兒子決計不敢違命。」成吉思汗道：「那麼你聽我吩咐：你的兒子莫圖根已經死了，我叫你不可悲傷。」察合台大驚，拚命的忍住眼淚，裝作並不悲傷，安安靜靜的吃完了飯，才獨自到野外去放聲大哭。

察合台脾氣暴躁，但很會辨別是非，軍中如果有甚麼爭執，疑難不決，由他來判斷，總十分公平。

窩闊台能繼承大位，察合台擁立的功勛最大。窩闊台繼位後，遇到甚麼大事，總派人去徵求二哥的意見，對他十分尊敬。

察合台的封地在今新疆、阿富汗、俄羅斯烏茲別克共和國一帶，稱爲「察合台汗國」，地域也十分廣大。

三子窩闊台

窩闊台的領地「窩闊台汗國」在今俄羅斯中亞細亞巴爾喀什湖附近。他是蒙古的共主，統治蒙古本部和中國北部，所以作爲特別領地的「窩闊台汗國」，地域就很小了。

窩闊台做了十三年大汗，死時五十六歲，因酗酒得病。他個性光明磊落，寬大溫和，曾公開檢討自己，說：「我繼承父皇的大位以來，做了四件好的事情。第一，征服金國；第二，成立了驛站，因而數萬里之間交通便利；第三，在許多沒有水的地方開掘了水井，使得百姓有豐富的水草，繁殖牲口；第四，在所征服的各城各地設立治民官，讓衆百姓能安居樂業。但我也做了四件錯事，第一，我繼承大位，受命統治萬國，但我時時飲酒大醉；第二，我強娶叔父斡赤斤所屬部衆中的女子，這是不合道理的；第三，我誤信讒言，殺死了父親手下的功臣朶豁勒忽，他是忠義人，我十分後悔；第四，我下令構築圍牆，圈定兄弟們的牧地，以致兄弟們發出怨言。」

他能公開作自我批評，可見性格坦白直率，能分辨是非。

四子拖雷

拖雷是成吉思汗的小兒子，也最得他鍾愛。成吉思汗出征，經常叫拖雷陪在身邊，稱他是「伴當」。成吉思汗死後將大部份精兵猛將都交了給他（據Michel Hoang在《成吉思汗》一書中所說，成吉思汗逝世時有十四萬精兵，將其中十萬人交給拖雷），因此四個兒子中，拖雷這一系兵力最強，勢力最大。拖雷爲人英明，很得人心。成吉思汗逝世時，察合台和窩闊台都領兵在外，只拖雷在蒙古本部，因此軍國大事都由他決定，稱爲「監國」。

蒙古習俗，國主由親王大將共同推舉，這個大會叫做「庫里爾台」。成吉思汗雖有遺命要窩闊台繼承，但根據傳統習慣，還是要召開「庫里爾台」來正式推舉。

大會中王公、駙馬、衆大將都極力推舉拖雷。窩闊台也不敢接任大位。拖雷卻主張尊重父皇遺命。會議一直開了四十幾天，始終不能決定。最後在拖雷堅持之下，斡赤斤和察合台也都贊成擁戴窩闊台，窩闊台才得到庫里爾台的承認。

兔兒年（辛卯，一二三一年），窩闊台大汗親征金國，攻破居庸關，佔領了許多城市，忽然得了病，說不出話。巫師卜占之後，說道：「因爲殺害金國百姓太多，所以山川神靈作祟侵害大汗，必須由親族中一個人代死，否則病不能好。」

拖雷說：「我答應過父皇，一心輔助皇兄，我願意代皇兄死。巫師，你念咒罷。」

巫師就念了咒，給拖雷飲了神水。拖雷說：「請皇兄照料我的孤兒和妻子。」不久就死了。拖雷代死之後，窩闊台的病果然就好了。⓫

蒙古人對拖雷都十分欽佩。窩闊台更加感激，曾說他將來死後，要將大位傳給拖雷的長子蒙哥。

孫子拔都（朮赤的次子）

窩闊台做大汗的第七年，俄羅斯諸部起來反抗。窩闊台聽從察合台的意見，命令諸王、駙馬、萬戶、千戶各派長子出征。因爲每個長子麾下都兵衆將廣，所以實力特別強大，總兵力大約是十五萬人，已經超過了成吉思汗逝世時的兵力。這次西征稱爲「長子遠征」。

拔都是朮赤的繼承人，是長子中的長子（其實是次子），由他做統帥。察合台部派長子莫圖根（已死）的長子不里統軍，窩闊台部由長子貴由統軍，拖雷部由長子蒙哥統軍。統軍的是長子，但別的兒子也有不少參加遠征。

大軍西征，勢如破竹，平定了欽察、北俄羅斯、南俄羅斯，攻克莫斯科、基輔等大城。在征服俄羅斯等十一個國家之後，拔都決定分兵三路西征，於是搭起大帳設宴。在宴會中卻發生了一場大爭吵。

拔都是長兄，又是大軍統帥，宴會還沒有開始，便拿起酒杯來先飲了幾杯。察合台的孫子不里、窩闊台的兒子貴由十分不滿，吵嚷起來。不里罵道：「拔都爲甚麼先飲酒？他自以爲是元帥，其實是個生鬍子的婆娘，早就該將他踏在腳底下。」貴由說：「這是個帶弓箭的婆娘，我們二人早就該用棍子狠狠的打他一頓。」還有一個大將附和二人。大吵之後，宴會不歡而散。

他們爲甚麼罵拔都是「婆娘」？拔都很會打仗，對待部下將士很好，人人叫他爲「賽因汗」。「賽因」在蒙古話裏是「好」的意思，說他是「好王子」。不里和貴由對部下卻很兇，他們覺得拔都婆婆媽媽，不夠威風，像個女人。

更重要的原因，是察合台系和窩闊台系的王子們心中對朮赤系的王子都瞧不起，總記得朮赤並不是成吉思汗的親生子。

拔都派人去稟告了大汗。窩闊台很是惱怒，等貴由回來朝見報告戰況時，痛罵他：「聽說你在出征途中，把有屁股的人都打了屁股，把軍人的臉都丟光了。你自以爲征服了俄羅斯，就可對兄長不敬嗎？其實那又不是你的功勞。」把他送去給拔都處分，把不里交給察合台處分。

拔都自然不敢當眞處分大汗的兒子貴由，但這場怨仇互相結得很深。

拔都和貴由、不里兩人爭吵後，兵分三路。北路軍察合台部隊，由察合台的另一個兒子貝達爾任統帥，攻打波蘭。中路軍朮赤部隊，由拔都自己任統帥，攻打匈牙利。南路軍窩闊台部隊，由大將速不台及窩闊台另一個兒子合丹（貴由的弟弟）共任統帥。

北路軍擊破波蘭大軍，打得波蘭王布萊斯狼狽逃命，渡過奥得河，在莘爾斯達特大平原上和波蘭日耳曼聯軍遭遇，一場大戰，波德聯軍全軍覆沒。貝達爾命部下在戰場上割下敵軍的耳朵，收集在一起，共有九巨綑之多。這是世界史上有名的一個戰役。

中路軍和南路軍也都節節勝利。北、中、南三路軍隊在多瑙河畔會師，只殺得歐洲人屍骨如山，藍色多瑙河變成了紅色多瑙河。⑫

拔都大軍一路打到亞德里亞海的威尼斯國邊界，一路打到離維也納三十里的地方，正要征服全歐洲，忽然接到窩闊台大汗逝世的消息，於是拔都下令班師。

這次西征一共打了六年，嚇得歐洲人心驚膽破，稱之爲「黃禍」。

拔都班師回到俄羅斯，在自己汗國都城中駐守。從東到西，幾萬里的大片土地都是他的勢力範圍。他統治的欽察汗國，歐洲人稱爲金帳汗國。俄羅斯侯王在金帳前戰慄聽命，達四百年之久。當元朝在中國的統治結束後，金帳汗國仍統治著俄羅斯。直到十六世紀中葉，俄國彼得大帝興起，蒙古人在俄國的統治才衰退而消失。⑬

拔都的哥哥鄂爾達讓位給拔都，所以拔都將東方錫爾河一帶地方分給哥哥，鄂爾達一系建立了「白帳汗國」。拔都的弟弟昔班（朮赤第五個兒子）西征有功，拔都也分給他一片領地，建立的汗國叫做「青帳汗國」。這兩個汗國都遠不及金帳汗國重要。

孫子貴由（窩闊台的長子）

窩闊台死後，皇后和諸王大臣召開「庫里爾台」。幾次召拔都來參加，拔都始終不來。大會決定立窩闊台的長子貴由接位。

貴由作了大汗，便要統兵去征討拔都，朝中大臣極力勸阻，才打消了這主意。這是聰明的決定，如果出兵，多半打不過拔都。

貴由喜歡喝酒，手足有痙攣病，接位後第三年春天就死了。

孫子蒙哥（拖雷的長子）

短命的貴由死後，王公大將開「庫里爾台」大會推舉大汗。大會的地點是在拔都所管轄的地方。會中王公大將都推舉拔都。在成吉思汗的許多孫子中，拔都年紀最長，兵力強盛，西征的威名很大，仁慈而得人心，何況大會在他勢力範圍之內舉行。

然而拔都不肯當大汗，極力主張由拖雷的長子蒙哥接位。拔都很精明，知道自己如做大汗，別的三系會聯合起來反對，自己寡不敵眾，一定抵擋不住。

蒙哥在西征之時和拔都很合作，堂兄弟間感情很好。察合台系的不里、窩闊台系的貴由聯合起來反對拔都，拖雷系的蒙哥卻一直支持統帥。

庫里爾台大會尊重拔都的意見，推舉蒙哥當大汗。

這時朝中大權是在貴由的皇后海迷失手裏。她想叫自己的兒子做大汗，派人去對拔都說：「大會議向來是在東方蒙古本部舉行的，這次在西方開，不合祖宗規矩，而且許多王公大將都沒有參加，會議的決定不能算數。」拔都說：「那麼明年在東方再開大會好了。」

到了明年，拔都派自己的弟弟統領大軍，護送蒙哥到蒙古本部開會，自己駐在西方作後援。開大會之時，窩闊台與察合台兩個系統的王公知道爭不過拔都和蒙哥，都不到會。拔都傳下命令：那一個不遵大會決定，國法從事。朮赤和拖雷兩個系統的兵力很強，兩系聯合，窩闊台系和察合台系的力量及不上。蒙哥做大汗的決定，在東方的大會中又通過了。國家大權於是從窩闊台系轉移到了拖雷系的手裏。

窩闊台曾經說過將來要讓蒙哥做大汗。但窩闊台的性子隨隨便便，說過的話不大放在心上。他養了幾頭小獵豹，沒有奶吃，就叫人牽了一頭母牛來，讓小獵豹吃母牛的奶。窩闊台有一個小孫子，名叫失烈門，就說：「爺爺，你叫小豹吃母牛的奶，這頭母牛自己的小牛就沒有奶吃了，不是要餓死麼？」⓮窩闊台很感動，說道：「失烈門這話很對。你很有仁愛心腸，將來可以繼我的位做大汗。」所以失烈門一直認爲自己有權繼承大汗的位子。失烈門不是貴由的兒子，是他的姪兒。

蒙哥做了大汗，失烈門和貴由的兩個兒子都不服。貴由的兩個兒子在車中藏了兵器，想發動政變，結果被破獲了。蒙哥把這三人送到荒僻地方去監禁起來，後來都殺了他們。

察合台的孫子不里和貴由交好，曾在宴會中一起罵過拔都，也參與了貴由兒子姪兒的政變密謀。政變失敗後，蒙哥將不里送去交給拔都。拔都就把他殺了。

蒙哥英明果毅，善於處理政務，他滅了大理，征服今西康、西藏、印度支那一帶土地，派兵遠征，攻克今伊拉克的首都巴格達，遣兵攻朝鮮、印度，擄掠了大批百姓和財物回來。他做了九年大汗，在攻打四川重慶時去世。⓯

孫子忽必烈（拖雷的第四子）

蒙哥的胞弟忽必烈接任大汗，滅了南宋，統一全中國，是元朝的開國皇帝。⓰忽必烈做了二十年大汗後征服中國，統治了十五年，到八十歲才死。他治理國家的本事，是蒙古所有大汗之中最好的。⓱他曾派兵去攻打日本、緬甸、越南等國。

攻打日本的大軍十餘萬人，乘船在海中遇到颶風，全軍覆沒。蒙古兵天下無敵，但不懂海戰。征日本的大軍在陰曆八月初一出發，那正是颶風季節，只要遲得兩個月出發，日本人一定也給蒙古人征服了。⑱蒙古兵從成吉思汗興起到忽必烈去世，一百年中只打了一個大敗仗。不是敗在敵人的手裏，而是敗給了颶風（日本人稱之爲「神風」）。

元朝在中國統治了八十九年，一共十個皇帝，都是拖雷的子孫。

孫子旭烈兀（拖雷的第六子）

拖雷有十一個兒子，其中兩個做皇帝，那是長子蒙哥、四子忽必烈。第六子旭烈兀也是大大有名之人，他比忽必烈小兩歲。

蒙古人有三次大西征。第一次西征是成吉思汗親自率領，第二次是朮赤的次子拔都率領，第三次西征的統帥是旭烈兀。

忽必烈九歲時，成吉思汗從西域凱旋回來，忽必烈和七歲的弟弟同去迎接祖父。成吉思汗率衆打獵，忽必烈射死一隻兔子，旭烈兀射死一隻野山羊。蒙古人的習俗，兒童第一次射殺禽獸，要將獵物的血塗在長輩的手指上表示敬意。旭烈兀握住成吉思汗的手塗血，出力很重，成吉思汗怪他太粗魯。忽必烈卻捧住祖父的手輕輕塗拂，成吉思汗很歡喜。

這件事顯示兩兄弟從小就性格不同。

蒙哥做大汗的時候，裏海、阿母河一帶的回教徒木剌夷教派行兇作亂，派遣刺客到處殺人。蒙哥派六弟旭烈兀西征，將這個實行暗殺政策的教派滅了。[19]旭烈兀又再西行，攻破回教大教主哈里發的總部巴格達。[20]

旭烈兀在巴格達城中，見到大教主哈里發的宮殿華美之極，一座又高又大的藏寶塔中珍寶堆積如山，感到十分驚異，把哈里發叫來，說道：「你積聚了這麼許多金銀財寶，到底用來做甚麼？你為甚麼不把財寶分給部屬，叫他們為你出力死戰，保住你的性命和巴格達？」哈里發不知道怎樣回答才是。旭烈兀道：「你既然這樣喜歡財寶，這許多財寶我就都還給你。」於是把哈里發關在藏寶塔裏，不給他飲食，對他說：「這些財寶都是你的，你要吃便吃好了，沒有人來干涉。」

哈里發對著滿塔的金銀財物，但寶石珍珠是不能當飯吃的，困頓了七日就死了。[21]

旭烈兀再派部下的漢人大將郭侃[22]西征，攻打天房（今沙地阿拉伯），天房蘇丹投降。郭侃再渡海攻富浪（今地中海中的塞普魯斯島），島上的蘇丹也投降。那時蒙哥去世的訊息傳到，旭烈兀便停止西攻。

旭烈兀在伊朗、叙利亞、伊拉克、土耳其、沙地阿拉伯一帶建立一個大汗國，稱為「伊兒汗國」。伊兒汗國包括了中東當代所有的石油出產國家，邊境與埃及相接。埃及抵抗蒙古人入侵，各地回教難民紛紛湧到，所以埃及就成爲回教的文化中心。

旭烈兀曾向東羅馬帝國國王求婚，要娶他女兒。東羅馬王不敢拒絕，但知道蒙古男人娶很多妻子，不捨得把公主嫁給他，於是送了自己的私生女兒瑪麗亞給他。瑪麗亞到時，旭烈兀剛逝世，旭烈兀的兒子阿八哈就娶了她。阿八哈瞧在妻子的面上，對待天主教徒很好，不加虐待，又和教皇、法蘭西等國建交，互通使節。㉓

孫子阿里不哥（拖雷的第七子）

拖雷的第七個兒子叫阿里不哥，當大哥蒙哥大汗逝世時，四哥忽必烈在攻打中國，六哥旭烈兀在西征，他自己在老家蒙古的和林（在今蒙古烏蘭巴托西南）大本營留守。他得到一批王公大將的擁戴，立爲大汗，而忽必烈則在上都開平（在今內蒙多倫之北）立爲大汗。

兩兄弟爭奪大位，擁護阿里不哥的王公大將較多。但兩兄弟領兵打了幾仗，弟弟打不過哥哥，連戰連敗，終於投降。忽必烈問他：「你倒平心而論，到底是該你做大汗，還是該我做？」阿里不哥說：「以前是該我做，現今當然是你該做了。」他意思是說，我是根據蒙古祖傳的規矩，由王公大將開「庫里爾台」推舉的，你是用刀槍弓箭打出來的。

女兒

成吉思汗女兒很多，其中一個叫做阿剌海別吉，最有本事。她先嫁汪古部酋長的兒子，丈夫死後，改嫁丈夫的哥哥的兒子，丈夫又死，改嫁趙王孛要合。成吉思汗西征，四個兒子都帶兵隨行，派這個公主留守老家，稱爲「監國公主」。這位監國公主處理政事很有見識，經常判斷得很對。監國公主的辦公廳有數千名女官和侍女，奉她命令辦理政務。那時在東方負責攻打金國的大將是木華黎，遇到軍國大事，都要向監國公主請示。（《射鵰》小說中華箏公主爲虛構，不提其他公主，求簡也。）

成吉思汗另有一個女兒布亦塞克，成吉思汗將她許配給宏吉剌部的酋長。那個酋長嫌她相貌太醜，不肯娶她，成吉思汗就將這酋長殺了。

宏吉剌部是蒙古各部中專出美女的地方。那個酋長平生美女見得多了，竟連大汗的公主也感到不能忍耐。

成吉思汗的妻子蒲兒帖皇后就是宏吉剌部人，他的許多媳婦、孫媳也都是這部的女子。到了忽必烈時，更定下規矩，每兩年一次，到宏吉剌去選妃嬪和宮女。❷④

曠古未有的蒙古大帝國，到成吉思汗的孫子手裏才建成。但基礎是成吉思汗奠定的。無敵於天下的蒙古軍隊的一切軍事制度和軍事技術，也是成吉思汗一手建立的。他是人類歷史中位居第一的軍事大天才。他團結蒙古各部族，發展蒙古的生產力和經濟，對蒙古人功勞很大，他西征南伐雖然也有溝通東西文化和交通的功勞，但破壞和殘殺厲害，對於整個人類，到底功大還是罪大，後世學者的評價因觀點不同而有異。無論如何，他是一位了不起的偉人。西方文化以擴張征服爲尚，但西方人的歷史中，無一人及得上成吉思汗（以及他的子孫拔都、旭烈兀等等）。

西方傳統的歷史家既有種族自大、以及西方文化最爲優秀的偏見，對於西方國家給成吉思汗、拔都、旭烈兀打得一敗塗地的史實十分不忿，因之在評價成吉思汗時儘量誇大他的殘暴和破壞。其實，任何戰爭中都有殘暴和破壞，以高舉基督教旗幟、並以保衛西方文明爲號召的十字軍東征，何嘗不燒殺殘暴、奸淫擄掠？絕沒有比蒙古大軍西征文明了半點。近代歷史家對蒙古西征和其他戰爭以同一標準評論，就比較公允，一般認爲，其破壞和殘暴，和任何大戰役相等，但有溝通世界貿易、促進東西交通之功。阿拉伯回教人從第七到十一世紀時打得西方人步步退縮，束手無策，蒙古人攻克巴格達，佔領中亞細亞各地，回教大軍大敗，西方歷史家出於種族及宗教偏見，又大讚成吉思汗和他的子孫，亦非公允。

研究成吉思汗領導的蒙古大軍所以能征服中亞、俄羅斯，一直打到威尼斯、維也納，原因之一是蒙古馬質素優良，能耐勞，可長途行軍戰鬥，蒙古人學會了使用馬鐙，騎在馬上雙手可空出來射箭，而騎射之術遠勝回教徒及西方武士。

第二個原因是科技上的，當時阿拉伯回教徒的科技文明大大勝於西歐人。中國宋代的鍊鐵、鑄鐵之術、使用火藥的高科技剛發明，蒙古人從遼國、金國（女眞人）那裏間接學得，使用於戰陣，回教徒及歐西人無可抗擋。

最大的原因是成吉思汗的軍事天才與組織天才。西方歷史家認爲整個人類歷史上，只有希臘馬其頓王亞力山大大帝、迦太基大將漢尼拔、阿拉伯回教蘇丹薩拉丁、法國拿破崙，這四個人的軍事天才方可和成吉思汗相比較，但四個人都比他不上。世界論劍，他是人類歷史中天下五絕的「天下第一」。

但《射鵰英雄傳》所更頌揚的英雄，是質樸厚道的平民郭靖，而不是滅國無數的成吉思汗。相信這是更加人民性的歷史觀點。

注：在一九九八年十一月臺北舉行的「金庸小說國際學術研討會」中，澳大利亞國立大學柳存仁教授提出一篇《脫卜赤顏》・全眞教和《射鵰英雄傳》》的論文。本書作者向來尊柳教授爲半師半友的前輩，以他學識之淵博，品德之崇高，其實是「大半爲師小半友」。該論文所述《蒙古秘史》一書諸家之評述，以及與《射

鵬》之干係，多爲作者所未知，深受教益，謹此書以誌感。該文收入研討會之論文集中，論文集由臺北遠流出版公司出版，王秋桂教授主編。

注釋：

❶別勒古台據說有子孫八十人。

❷蒙古人譯名非常複雜。本文譯名大致上依照《新元史》，但也有若干改動。「依速甘」在《新元史》中譯作「也速干」，和成吉思汗的父親也速該的名字太接近了。

❸斡赤斤在蒙古語中是「灶君、火王」的意思。蒙古習俗，由幼子守家，看管家財。丘處機西去見成吉思汗時，途中曾受斡赤斤的款待。斡赤斤知道他是大汗所召，不敢先向他請教長生的秘訣（見《長春眞人西遊記》）。斡赤斤壽命很長，後來忽必烈和弟弟阿里不哥爭位時，蒙古多數王公支持阿里不哥，斡赤斤卻擁護忽必烈。據說他有一百個妻子、一百個兒子，妻兒走到他面前，有許多他竟不認識。

❹合赤溫早死，沒有留下甚麼重要事蹟。

❺成吉思汗知道闊闊出得族人崇信，說他的生命和屍首都爲上天取去，族人就認爲連上天都處罰他，不會因此而反對成吉思汗。猜想闊闊出的屍體一定是成吉思汗暗中派人取去的。這是蒙古部族中軍權、政權對抗神權、文化權的一場鬥爭。

❻花剌子模的領土包括現代俄羅斯中亞細亞南部、伊朗、阿富汗等地。
❼玉龍傑赤在現代俄羅斯烏茲別克共和國鹹海之南，現名庫尼亞烏爾根赤。撒麻爾罕在今俄羅斯境，仍名撒麻爾罕，在阿富汗喀布爾之北，新疆喀什之西。地勢與《射鵰》中所描寫者不同，小說內容誇張以增趣味耳。
❽金歧國公主的母親姓袁，是漢人。但蒙古歷代大汗、皇帝的后妃中無漢人，只有朝鮮人。
❾日本人箭內亙著《元朝怯薛及斡兒朶考》（陳捷、陳淸泉譯）對四大斡兒朶的所在地有所考證，但沒有提到「公主斡兒朶」。
❿葉奇《草木子》中說：蒙古諸汗葬後，以萬騎踏平墓地，在上面殺一隻小駱駝，以千騎守墓。等明年青草生長，守軍移去，草原上一望平野，已無絲毫墓地的痕跡。要祭墓的時候，把小駱駝的母親牽來，母駱駝來回悲鳴的所在便是葬所。但母駱駝死後，就誰也找不到墓地了。

成吉思汗陵寢的所在地，學者意見不一。宋人彭大雅、徐霆所著《黑韃事略》，言陵墓在外蒙古克魯倫河側。近人屠寄亦主此說。張相文〈成吉思汗陵寢發見記〉一文，根據蒙古人近世傳說和清朝官方文書，認爲陵墓在河套的榆林附近。以主張外蒙古說的較多。
⓫也許這只是巧合，更可能是巫師在神水中下了毒。《新元史》的作者卻大讚拖雷誠心

感動了鬼神。成吉思汗四子中，拖雷所擁兵馬最多，勢力最大，窩闊台爲大汗，也可能是兩系爭權，窩闊台部殺了拖雷，但史實全無跡象。

⓬拔都遠征軍於一二四一年三月十八日在Chmielnik大破波蘭王Boleslaw統率的軍隊；當年四月九日在Liegnitz大破波德聯軍，殺了西里西亞（德國南部、捷克北部）國王亨利二世；另一個戰役中在戰場上殺了布希米亞（今捷克）國王Wenceslas，打敗了烏高林大主教所統率的匈牙利軍。大將速不台打敗了匈牙利王貝拉所統率的匈牙利、克羅茲、日耳曼、法國聯軍。

⓭蒙古人統治黑海裏的克里米亞半島，直到一七八三年才給俄國人佔去，離開現在還不到二百年。（本文作於二十世紀七十年代）

⓮失烈門這幾句話，或許是提醒祖父：「你如讓拖雷的兒子蒙哥繼任大汗，你自己的兒子、孫子卻沒有奶吃了。」

⓯在《神鵰俠侶》中，改寫爲死於攻襄陽之役。

⓰在中國歷史書中，成吉思汗爲元朝「太祖」，窩闊台爲「太宗」，貴由爲「定宗」，蒙哥爲「憲宗」，忽必烈爲「世祖」。也速該和拖雷沒有做大汗，但因子孫做了大汗，所以追尊也速該爲「烈祖」，拖雷爲「睿宗」。

⓱忽必烈在史書上的評價很高。《新元史》說他：「混壹南北，紀綱法度燦然明備，致

治之隆，庶幾貞觀。」極力讚揚他任用儒生；又說唐太宗玄武門之變，把哥哥和弟弟殺了，忽必烈也和弟弟爭位，但把弟弟捉來後沒有殺他，所以在這件事上還勝過唐太宗。《元史》說他：「度量弘廣，知任善使，信用儒術，能以夏變夷。」馬可波羅說他是：「自有人類祖先亞當以來，迄於今日，世上從來未見如此廣有人民、土地、財貨的強大君主。」又Yule本《馬可波羅行紀》中引波斯歷史家Wassaf的評論，說：「從我國（波斯）境到蒙古帝國的中心、有福皇帝公道可汗駐在之處，路程相距雖有一年之遠，但他的豐功偉業，傳到了我們的地方。他的制度法律，睿敏智慧，賢明判斷，可驚可羨的治績，據可信的證人如著名商賈和博學旅人的述說，都是遠遠超過了迄今所見的偉人之上。單以他的功業和才能而言，已使歷史上所有的名人都黯然失色。羅馬、波斯、中國、印度、阿拉伯等國所有的君主都及他不上。」這些歌頌當然是未免太誇張了，但忽必烈所統治的土地之廣，確是亙古未有。屠寄《蒙兀兒史記》說他：「目有威稜，而度量弘廣，知人善用，羣下畏而懷之……一變祖父諸兄武斷之風，漸開文明之治。」但忽必烈征服中國，後代虐殺甚衆，元朝橫征暴斂，規模制度遠不及清朝。

⑱忽必烈派去征日本的統帥，是右丞相蒙古人阿剌罕、中書右丞漢人范文虎。范文虎是呂文煥之兄呂文德的女婿。呂文煥就是守襄陽多年的宋朝大將，後來投降了蒙古。遇

到颶風而覆沒的蒙古主力部隊由范文虎統帶。范文虎落海後，漂流一晝夜，幸好抓到一塊船板而逃得性命。忽必烈很寬大，說遇到颶風不是他的過失，繼續重用他。

⑲木剌夷是回教的一個狂熱教派，起源於波斯，正統回教認爲他們是異端邪派。這教派的領袖稱爲「山中老人」，以暗殺作爲主要手段，總部設在高峯的頂上，稱爲「鷲巢」。在山谷中建立了一座大花園，花木庭榭，美麗無比。宮殿輝煌，裝飾有無數金銀珍寶，到處有管子流通美酒、蜜糖、牛乳。園中充滿各族美貌的少女，能歌善舞。山上養了一批幼童，從小就教導他們，說爲領袖而死，可以上升天堂。等他們到了二十歲時，在他們的飲料中放入迷藥，於他們昏迷中每次四人、或六人、或十人一批抬入花園，任由他們在花園裏無所不爲，所有美女都溫柔的服侍他們。這些青年盡情享樂，舒服之極，相信確是到了《可蘭經》中所說的天堂樂園。過了一段時候，再用迷藥將他們迷倒，抬出花園。他們醒轉之後，甚是失望，山中老人召他們來見。這些青年自幼深受教育，確信山中老人是回教聖經中所說的大先知，對他絕對崇拜。山中老人問他們從那裏來，都答稱來自天堂樂園。山中老人於是派他們去行刺，說爲教盡力，死後可入天堂。這些青年爲了返回天堂享樂，行刺時奮不顧身，但求早死，所以往往成功。各國君主對山中老人都十分害怕，對他所提的要求不敢不答允。刺客所服的迷藥是大麻一類，突厥語稱爲Haschachin，西歐歷史家稱這個教派的教徒爲

Assassini。英文Assassin（刺客、暗殺者）一字就由此而來。旭烈兀攻破了該派在高峯上的城堡，一舉而將之殲滅，不分老小，全部殺光。但這教派分布甚廣，總部被摧毀後仍在別的地方繼續恐怖活動。

⑳那時回教徒在中東一帶勢力極大。回教的大教主稱爲哈里發，駐在巴格達（今伊拉克首都），就像基督教的教皇駐在羅馬一樣。哈里發統率大軍，兼管政治。當時在巴格達統治已近五百年，又佔領了基督教的聖城耶路撒冷。西歐的基督徒組織「十字軍東征」，一次又一次的和回教徒作戰，規模巨大的東征共有八次，但終於打不過回教徒而失敗。旭烈兀的西征卻只打一仗就摧毀了回教的大本營。

㉑那個哈里發名叫木司塔辛，愛好音樂，是大食朝的第三十七代哈里發。一說旭烈兀將他裹在毛氈中，放在巴格達大街上，命軍士縱馬踐踏而死。

㉒郭侃的祖父郭寶玉是郭子儀的後裔，陝西人，成吉思汗手下大將，隨大汗西征，功勞很大，在攻打撒麻爾罕城時身受重傷，流血不止。成吉思汗命人剖開一條大牛的肚子，將郭寶玉放在大牛肚子裏，後來就血止傷愈。郭寶玉、郭侃在《元史》、《新元史》中均有傳。當世有評者認爲：「元人分治下百姓爲四等，南人爲第四等，因此成吉思汗不可能封郭靖爲統兵大將。」可惜這位評者不熟悉歷史，元朝分百姓爲四等，是後代之事。早期蒙古統治者不但封漢人爲西征大將，而且封的碰巧有幾個是漢人中

姓郭的。蒙古攻金、攻宋，統兵大將中張柔、史天澤、張宏範、嚴忠範等均爲漢人。忽必烈滅金滅宋後，以漢人史天澤、廉希憲、楊惟中、劉秉忠、張文謙、姚樞、商挺、竇默等爲丞相、尚書等大官。成吉思汗死於一二二七年。蒙古於一二七九年滅宋，蒙古滅南宋後，發覺南宋百姓不服者多，難於統治，方逐步有歧視南人的規定，這些規定爲習慣法，並非於某年制定。成吉思汗在生時，肯定尚無歧視南人的觀念，而且當時根本尚無「南人」的分類，南人要到忽必烈滅南宋後才有。成吉思汗時漢人做大將者甚多，「劉伯林，濟南人，好任俠，善騎射，後封太師、秦國公」（《元史》）那是官居極品了，其子「劉黑馬，封太傅、秦國公」，父子都作三公，封國公。

㉓洪鈞（賽金花的丈夫）對元史研究有重要貢獻。在中國歷史家中，他最先參考大量歐西書籍材料，以補充及校正《元史》，所著《元史譯文證補》成爲柯紹忞著《新元史》的主要參考資料。可惜他準備寫的《旭烈兀補傳》等篇，未及成而逝世。

㉔《馬可波羅行紀》的刺木學本中詳述蒙古大汗選妃之法：大汗每兩年一次派使者到宏吉剌部，把所有的處女都召集了來，檢查她們的皮膚、頭髮、面貌、口唇等等是否與全身相稱，用品定黃金成色的「克拉」來定分數。最高滿分是廿四K。評定結果有的是十六K，有的是十七、十八K，要二十K、廿一K以上，才選到大汗的後宮。大汗再派人在這些二十K以上的處女中選出三四十人，派大臣的妻子三四十人分別陪她們

睡覺，審查她們是否有隱疾或缺點，睡著後是否打鼾，身上有沒有難聞的氣息。淘汰了一批之後，每五人爲一班（馮承鈞譯的本子則說是六人一班），每一班侍奉三日三夜，期滿改由第二班輪值，周而復始。淘汰出來的姑娘仍住在宮裏，蒙古貴人有要娶妻的，大汗就遣一名姑娘給他，贈送豐富的嫁妝。大汗到宏吉刺部這樣選女，該部族人都感到榮耀，因爲選中的姑娘不是侍奉大汗，就是配給貴人，出路都很好。

本文材料主要出自下列各書：

1　元史（宋濂等）
2　新元史（柯紹忞）
3　蒙古秘史（外蒙古策・達木丁蘇隆編譯，謝再善譯）
4　馮承鈞：成吉思汗傳
5　王國維：皇元聖武親征錄校注
6　馬可波羅行紀（馮承鈞譯注）
7　李思純：元史學
8　Henry H. Howorth: *History of the Mongols*
9　Jeremiah Curtin: *The Mongols, a history*

10 Gabriele Mondel: *The Life and Times of Genghis Khan*

11 成吉思汗（俄羅斯楊契維茨基著，邵循岱譯）

12 Ralph Fox: *Genghis Khan*

13 Michel Hoang: *Genghis-khan*

（本文前半部份根據《蒙古祕史》，其餘部份參考餘書。）

關於「全眞教」

道教開始於漢代的「太平道」與「五斗米道」。先秦的道家是哲學上的學派，到了漢代才成爲宗教。六朝時有「干君道」（即太平道）、「天師道」（即五斗米道）、「帛家道」等。宋金以後，鍊養派分南宗、北宗；符籙科教派分爲「龍虎」（即天師道，又稱正一教）、閣皀、茅山三宗。

道教鍊養派注重修仙長生之術，所鍊的丹分爲外丹、內丹。外丹是黃白術，末流演變爲點金術，成爲化學的前身，中外相同。內丹是鍊氣，化爲內功與內家拳術，以及醫學上針灸、經脈與穴道的研究，末流演變爲房中術。

道教末流所吹噓的本事，是世俗人生的理想，既能財富無窮、長生不老、性機能特強，又能召仙降妖、招魂捉鬼，所以掌握了世俗最高權力的帝王也大感興趣。北宋之末，徽宗皇帝對道教尤其著迷，命道教的領導人册封他爲「教主道君皇帝」。

金兵佔領中國北方後，北方百姓流離失所，慘受欺壓，陝西、山東、河北一帶興起了三個新的道教教派，稱爲「全眞教」、「大道教」、「太一教」，結納平民，隱然和異族的統治者對抗，其中尤以全眞教聲勢最盛。

全眞教不尙符籙燒鍊，而以苦己利人爲宗，所以大得百姓的尊敬。全眞教屬於道教中的北宗。元朝虞集《道園學古錄》一書中說：「昔者汴宋之將亡，而道士家之說，詭幻益盛，乃有豪傑之士，佯狂玩世，志之所存，則求返其眞而已，謂之全眞。士有識變亂之機者，往往從之，門戶頗寬弘，雜出乎期間者不可勝紀。而潤飲谷食，耐辛苦寒暑，堅忍人之所不能堪，力行人之所不能守，以自致於道，亦頗有所述於世。」

王重陽

全眞教的教祖是王喆。（這「喆」字也有寫作三個「吉」字重疊的，兩個字的聲音意義都和「哲」字相同。）關於他的生平，終南山重陽宮有一大碑，上刻劉祖謙所撰的〈重陽仙跡記〉，其中說：「師咸陽人，姓王氏，名喆，字知明，重陽其號。美鬚髯，目長於口，形質魁偉，任氣好俠，少讀書，係學籍，又隸名武選。天眷初，以財雄鄉里……後於南時村掘地爲隧，封高數尺，榜曰：『活死人墓』。……大定丁亥夏，焚其居，人爭赴救，師婆娑舞於火邊，且作歌以見意。詁旦東邁，遙達寧海，首會馬鈺於怡老亭。馬亦儒流中豪傑者，與其家人孫氏俱執弟子禮。又得譚處端、劉處玄、丘處機、王處一、郝大通等七人，號馬曰丹陽、譚曰長眞、劉曰長生、丘曰長春、王曰玉陽、郝曰廣寧、孫曰清淨散人……若其出神入夢、擲傘投冠、騰凌滅沒之事，皆其權智，非師之本敎，學者期聞大道，無溺於方技可矣。」

金密國公金源鑄撰有〈全眞敎祖碑〉，其中說：「先生美鬚髯，大目，身長六尺餘寸，氣豪言辯，以此得衆。家業豐厚，以粟貸貧人……有譚玉者，患大風疾垂死，乞爲弟子，先生以滌面餘水賜之，盥竟，眉髮儼然如舊，頓親道氣蕭洒，訓名處端，號長眞子。又有登州棲霞縣丘哥者，幼亡父母，未嘗讀書，來禮，先生使掌文翰，自後日記千餘言，亦善吟詠，訓名處機，號長春子者是也。後願禮師者雲集，先生詬罵捶楚以磨鍊之，往往散去，得先生道者，馬譚丘而已。八年三月，鑿洞崑崙山，於嶺上採石爲用，不意有巨石飛落，人皆悚慄，先生振威大喝，其石屹然而止。山間樵蘇者歡呼作禮，遠近服其神變。又或餐瓦石，或現二首坐庵中。……九年己丑四月，寧海周伯通者，邀先生住庵，榜曰金蓮堂，夜有神光照耀如晝，人以爲火災，近之，見先生行光明中。……至登州，游蓬萊閣下觀海，忽發颶風，人見先生隨風吹入海中，驚訝間，有頃復躍出，唯遺失簪冠而已，移時，卻見逐水波汎汎而出。或言先生目秀者，即示以病眸；或誇先生無漏者，即於州衙前登溷。凡爲變異，人不可測者，皆此類也。……於寧海途中，先生擲油傘於空，傘乘風而起，至查山王處一庵，其傘始墮，至擲處已二百餘里也。……與衆別曰：『我將歸矣！』衆乞留頌。先生曰：『我於長安欒村呂道人庵壁上書矣。』枕左肱而逝。衆皆號慟。先生復起曰：『何哭乎？』於是呼馬公附身密語。……銘之曰：咸陽之屬，曰大魏村，山川溫麗，實生異人。幼之發秀，長而不羣，工乎談笑，妙於斯文。又善騎射，健勇絕倫。以文非時，復意於武，勘定禍亂，志欲斯舉。文武二進，天不我與……」

碑文中敘述王重陽許多希奇古怪的事蹟，自然不可盡信，喝斥飛岩、口嚼瓦石、墮海不溺、擲傘飛行等等，或許是他顯示一些武功，而傳聞者加以誇大。人家說他內功深厚，不必大小便，他即刻在官府衙門前當衆大小便，作風十分幽默。

清末廣東東莞陳友珊著有《長春道教源流》八卷，考證王重陽曾起兵與金兵相抗，其中說：「王重陽，有宋之忠義也……據此則重陽不惟忠憤，且實曾糾衆與金兵抗矣。金時碑記，有所忌憚，不敢顯言。」

全真七子

全眞七子都名顯當世，他們的事蹟在碑文或書籍記載中流傳下來。碑文和書籍都很多，重要的書籍有《歷世眞仙體道通鑑》、《七眞年譜》、《終南山祖庭仙眞內傳》、《甘水仙源錄》、《金蓮正宗記》、《金蓮正宗仙源像傳》等。

元王利用〈無爲眞人馬宗師道行碑〉：「馬師鈺，字玄寶，號丹陽子……山東寧海州人……中元後，重陽祖師造其席，與之瓜，即從蒂而食，詢其故，曰：『甘從苦中來。』問：『奚自？』曰：『終南。不遠三千里，特來扶醉人。』……遂心服而師事之。祖師感化非一，師悟……頭分三髻，三髻者，三『吉』字，祖師諱也。十四年秋，與三道友言志於秦渡鎭，師曰：『鬥貧。』譚曰：『鬥是。』劉曰：『鬥志。』丘曰：『鬥閒。』師曰：『夫道以無心爲體，忘言爲用，柔弱爲本，清淨爲基。節飲食，絕思慮，靜坐以調息，安寢以養氣。心不馳則性定，形不勞則精至，神不擾則丹結，然後滅情於虛，寧神於極，不出戶庭而妙道得矣。』」

金密國公金源鑄〈譚眞人仙跡碑銘〉：「譚公處端，字通正，號長眞子，初名玉，寧海州人，其父即鏐鐐之工，每以己生資濟貧窘……往執弟子禮，重陽使宿庵中。時嚴冬飛雪，藉海藻而寐，重陽展足令抱之，少頃，汗流被體，如罩身炊甑中，拂曉以盥餘水使滌面，月餘，疾頓愈，由是推心敬事。」王重陽伸腳令譚處端抱住，譚感全身發熱，當是王重陽以內功爲他治病，盥餘水中可能含有藥物，滌面月餘而大痳瘋病痊愈，這說法自比〈全眞教祖碑〉中簡單的敘述更能入信。

金秦志安〈長生眞人劉宗師道行碑〉：「劉先生處玄，字通妙，號長生子，東萊之武官莊人……承安丁巳，章宗召問至道之要。先生對曰：『寡嗜慾則身安，薄賦歛則國泰。』」

《元史．丘處機傳》：「丘處機，登州棲霞人，自號長春子……金宋之季，俱遣使來召，不赴。歲己卯，太祖自乃蠻命近臣僘伯爾劉仲祿持詔求之……處機乃與弟子十有八人同往見焉……經數十國，歷地萬有餘里……既見，太祖大悅，賜食，設廬帳甚飭。太祖時方西征，日事攻戰。處機每言：『欲一天下者，必在乎不嗜殺人。』及問爲治之方，則以敬天愛民爲本。問長生久視之道，則告以淸心寡慾爲要。太祖深契其言，曰：『天賜仙翁，以悟朕志。』命左右書之，且以訓諸子焉。於是錫之虎符，副以璽書，不斥其名，惟曰『神仙』……時國兵踐蹂中原，河南北尤盛，民罹俘戮，無所逃命。處機還燕，使其徒持牒招求於戰伐之餘，於是爲人奴者得復爲良，與瀕死而得更生者，毋慮二三萬人，中州人至今稱道之。」

元姚燧〈王宗師道行碑銘〉：「玉陽體玄廣度眞人王處一，寧海東牟人……嘗俯大壑，一足跂立，觀者目瞬毛豎，舌撟然不能下，稱爲『鐵腳仙』。洞居九年，制鍊形魄。長春頌以詩，有『九夏迎陽立，三冬抱雪眠』語。出遊齊魯間，大肆其術，度人逐鬼、踣盜碎石……或以爲善幻誣民，因召飮可鴆。眞人出門，戒其徒先鑿池灌水，撓而濁之，往則持杯盡飲，曰：『吾貧人也，未嘗從人丐取。今幸見招，願丐餘杯，以盡君歡。』與之，又盡飲，歸，解衣浴池中，有頃，池水沸涸，以故不死。……或讒其善幻，世宗試而鴆之，見不可殺，悔怒，逐讒者。」

元徐琰〈郝宗師道德碑〉：「郝師大通，字太古，號廣寧子，寧海人……研精於易，因通陰陽律歷之術，性不樂仕進，慕司馬季主、嚴君平之爲人，以卜筮自晦……乃棄家禮重陽於煙霞洞，求爲弟子，重陽……解衲衣，去其袖而與之，曰：『勿患無袖，汝當自成』，蓋傳法之意也。」《續文獻通考》：「廣寧坐趙州橋下，兒童戲累石爲塔於其頂，囑以勿壞，頭竟不側，河水溢，不動，亦不傷。」

據《續文獻通考》及《登州府志》：「孫仙姑不二，號清淨散人，寧海縣忠顯幼女……父以配馬丹陽，生三子。丹陽既棄家從道，重陽祖師畫骷髏勸化之，又畫天堂一軸示之。姑棄三子詣金蓮堂祈度。重陽贈以詩，改今名，遂授以道要。」

《長春真人西遊記》

丘處機遠赴西域去見成吉思汗的事蹟，隨行弟子李志常著有《長春眞人西遊記》（有王國維校注本）一書，詳述經過及旅途見聞。

《長春眞人西遊記》載有丘處機旅途中的一首長詩：「金山東畔陰山西，千巖萬壑攢深溪。溪邊亂石當道臥，古今不許道輪蹄。前年軍興二太子（即察合台），修道架橋徹溪水。今年吾道欲西行，車馬喧闐復經此。銀山鐵壁千萬重，爭頭競角誇清雄。日出下觀滄海近，月明上與天河通。參天松如筆管直，森森動有百餘尺。萬株相倚鬱蒼蒼，一鳥不鳴空寂寂。羊腸孟門壓太行，比斯大略猶尋常。雙車上下苦敦顚，百騎前後多驚惶。天池海在山頭上，百里鏡空含萬象。縣車束馬西下山，四十八橋低萬丈。河南海北山無窮，千變萬化規模同。未若茲山太奇絕，磊落峭拔加神功。我來時當八九月，半山已上皆爲雪。山前草木曉如春，山後衣衾冷如鐵。」

丘處機、李志常一行，在西行途中見到成吉思汗攻破花剌子模諸城後屠戮之慘，《長春眞人西遊記》中有云：「方算端（即蘇丹，回教國王）之未敗也，城中常十餘萬戶，國破而來，存者四之一。」

近代史家新會陳垣先生著《南宋初河北新道教考》對全眞教甚爲推重，書中說：「自永嘉以來，河北淪於左衽者屢矣，然卒能用夏變夷，遠而必復，中國疆土乃愈拓而愈廣，人民愈生而愈衆，何哉？此固先民千百年之心力艱苦培植而成，非倖致也。三教祖之所爲，亦先民表現之一端耳。」後記中又說：「……覺此所謂道家者類皆抗節不仕之遺民，豈可以其爲道教而忽之也……諸人所以値得表揚者，不僅消極方面有不甘事敵之操，其積極方面復有濟人利物之行，固與明季遺民之逃禪者異曲同工也。」

據陳垣先生考證，全眞教歷任掌教，自王喆以後，依次爲馬鈺、譚處端、劉處玄、丘處機、尹志平、李志常、張志敬、王志坦、祁志誠、張志僊、苗道一、孫德彧、藍道元、孫履道、苗道一（二次接任）、完顏德明。其中譚處端曾任教主，尹志平壽至八十三歲，《射鵰》、《神鵰》兩書中寫其早逝，並非根據史實。尹志平號稱「淸和眞人」，乃有道之士，《神鵰》一書中將他寫得不堪，有誣先賢，新修本中另改姓氏，音同字不同，已非淸和眞人矣。

全眞七子和以後歷任教祖未必都會武功，他們鍊氣修習內功，主要是健身卻病之術。

在《神鵰俠侶》書中出現的耶律楚材，是成吉思汗的近臣（「蒙古」兩字的漢譯，據說是耶律楚材所創），當丘處機會見成吉思汗時，耶律楚材和他時相往來，作詩唱和。但耶律楚材信奉佛教，對於丘處機得到成吉思汗的優待（命丘處機通管天下僧尼，豁免道士賦稅差役，但僧人不能豁免）十分不滿，在他所著的《西遊錄》中對丘處機大肆攻擊。今人姚從吾先生著有〈耶律楚材西遊錄足本校註〉專文，詳加分析，認爲耶律楚材的攻擊主要從宗教的偏見出發，不能成立。耶律楚材的兒子耶律鑄，亦爲蒙古貴官，耶律齊、耶律燕二人則爲作者虛構，未必眞有其人。

《列仙全傳》

《列仙全傳》是明朝萬曆年間刊行的一部有文有圖的道家傳說故事書。中國的神仙傳記，以題名漢劉向撰的二卷《列仙傳》爲最早，陶洪景、葛洪、孫夷中、杜光庭、沈汾等相繼有所編撰。最大部頭的是北宋初年樂史所撰的《總仙記》，共一百三十卷，相信傳說中的全部仙人都已包括在內，但已失傳。《列仙全傳》九卷，敘述了五百八十一位仙人的故事，起自老子、木公、西王母，一直敘至明朝成化、弘治年間。其中許多並不是仙人，只是會幻術或得到皇帝封號的道士。在現存的這類書籍中，這是內容最豐富的了。

這書號稱是王世貞編輯，又有李攀龍序，但多半是刊行此書的汪雲鵬所僞託。汪雲鵬是徽州「玩虎軒」書鋪的主人，曾刊行許多附有精美插圖的書籍和戲曲本子。《射鵰》書中所附王喆、馬鈺、譚處端、丘處機、郝大通、王處一等六人的圖像都出於此書。《列仙全傳》中也有劉處玄與孫不二兩人的故事，但沒有圖。

六幅圖中所繪全眞教六位領袖的故事，都強調神怪法力。

圖中王重陽手中提鐵罐，因他曾提鐵罐乞食。他有許多特立異行，常人以爲他是瘋子，叫他「王害風」，風同瘋，即稱他爲「王瘋子」。馬鈺逝世那一天，對門人說：「今日當有非常之喜。」不久聽得空中有音樂聲，仰見仙姑乘雲而過，仙童玉女，擁導前後，對馬鈺說：「我們先去蓬島等你。」當夜馬鈺在大風雷中去世。譚處端在高唐縣寫了「龜蛇」二字送給茶館主人吳六，吳掛在茶館裏，後來鄰舍失火，延燒甚廣，只有吳六的茶館不遭波及。延祥館中有枯槐一株，丘處機以杖遶而擊之，喝道：「槐樹復生！」槐樹至今榮茂。郝大通圖中所繪是他在趙州橋邊頭頂磚石小塔的故事。王處一圖中所繪是王重陽飛傘二百里而傳書的故事。

黃裳

《射鵰英雄傳》中所說的黃裳眞有其人。近人陳國符先生《道藏源流考》中考證宋徽宗訪求天下道教遺書刻板的經過頗詳。徽宗於政和三年下詔天下訪求道教仙經，所獲甚衆。政和五年設經局，敕道士校定，送福州閩縣，由郡守黃裳役工鏤板。所刊道藏稱爲《政和萬壽道藏》，共五百四十函，五千四百八十一卷。

黃裳，字晟仲，人稱演山先生，福建延平人，高宗建炎三年卒，年八十七。「演山先生神道碑」中說他：「頗從事於延年養生之術。博覽道家之書，往往深解，而參諸日用。」

黃裳刊印道藏的名氣很響，後來「明教」刊印經書，也借用他的名字。陸游《渭南文集卷五·條對狀》：「明教僞經妖像，至於刻版流佈。假借政和中道官程若清爲校勘、福州知州黃裳爲監雕。」

至於黃裳根據道藏而撰《九陰眞經》，自是武俠小說家的憑空撰述了。

後記

《射鵰英雄傳》作於一九五七年到一九五九年，在《香港商報》連載。回想十多年前《香港商報》副刊編輯李沙威兄對這篇小說的愛護和鼓勵的殷殷情意，而他今日已不在人世，不能讓我將這修訂本的第一册書親手送給他，再想到他那親切的笑容和微帶口吃的談吐，心頭甚感辛酸。

《射鵰》中的人物個性單純，郭靖誠樸厚重、黃蓉機智靈巧，讀者容易印象深刻。這是中國傳統小說和戲劇的特徵，但不免缺乏人物內心世界的複雜性。大概由於人物性格單純而情節熱鬧，所以《射鵰》比較得到歡迎，很早就拍粵語電影，在泰國上演潮州劇的連台本戲，在中國內地和香港、臺灣拍過多次電視片集和電影。他人冒名演衍的小說如《江南七俠》、《九指神丐》等等種類也頗不少。但我自己，卻覺得我後期的某幾部小說似乎寫得比《射鵰》有了些進步。

寫《射鵰》時，我正在長城電影公司做編劇和導演，這段時期中所讀的書主要是西洋的戲劇和戲劇理論，所以小說中有些情節的處理，不知不覺間是戲劇體的，尤其是牛家村密室療傷那一大段，完全是舞台劇的場面和人物調度。這個事實經劉紹銘兄提出，我自己才覺察到，寫作之時卻完全不是有意的。當時只想，這種方法小說裏似乎沒有人用過，卻沒想到戲劇中不知已有多少人用過了。

修訂時曾作了不少改動。刪去了初版中一些與故事或人物並無必要聯繫的情節，如小紅鳥、蛙蛤大戰、鐵掌幫行兇等等，除去了秦南琴這個人物，將她與穆念慈合而為一。也加上一些新的情節，如開場時張十五說書、曲靈風盜畫、黃蓉迫人抬轎與長嶺遇雨、黃裳撰作《九陰眞經》的經過等等。我國傳統小說發源於說書，以說書作為引子，以示不忘本源之意。

成吉思汗的事跡，主要取材於一部非常奇怪的書。這部書本來面目的怪異，遠勝《九陰眞經》，書名《忙豁侖紐察脫必赤顏》，一共九個漢字。全書共十二卷，正集十卷，續集二卷。十二卷中，從頭至尾完全是這些嘰哩咕嚕的漢字，你與我每個字都識得，但一句也讀不懂，當眞是「有字天書」。這部書全世界有許許多多學者窮畢生之力鑽研攻讀，發表了無數論文、專書、音釋，出版了專為這部書而編的字典，每個漢字怪文的詞語，都可在字典中查到原義。任何一個研究過去八百年中世界史的學者，非讀此書不可。

原來此書是以漢字寫蒙古話，寫成於一二四〇年七月。「忙豁侖」就是「蒙古」，「紐察」在蒙古話中是「秘密」，「脫必赤顏」是「總籍」，九個漢字聯在一起，就是「蒙古秘史」。此書最初極可能就是用漢文註音直接寫的，因爲那時蒙古人還沒有文字。這部書是蒙古皇室的秘密典籍，絕不外傳，保存在元朝皇宮之中。元朝亡後，給明朝的皇帝得了去，於明洪武十五年譯成漢文，將嘰哩咕嚕的漢字註音怪文譯爲有意義的漢文，書名《元朝秘史》，譯者不明，極可能是當時在明朝任翰林的兩個外國人，翰林院侍講火原潔、修撰馬懿亦黑。怪文本（漢字蒙語）與可讀本（漢文譯本）都收在明成祖時所編的《永樂大典》中，由此而流傳下來。明清兩代中版本繁多，多數刪去了怪文原文不刊。

《元朝秘史》的第一行，仍寫著原書書名的怪文「忙豁侖紐察脫必赤顏」。起初治元史的大學者如李文田等不知這九字怪文是甚麼意思，都以爲是原作者的姓名。歐陽鋒不懂《九陰眞經》中的怪文「哈虎文缽英，呼吐克爾」等等，那也難怪了。

後來葉德輝所刊印的「怪文本」流傳到了外國，各國漢學家熱心研究，其中以法國人伯希和、德國人海涅士、蘇聯人郭增、日本人那珂通世等致力最勤。

我所參考的《蒙古秘史》，是外蒙古學者策・達木丁蘇隆先生先將漢字怪文本還原爲蒙古古語（原書是十三世紀時的蒙古語，與現代蒙語不同），再譯成現代蒙語，中國的蒙文學者謝再善先生據以譯成現代漢語。

《秘史》是原始材料，有若干修訂本流傳到西方，再由此而發展成許多著作，其中最重要的是波斯人拉施特所著的《黃金史》。西方學者在見到中國的《元朝秘史》之前，關於蒙古史的著作都根據《黃金史》。修訂本中删去事蹟甚多，如也速該搶人之妻而生成吉思汗、也速該爲人毒死、成吉思汗曾爲敵人囚虜、成吉思汗的妻子蒲兒帖爲敵人搶去而生長子朮赤、成吉思汗曾射死其異母弟別克惕等，都是說起來對成吉思汗不大光彩的事。

《九陰眞經》中那段怪文的設想從甚麼地方得到啓發，讀者們自然知道了。

蒙古人統治全中國八十九年，統治中國北部則超過一百年，但因文化低落，對中國人的生活沒有遺留重大影響。蒙古人極少與漢人通婚，所以也沒有爲漢人同化。據李思純先生在《元史學》書中說，蒙古語對漢語的影響，可考者只有一個「歹」字，歹是不好的意思，歹人、歹事、好歹的「歹」，是從蒙古語學來的。撰寫以歷史作背景的小說，不可能這樣一字一語都考證清楚，南宋皇帝官員、郭嘯天、楊鐵心等從未與蒙古人接觸，對話中本來不該出現「歹」字，但我也不去故意避免。我所設法避免的，只是一般太現代化的詞語，如「思考」、「動機」、「問題」、「影響」、「目的」、「廣泛」等等。「所以」用「因此」或「是以」代替，「普通」用「尋常」代替，「速度」用「快慢」代替，「現在」用「現今」、「現下」、「目下」、「眼前」、「此刻」、「方今」代替等等。

本書的插圖有一幅是大理國畫師張勝溫所繪的佛像，此圖有明朝翰林學士宋濂的一段題跋，其中說：

「右梵像一卷，大理國畫師張勝溫之所貌，其左題云『爲利貞皇帝嘌信畫』，後有釋妙光記，文稱盛德五年庚子正月十一日，凡其施色塗金皆極精緻，而所書之字亦不惡云。大理本漢楪榆、唐南詔之地，諸蠻據而有之，初號大蒙，次更大禮，而後改以今名者，則石晉時段思平也。至宋季微弱，委政高祥、高和兄弟。元憲宗帥師滅其國而郡縣之。其所謂庚子，該宋理宗嘉熙四年，而利貞者，即段氏之諸孫也。」

其中所考證的年代弄錯了。宋濂認爲畫中的「庚子」是宋理宗嘉熙四年（一二四〇年），其實他算遲了六十年，應當是宋孝宗淳熙七年庚子（一一八〇年）。原因在於宋濂沒有詳細查過大理國的歷史，不知道大理國盛德五年庚子是一一八〇年，而不是六十年之後的庚子。另有一個證據，畫上題明爲利貞皇帝畫，利貞皇帝就是段智興，他在位時共有利貞、盛德、嘉會、元亨、安定、亨時（據羅振玉《重校訂紀元編》。《南詔野史》中無「亨時」年號）六個年號。宋濂所說的庚子年（宋理宗嘉熙四年），在大理國是孝義帝段祥興（段智興的孫子）在位，那是道隆二年。大理國於一二五三年（宋理宗寶祐元年）爲蒙古忽必烈所滅，其時大理國皇帝爲段興智。

此圖現藏臺北故宮博物院，該院出版物中的說明根據宋濂的考證而寫，將來似可改正。宋濂是明初享有大名的學者，朱元璋的皇太子的老師，號稱明朝開國文臣之首。但明人治學粗疏，宋濂奉皇帝之命主持修《元史》，六個月就編好了，第二年皇帝得到新的資料，命他續修，又只六個月就馬馬虎虎的完成，所以《元史》是中國正史中質素最差者之一。比之《明史》從康熙十七年修到乾隆四年，歷六十年而始成書，草率與嚴謹相去極遠，無怪清末學者柯劭忞要另作《新元史》代替。單是從宋濂題畫、隨手一揮便相差六十年一事，便可想得到《元史》中的錯誤不少。但宋濂爲人忠直有氣節，決不拍朱元璋的馬屁，做人的品格是很高的。

一九七五年十二月

本書第三版於二〇〇一年至二〇〇二年再作修訂，改正了不少年代的錯誤，黃藥師和諸弟子的關係也重寫了。修改時參考了臺灣網頁「金庸茶館」中諸網友，以及不少讀者們的寶貴意見，不過錯誤恐怕仍不能掃除乾淨，繼續歡迎讀者們指正和提供意見。

第三版修訂本中，將呂文煥守襄陽一節，改爲李全、楊妙眞夫婦領「忠義軍」守青州，以順合歷史及地理，守襄陽事至《神鵰》書中再發展。

本書臺灣出版者臺北遠流出版公司負責人王榮文先生、編輯李佳穎小姐、鄭祥琳小姐、趙貞儀小姐，對書中年代、人物年齡、事跡先後等糾正甚多，尤其鄭小姐編製年月表格，以學術態度處理，更爲感謝，年齡表中，她甚至將侯通海、陸冠英、程瑤迦等次要人物的年齡也一併計算。

二〇〇二年六月

射鵰英雄傳(大字版) / 金庸作.　-- 二版.
-- 臺北市：遠流， 2017.10
冊；　公分. -- (大字版金庸作品集；9–16)

ISBN 978-957-32-8121-4 (全套：平裝).

857.9　　　　　　　　　　　106016844